他乡·故乡

吕桂景◎著

天津出版传媒集团
百花文艺出版社

图书在版编目（CIP）数据

他乡·故乡 / 吕桂景著. -- 天津 : 百花文艺出版社, 2023.6
ISBN 978-7-5306-8490-0

Ⅰ. ①他… Ⅱ. ①吕… Ⅲ. ①散文集－中国－当代
Ⅳ. ①I267

中国国家版本馆 CIP 数据核字（2023）第 063539 号

他乡·故乡
TAXIANG·GUXIANG
吕桂景　著

出 版 人：薛印胜　**责任编辑：**张　雪
装帧设计：谢蔓玉　**特邀编辑：**孟祥静
出版发行：百花文艺出版社
地址：天津市和平区西康路 35 号　**邮编：**300051
电话传真：+86-22-23332651（发行部）
+86-22-23332656（总编室）
+86-22-23332478（邮购部）
网址：http://www.baihuawenyi.com
印刷：三河市元兴印务有限公司
开本：660 毫米 ×960 毫米　1/16
字数：270 千字
印张：20.25
版次：2023 年 6 月第 1 版
印次：2023 年 6 月第 1 次印刷
定价：59.80 元

如有印装质量问题，请与三河市元兴印务有限公司联系调换
地址：河北省廊坊市三河市黄土庄镇尚庄子村
电话：0316-3180002
邮编：065200

在力量的寻觅、唤醒与培育过程中，乡情是十分重要的原始驱动力。

不管是在故乡还是在他乡，当乡情的画卷在灵魂中展开，你会发现那里有通往力量源头的路径。

吕桂景

梦想点亮人生

吕桂景拿来她的精选散文集《他乡·故乡》书稿让我写序时，我毫不犹豫地答应了。这不是说我的水平有多高，文学功底有多厚重，我之所以愿意为桂景的书作序，完全是因为我们之间深厚的感情。

2022年10月初，桂景在编辑自己的散文作品，当时我看了她创作的《他乡·故乡》，颇为赏识。在故乡河南省确山县，那时我还在部队里任职，通过与桂景和她爱人小马的友好相处，我发觉桂景这个妹儿心眼实，嘴巴甜，能说会道，热情大方，是个有才学的人。交往中，她朴实厚道，做人靠谱，给我留下很深的美好印象。交谈中，桂景告诉我，她想出一本散文集子，我鼓励她，你写书，我为你写序。

那我就开门见山，不再扯远了，说说书的事——吕桂景的《他乡·故乡》写作初衷。她告诉我："我写这本书，不是为了向人们交代什么，主要是乡事乡情所触发的情感，不抒不快！"我对吕桂景想象的空间，怀有极大的崇敬之情。当然，她的创作中还有一些类似的名言锦句，也使我赞叹："路漫漫，前途总有迷茫。只要你愿，故乡之光便从来处为你破妄。那山，那水，那些人，那些事，其实永远都在你的意识深处悄悄地为你赋能。"

"每个人都有一座老宅，相伴在时光里。我的老宅院不仅存在于我的回忆中，而且，还为我的灵魂构建了一个方外世界，收纳着我的过去与未来。"人到中年事务繁多，游子的脚印往往难去故土且寻觅童年，但我有幸可以在这个世界里不断汲取母系血脉的滋养，重沐来处的那束亮光。这方世界里的花束所化成的文字，就是我邀请读者来老宅做客的请柬。似梦非梦中，我的情绪经常被一种难以用理智言状的味道所征服，所陶醉。我知道那不是幻觉，而是一种真真实实的，不仅可以闻到，而且可以被触摸的味道！我很享受这种状态，虽然我不能召之即来挥之即去。后来，我明白了，这是故乡的情怀升华以后的力量。原来，某种味道，也是有力量的。故乡的山水，可以醉人，可以养人，可以治愈游子的创伤，甚至可以创造生命的奇迹。当故乡的山水情怀悄无声息地注入当下灵魂的港湾，此山此水的前世今生，便成为共享于知音的宝贵财富。

当今时代，他乡与故乡的距离似乎在不断缩短，但我深知，他乡与故土情怀的交融与易迁永远是灵魂升华的要件之一。也许，没有他乡的故乡是不完整的。

不同于古人“把他乡当故乡”的慨叹，当我在无边的乡土情怀里徜徉日久，乡情似乎终于达到了突破的临界，但又更加难以言喻，只是越来越折服于两地乡情相融的力量。曾惊叹“人生若只如初见”一语，对人性的洞察是何等的透彻，也曾怀着对未知的小恐惧踏上通往异乡之家的列车，还曾傻傻地思考，如何把刚来到菜乡时的初见感永远刻录在记忆里。如今，那难改的乡音，早已成为寿光方言的背景音，对此时的我来说，他乡到底长什么模样？

乡如人，人即乡，乡的灵魂，强盛在人的记忆中。在我重拾这记忆的片段感受此乡的情怀时，我愈加明白每一个人的乡土，每一方的记忆，都有可能激发奇迹创生的力量。

当然，还有一些精美的文字，在这里，就不一一赘述了。关于梦想一事，吕桂景给我说了她在文学方面的成长历程。

她说：“每个人都有自己的梦想，我也不例外。大多数人的梦想发轫于学生时代，而我的梦想却肇始于中年。都人到中年了，还有什么梦想？别是白日梦吧？这种说法我虽然不认同，但我还是有些困惑，难道自己苦苦追求的梦想真的是别人口中的白日梦吗？不经意间，我在书中看到这样一句话：人生只要有梦想，无论什么时候开始都不晚。顿时，感觉眼前一亮！心中突然萌生了一种无形的力量。从那一刻起，我毅然决然地踏上了追梦之路。”

2012年秋，吕桂景的女儿顺利升入了市里的一所高中。寒假前夕，班主任通知家长去学校会议室聆听“感动教育读懂孩子”的课程。课程结束后，老师提出有兴趣的家长可以写写自己听课后的感受。2013年2月3日，她写的关于“感动教育读懂孩子”课后感想的散文，幸运地刊登在校报上。这是她人生中第一次投稿上报，心情无比激动。她的另一篇散文《人生路，且行且珍惜》再次选登在校报上。一个月后，吕桂景被当选为“十八岁成人礼”家长代表发言。2015年6月，是吕桂景女儿高考的日子。在此期间，她又接到了学校的通知，再次选她作为高三年级的毕业典礼家长代表发言。也正是从那时起，吕桂景发现自己已悄悄地爱上了文学。每当空闲的时候，她便静下心来阅读各类报刊杂志及名人经典，如果连续几日忙于工作或家务顾不上读书看报，心里便有种虚度光阴的感觉。

就这样坚持了一段时间后，吕桂景开始练习写文章。刚开始写时，她心里最强烈的愿望就是想写写故乡的那些人和事。她的第一篇文章《老磨坊》就是写母亲的。

母亲在吕桂景七岁时，因病去世了。在儿时的记忆里，母亲给她留下最深的印象就是临终时对她的期望，那一幕幕场景，在脑海里挥之不去。

童年时代，给她陪伴最多的就是父亲。母亲去世后，父亲既当爹又当娘，辛辛苦苦拉扯他们兄妹四人长大，非常地辛苦。当时，大哥在部队当兵，二哥上高中，三哥上初中，还有一个不懂事的她。那时，村里人看到他家的现状都替他们发愁，你说一个大男人带着四个孩子，这日子该怎么过啊……

虽然日子过得很艰难，但父亲依然是乐观的。那时，父亲每天除了下地干活儿，回家还要洗衣、做饭、喂鸡、喂猪，里里外外一把手。农闲时节，父亲就步行上山采药，回家后，把采来的草药清洗、晾干、碾碎，然后根据祖传秘方配制成一种治疗“铁骨瘤”的药物，为患者解除病痛。父亲在行医的过程中，心中时刻牢记爷爷的叮嘱：“给人看病时，不图钱财；乐善好施，照亮别人。”为此，父亲常常说与她（他）们听，同时，也是为了约束他自己。

吕桂景写了十几篇关于父亲的文章，如：《我家的秘方》《打箔》《割麦刀》《艾草青青》《豌豆弯弯》《高粱红了》，等等。父亲的谆谆教导犹如一束光照亮她前行的航向，伴随她愈走愈远……一发不可收拾。除了写母亲父亲外，她又写了《三婶娘》《亲亲的嫂子》《二嫂荣儿》《贾爷》等人物传记。这既是感恩，也是寄情怀念。

“所爱隔山海，山海皆可平。”这是对她的爱情的写照。2000年冬，吕桂景随爱人小马从千里之外的河南来到了闻名遐迩的蔬菜之乡——山东寿光。从此，她与寿光结下了不解之缘。

在他乡，她感觉自己像一片无根的浮萍，没有归属感。“上帝为你关上一扇门，同时为你打开一扇窗”，正是这亘古不变的道理解开了她的心结。每当孤独的时候，她便以书为伴，借用读书的方式减少思乡之苦。从此，吕桂景创作的优秀散文迭出，屡获大奖。

“努力不一定成功，但不努力就没有希望。”“人生的路没有白走，每一步都算数……”每当她懈怠的时候，就用这些励志话语来激励自己，然后，重整心情，继续前行。不觉间，她已陆续发表了近百篇散文。一路走来，有欢笑，也有泪水；有喜悦，也有心酸。有多少个不眠之夜，她都是在构思初稿、手写草稿、录入电脑、修改稿子中度过的。有时，忽然一觉醒来，吕桂景脑海里首先想到的仍是稿子中的某个细节或是某个词语。于是，她便字斟句酌地更换着句子或词语，并反复地考虑，该如何修改才能让文章变得更加完美。十余年来，她常“以笔为马”在故乡和他乡之间的天空里自由驰骋，把对故乡的怀念和对他乡的热爱统统转化成娟秀的文字镌刻在充满墨香的书籍里，成为永久的纪念。

当我读过吕桂景的散文《他乡·故乡》，发现文如其人。在之后的日子里，我的内心也常常不能平静。每当夜深人静的时候，她描述的许多往事就浮现在脑海里……这时，我会忽然产生一种强烈而异样的感觉，这种感觉是过去从来没有的。一阵奇特的声音，一阵迷茫而飘忽的声音，在我心头回荡。我听到了一种生命的呼唤声，那是何等的美丽动人，又是何等的悲壮沧桑。我仿佛觉得，这是照耀人间的一种光束……

吕桂景最后说："在本书创作的过程中，每当朋友熟人问起我在这本书里写了些什么时，我总是感到难以回答。因为我写的是人性，是自己，也是他人。直到我把《他乡·故乡》写完之后，才突然明白了过来，其实我的众多作品写的是一种人性的光辉，一种爱的绝唱。"这就是吕桂景所有作品的全部财富，我作为旁观者就没有别的可言了。

殷天堂

2022 年 10 月 10 日

殷天堂，笔名尹夫，网名过冬飞鹰。中国作协会员，系统作协主席。祖籍河南息县，军队团职军官转业。著有《梁山伯与祝英台外传》《生命提速》《息夫人秘史》等书籍。

·目录·

故乡篇

◎第一辑 老宅院里的旧时光

◎第二辑 故乡的味道

◎第三辑

故乡的山水情怀

他乡篇

◎第四辑 从故乡到菜乡

◎第五辑

村南旧事

◎第六辑

于时光深处 细数流年

◎第七辑

人间万象

故乡篇

路漫漫，前途总有迷茫。只要你愿，故乡之光便从来处为你破妄。那山，那水，那些人，那些事，其实永远都在你的意识深处悄悄地为你赋能。

◎第一辑

老宅院里的旧时光

▼

每个人都有一座老宅，相伴在时光里。

我的老宅院不仅存在于我的回忆中，而且还为我的灵魂构建了一个方外世界，收纳着我的过去与未来。

这方世界里的花束所化成的文字，就是我邀请读者来老宅做客的请柬。

老磨坊

在儿时的记忆里，磨坊是个神奇的地方。从我记事起，母亲劳碌的身影，记得最清晰的就是在磨坊里磨面。

我们村有个老磨坊，磨坊就在东邻的老昌婶家。磨盘是用石头做成的，在屋子中央放着一个大圆盘，上面再放个小圆盘。小圆盘中间有个孔，孔的大小有碗口那么粗。石磨旁边有一套木架子，木架子是套驴用的。那个年代，每家每户吃的小麦面、玉米面、地瓜面等，都是用驴拉磨磨出来的。

小时候，每当娘扢着粮食去磨坊时，我都跟在娘后面。起初是娘不放心把我留在家里。后来，我就习惯了跟娘一块儿去磨面。我静静地站在旁边，看着娘把粮食一瓢一瓢掳到那个小圆盘的圆孔里。然后，娘在驴屁股上拍一下，随着嘚的一声吆喝，驴就开始转圈了，小圆盘也跟着转了起来。不一会儿，就看见麸皮子从小圆盘上掉了下来，越掉越多。磨得多了，娘怕面粉掉地上，就拿起小笤帚，跟在驴的后面边走边扫。磨面的时候，娘还在驴脸上蒙一块儿布，俗称“驴捂眼子”。如果驴能看见自己在转圈，是一步也不肯走的，而且，它还会偷吃磨上的粮食。

驴蹄子嘚嘚的响，石磨悠悠地转。进去的是粮食，磨出来的是面粉。驴拉磨的场景，时常在我眼前晃动。我无论如何也想不到，有一天，驴套会套在我身上。

我看着娘推了几年磨，具体已经记不清了。反正，有记忆的第一件事就是看娘围着石磨转。

“娘啊，你别走，你快回来呀！”呜呜呜，一阵哭声划破了沉寂的夜空，三个孩子跪在刚去世的母亲床前，哭着、叫喊着……

这三个哭叫的孩子，最小的那个就是我，另外是我的两个哥哥。

娘在四十多岁的时候才生了我。在我们家乡，大龄妇女生下的孩子被称为“老生子”。娘当时身体不好，生下我时，家人都高兴得不得了！喜悦之情溢于言表，因此，给我起名叫悦儿。

我和哥哥跪在床前，看着娘躺在床上一动不动。恍惚间，我又看到娘的一举一动，一颦一笑，想起娘平日里对我们的疼爱。于是，我忍不住跟着两个哥哥哭了起来。

不知怎的，看着一动不动的娘，我的脑海里又浮现娘带我在磨坊里磨面的情景。驴蹄子嘚嘚的响，老磨盘悠悠地转。

我懂事后，才知道那会儿娘是有病在身的。那时，她被病痛折磨得瘦骨嶙峋，一阵风就能吹跑。即便如此，娘还是一手拄着拐杖，一手牵着我去磨坊磨面。

不知过了多久，只听见父亲说：“起来吧，别哭了，快哄悦儿睡觉去吧，别吓着你妹妹。你们也知道，你娘得的这个病没有特效药，好点儿的药家里根本买不到，还得托人，也是限量。这几年，我们也尽力了，你娘走了，也不受罪了。撇下你们几个，她也不忍心，特别是你妹妹，又那么小！临走时，你娘还特别嘱咐我，一定要把你们兄妹几个拉扯大。明天还有许多事要办，快起来吧！”听完父亲的话，两个哥哥站起来，领着我走出了母亲的房间。

次日，母亲被抬到堂屋的一张木板床上，静静的，蜡黄的脸上盖着一张烧纸。在床的一头，摆了张桌子，上面放着一个大厚饼，还有一盏油灯。说是油灯，其实是在碗里放了一些油，用一缕粗线当灯捻儿。听老人们说，油灯是给娘照路用的，去往西天的路上，不好走，有了这盏灯，娘就不害怕了。

在堂屋外面，搭起了一个临时布篷。去亲戚家送信的人，陆续地回来了。闻讯赶来的亲戚，走到村口就忍不住大声地哭了起来。听到哭声，两个哥哥赶紧出来迎接。此时，正是隆冬季节，天空中飘着雪花，地上结满了厚厚的冰。两个哥哥头上系着一条大白布，腰里扎着麻绳，光着脚跪在地上迎来送往。过去，曾听老人们说过，家里亲人去世时，儿女们光着脚表达的是一种孝心。

大人在院子里忙碌着，我被安排在同院的二达（二叔）家。我坐在二达家的堂屋门口西侧，不哭也不闹，两眼呆呆地看着出来进去忙活的大人们。有搬桌子的，有烧水的，有切菜的，还有几位长辈在商量着什么。过了些时候，又看到人们抬来一口棺材放在院子里。棺材是用木头做的，长方形，一头高，一头低，上面还涂了一层黑黑的漆，一看就很瘆人的样子，我知道那是为母亲做的房子。

晌午过后，娘就要入棺了，只见七八个壮汉用粗绳子把棺材捆起来，用木棍把棺材抬到了灵堂前，等待入棺的时辰。这时，长辈们商量着，把我送到老昌婶家的磨坊里。

当时我年龄小，长辈们担心娘舍不下我，再忍不住把我“带走”。以前，听老人们说过，亡魂是解不开驴套的。所以，家人就决定动用这一招。

“悦儿，走，跟婶子上磨坊去。”石头婶低声叫着我的乳名。一直不哭不闹的我，此刻，却哇的一声大哭了起来。

原来领我去磨坊的，一直都是娘啊！哪怕是拄着拐杖，娘每次也都亲自带着我去磨坊。此刻，我眼前晃动着堂屋里的木板和摇晃的油灯灯光，还有直挺挺躺在床上的娘。我大声地哭了起来，嘴里喊着：“娘，娘，我要娘……”两只小手胡乱地挥舞着，两只脚乱踢乱蹬。我在石头婶怀里扭来扭去，拼命地挣扎着，扑腾着，使劲地往下坠。石头婶费了好大的劲儿，才把我抱走。

从我家到磨坊，仅有五十米的距离，而石头婶抱着我却足足走了二十多分钟。我挣扎着，走几步，回头看看，大声地叫着：“娘，娘，我要娘……”石头婶含着泪，狠心地把我抱到了磨坊。我拼命地挣扎着，不让她用驴套套我，转而往家的方向跑。跑了一次又一次，被石头婶拽回来一次又一次，也不知跑了多少次，石头婶终于把我套进了驴套。只听见外面一片哭声，还有“乒乒乓乓”钉木头的嘈杂声，我蜷缩在磨坊的驴套里，吓得浑身发抖，大声哭喊着……

等送殡的人们走远了，石头婶才解开驴套把我抱回家。父亲坐在堂屋里默默地流着泪，我一头扎进了父亲的怀里，哇哇地哭了起来。父亲说："悦儿，别怕，你娘走了，还有达（爹）在呢，哥哥也会陪你玩的。"我似懂非懂地点了点头，趴在父亲肩上小声地抽泣着。

自打母亲走后，我再也没去过磨坊，从驴套套住我的那一刻起，我再也不愿意踏进这里了。

时过境迁。石磨早已淡出人们的生活，老昌婶家的磨坊是何时拆除的，我也无从知道具体的时间了。

我家的秘方

年年清明，今又清明，思念像疯长的野草一般，在心田里肆意地蔓延。父亲已走数年，蓦然回首，恍如昨日一梦。

父亲兄妹四人，他是老大，早早地就担起了家里的重担，真的是里里外外一把手。身怀祖传秘方救人无数且小有名气的爷爷看父亲心地善良，勤快、能干，就把祖上的秘方传给了父亲。爷爷郑重交代父亲，给人看病时，不图钱财，乐施行善，照亮后代。爷爷还特意嘱咐父亲，祖上的规矩只“传男不传女”。

面对遗言，父亲用力点头，表示谨记在心。爷爷去世后，父亲接过了衣钵。诸多疑难杂症，只要找上门来，父亲有求必应。来找父亲看病的，多是跑了多家医院未能治愈的疑难杂症。例如，骨髓炎，在传统中医上，也叫“铁骨瘤”，主要症状是骨股头坏死。此病非常顽固，难以根治，严重者甚至截肢、瘫痪，许多大医院对此望而兴叹！靠着祖传秘方，父亲治疗骨髓炎，几乎从未失过手。

遂平县的一位患者，躺在病床上已经好几年了，生活不能自理。家人多方打听，听说父亲有秘方专治“铁骨瘤”，就带着患者直接找到我家，让父亲诊断、治疗。几个疗程过后，患者能慢慢地自己扶着床下地走路了，并逐渐好转。治好的人越来越多，父亲在当地有了很高的威望。从小我最崇拜的就是父亲，下决心成为父亲那样的好大夫。

在一个我认为的好日子，我向父亲提出了学医的请求。然而，得到的却是果断的拒绝。父亲向我陈述了爷爷的遗言：爷爷弥留之际，特意嘱咐他，祖上的规矩只“传男不传女”，万不可破了规矩。一时间，失望与遗憾包围了我。至今，在梦中，还时常梦见自己成为一名造福乡里的女中医！

秘方以草药为主，所用的药材都是父亲从山上采来的。盛夏季节，正是采药的最佳时机。天刚蒙蒙亮，父亲就背上药篓，带着干粮，上二山柳采药去了。二山柳是我家乡大山的名字，距我们家二十多里路，那时出门没有交通工具，全靠步行，从家到山上得走两个小时左右。

翻过一座小山，是一片宽阔的丘陵地带，一条小河从两山之间穿过，清澈的河水缓缓地流淌。淌过河往里走，来到大山深处，才算到了草药品种丰富且生长茂盛的地带。草药喜阴，大部分隐藏在植被下面，父亲在山涧、溪水旁寻找草药，将元胡、桔梗、当归、柴胡、地黄等药材收入囊中。

中午时分，父亲随手剜一把山韭菜，就着干粮充饥。渴了，就捧一口山泉水解解渴。虽然艰苦，却乐此不疲。

跟随爷爷实习多年，除了秘方，父亲还具有扎实的中医基本功，并掌握无数的偏方。乡亲们如有所求，他总是无偿奉上偏方，只要不从家里取药，不收一文。

小偏方治大病，乡亲四邻有个头疼脑热、小病小灾，就找父亲咨询偏方。除了秘方、偏方和常规中医诊疗技术，父亲还身怀治病“秘术”。

那年，我的一位朋友身上长了“缠腰丹”，去医院打针治疗也不见效果，而且还在不断地蔓延。心急之下，我想到了父亲。于是，我便带着朋友回乡下老家向父亲求助。那天，我见识了民间“秘术”的神奇。

只见父亲手拿菜刀，在土地上画个圈，在圈内横切几刀竖切几刀。而后，用带着泥土的菜刀，在“缠腰丹”上如出一辙，口中念念有词，再用燃烧过的茅草灰配制而成的草药涂抹患处。几日后，“缠腰丹”从红肿状态，逐渐萎缩变成灰色，直至消失不见。

小时候，我爱吃糖且又不懂得如何保护牙齿，时间长了，个别牙齿就变成了蛀牙。某天晚上，我正睡觉时，突然牙疼了起来，哭得像个泪人似的。父亲见状，就用车前草熬水，放凉后让我用来漱口，喝口水在嘴里含一会儿，吐出来，反复几次后，牙齿真的不疼了。

从十里八乡，到百里之外，父亲的祖传绝技，名扬四方。那年，距我家二百多里的一户人家，孩子才十几岁就患上了“铁骨瘤”，家人四处求医，救治无望。患者家属不知道从哪里打听到父亲有治疗“铁骨瘤”的秘方，得此消息后，就立即开车到我家求父亲救救他的孩子。父亲见他救子心切，欣然答应。

父亲给孩子诊断后，根据他的病情配制药方。让其口服药丸，并用药材熬水进行熏蒸，借用药物的热气逼出毒性。经过父亲的精心治疗，一段时间后，患者能慢慢下地走路了，逐渐恢复，直至痊愈。一家人感激不尽，表示以重金感谢，被父亲婉言谢绝了。

父亲临终前的日子，眷恋亲人，难舍难分，呼吸越来越微弱……恍惚间，父亲好像听到了奶奶的召唤声，就奔奶奶而去。之后，又听到儿孙们撕心裂肺的呼唤声，不忍离去，于是又返了回来。父亲慢慢醒来，凭着超强的意志力，又延续了七天生命。

父亲的去而复返，原因是心愿未了。他时而清醒，时而糊涂。清醒时，父亲就悄悄地把哥哥叫到身边，再次把秘方向哥哥陈述一遍，并一再叮嘱，要恪守“传男不传女”的祖规。

许多年过去了，我依然时常梦见父亲，时常梦见我给人治病。有时我想，秘方严格的传承规矩，是不是也是中医走向衰微的原因之一？

清明前的梦里，我见到了父亲，他在天堂开辟了一片药园。白色的芍药，紫色的丁香，黄色的仙茅参，紫白相间的石斛，知名、不知名的草药，植满了整个药园。药园里鸟语花香、蜂飞蝶舞，小桥流水、亭台楼阁，相映如画，宛若仙境。

看见我，父亲笑了，对我说：闺女，秘方就是造福人类的，只要你秉持正心，我可以教你了……

清风徐来，明月升起，药园里花香四溢，沁人心脾，父亲在花丛中穿梭，如同神仙般飘逸。

年俗·压岁钱

一提起压岁钱，人们便想到了过年，过年是中华民族的传统习俗，象征着团圆、吉祥和对美好生活的向往。每逢过年，对于游子们来说，人在外，心早已飞回了家。恍惚间，我仿佛看见父亲站在村口，向着孩子来路的方向张望的身影。这温暖的画面，如梦幻般在我脑海中浮现，我的思绪如同脱缰的野马，带我飞进去往童年的时光隧道。

除夕之夜，一家人聚在一起欢欢喜喜过大年。金黄的鲫鱼，红红的枣花馍，醇香的米酒，热腾腾的饺子，依次端上了供桌。桌子上燃起了三根红烛，瞬间屋子里灯火通明。父亲点上三支香，双手合十，站在院子里祭拜天地，端起酒杯泼洒在地上，为家人祈福，愿家人健康、平安、事事如意。

敬过天地之后，父亲又回到了供桌前，再次念念有词，请祖先及母亲品尝年夜饭。香炉里，袅袅青烟徐徐飘散开来。恍惚间，我仿佛也看到了母亲的身影，正望着一家人点头微笑呢。桌子上摆满了丰富的菜肴，忙活了一天的家人们赶紧围坐在桌子旁享用丰富的晚餐。一家人边吃边聊，其乐融融。

晚饭还没吃完，就听见一阵噼噼啪啪的鞭炮声从邻居家传来。于是，我们也开始在院子里放烟花。胆小的孩子躲在大人后面，吓得捂住耳朵，偷偷地从缝隙中看爆竹燃放的精彩时刻。只听见“啾”的一声，烟花飞上了天，一束束耀眼的光线伴随着啪啪啪的声音在空中炸开了花，五彩缤纷的烟花向四周迸射而去，然后一点点散落下来，化为灰烬。

热闹的鞭炮声，引来了一群提着灯笼拾小炮的孩子。在漆黑的夜晚，红红的灯笼犹如天上的星星散落在村庄的各个角落。儿时的灯笼是用薄薄的竹篾子编制而成的，外面用透明的红纸糊上，里面放上一根小蜡烛。这样，一个简易的灯笼就做好了。孩子们提着灯笼穿梭于村庄的大街小巷，只要听到有鞭炮的响声，孩子们会以百米冲刺的速度跑过去，生怕落在别人后面，拾不到落捻儿的小炮。在来来往往的奔跑过程中，有个小伙伴的灯笼着了火，最后烧得只剩下一个空壳子了。

“大家快来呀，开始发压岁钱喽！”不知谁吆喝了一声。此时，只见父亲端坐在椅子上，面前放着一个垫子，拜年顺序从大到小依次排开。年长者走到父亲跟前，问声“过年好！”孩子们先磕头再问好。看到孩子们都来拜年，父亲高兴得合不拢嘴，连连答应着“好、好、好！”然后，从口袋里掏出一沓早已准备好的崭新钞票，每人发一张一元的新钞作为新年礼物。孩子们拿着崭新的钞票，翻来覆去地看了又看，一直拿在手里，不忍心对折，睡觉时，就把它平铺在枕头底下，生怕弄皱了。

小时候，我们不懂压岁钱的含义。随着年龄的增长，才慢慢理解它的意义所在。给压岁钱，是我们的传统民俗，最初的用意是辟邪驱鬼，保佑平安。因为人们认为孩子容易受鬼祟的侵害，所以用压岁钱压祟驱邪，帮助孩子平安过年，祝愿孩子在新的一年里健康、平安。

压岁“钱”有两种，一种是以彩绳穿线编成龙形，置于床脚；另一种是长辈用红纸包裹分给孩子们的钞票。自从压岁钱变成了真正的货币之后，压岁钱“辟邪驱魔”的功能逐渐结束。如今的压岁钱，孩子们大都用来购买图书和学习用品，新时代为压岁钱赋予了新的活力，成为一种美好的愿望。

随着红包越来越厚，压岁钱成了一种负担，很多孩子将拿到更多的压岁钱当作目标，部分人将压岁钱的多少当作一种攀比的工具。压岁钱的感情成分、感恩意识和祝福意识逐渐淡化，希望人们能够正确理解压岁钱的用意，它更多的是一种祝福，包含着特殊的心意，应回归其本质。

父亲的心事

1969 年秋，刚满十八岁的大哥积极响应国家的号召，踊跃报名参军。从大队到公社，经过层层关口，大哥的各项身体指标均合格。最终，大哥如愿地穿上了军装。

“一人当兵，全家光荣。”一时间，大哥当兵的消息不胫而走，村里人都知道了大哥当兵的好消息，大家纷纷前来道贺。为此，县民政局还给我们家颁发了一张“光荣军属”牌，父亲把这张光荣牌挂在了屋门口。从此，大哥成了我们家的骄傲。

那时家里穷，母亲看病又花了不少钱，日子过得捉襟见肘。1977 年冬，母亲去世后，村里一些人想看父亲的笑话，在背后偷偷议论我们：“他们家真愁人！老伴去世了，家里又穷，他那三个儿子脱不了打光棍。”

当大哥第一次回家探亲时，邂逅了邻村的一位姑娘。姑娘姓胡，与大哥是同级同学，在小学当老师。她的家庭条件比较富裕，父亲在国有林场工作。当她得知大哥回家探亲的消息后，就主动托媒人给她说媒。经过一番了解后，两人确立了恋爱关系，从此，他们俩就开始书信往来，开启了马拉松式的恋爱长跑。后来，大哥在部队考上了军校，为了事业，他们俩的婚事一拖再拖。直到五年后的春天，两人才喜结良缘。

二哥上高中时，在篮球队里任队长。他性格开朗，为人豪爽，因此，结交了不少好朋友。在女子篮球队里，有个名叫荣儿的女孩，喜欢上了二哥。于是，她主动接近二哥，并向二哥抛出了橄榄枝。后来，荣姐成了我的二嫂。

他们俩结婚时，由于二嫂了解我家里的经济状况，就没怎么要彩礼。父亲光给他俩置办了一些结婚用品。然后，二哥就用马车把二嫂迎进了家门。

在二哥准备婚事的过程中，大嫂身为长媳，起到了至关重要的作用。她尽心尽力为二哥购买结婚用品，细节上的问题主动与父亲商量，尽量把婚事办得风光一些，尽可能让二嫂满意。二哥结婚后，父亲又去了一块儿心病，感觉肩上的担子又减轻了一分。

三哥高中毕业后，大嫂就托自己在林场当厂长的父亲，也就是我们的老胡大爷，给三哥找了份工作。20 世纪 80 年代的林场属国有林场，是公家单位。当时，想进林场的人比比皆是，三哥的工作得益于老胡大爷的帮助，这让我们全家非常感激！虽然三哥在林场是临时工，但因他工作认真、踏实能干再加上三哥有高中文凭，因此，在工作中如鱼得水、干劲十足，赢得了老胡大爷及全场职工的赞扬，给大家留下了良好的印象。

转眼间，三哥到了谈婚论嫁的年龄。老胡大爷打听着附近村子里有位姓张的姑娘和三哥年龄相仿，于是，就托媒人给三哥介绍对象，在媒人的撮合下，两人见了面。

俗话说：一方水土养一方人。只见那姑娘长得眉清目秀，梳着两条长长的辫子，脸上嵌着两个深深的酒窝。姑娘见三哥一表人才忠厚老实，两人一见钟情，不久，便确立了恋爱关系。

初涉爱河的三哥，一有空就去山上找放羊的女朋友，两人经常坐在山坡上谈理想、谈未来，感情日益加深。一年后，三哥带着女朋友翻山越岭，去几十里外的婚姻登记处领取了结婚证，结为伉俪。

常言说：老嫂比母。自从大嫂进了我们家后，一直和我们生活在一起，家里的大小事她都放在心上，尽力做到最好。她待我们兄妹三个如同亲兄妹一般，从不拿我们当外人。无论是出门还是回娘家，大嫂时常把我带在身边，不知内情的人，误以为我是大嫂的“女儿”。每当遇到这种尴尬的场面，我就会害羞地低下头。

三个哥哥的婚事全部完成后，父亲悬着的一颗心终于落了地，脸上也露出了久违的笑容。母亲临终前的嘱托，父亲都一一完成。如今，三个哥哥都娶上了媳妇。而且，家中人丁兴旺，子孙满堂。如果母亲在世的话，她一定会十分欣慰的。

2021 年 9 月

三婶娘

1971 年春，年轻貌美的乡村李医生经人介绍与忠厚老实的三达结为伉俪，成为我的三婶。次年正月，三婶的第一个孩子呱呱坠地。从此，我有了一个陪我玩耍的妹妹。

三婶的娘家是中医世家，在父亲的影响下，她如愿成了一名乡村赤脚医生。结婚时，她父亲还陪送她一个新药箱，并再三叮嘱："救死扶伤是医生的职责，给人看病时要谨慎细心，不能麻痹大意。既然你选择了这个行业，一定要坚持下去，不能半途而废。医学领域学无止境，闲暇之余，你要不断地学习新的知识充实自己，这样工作起来才会得心应手。"听了父亲的话，她郑重地点了点头。

自打我记事起，三婶家整天人来人往的，没有清闲过。不论是头疼的、发烧的、咳嗽的，只要是身体不舒服的，都会上门来找三婶看病。那时候经济条件差，农村里很少有人上医院看病，基本上都是请医生来家里就诊。特别是孕妇，每当遇到不懂的问题就去找三婶咨询，生怕孩子有个什么闪失。每隔一段时间，孕妈妈们都会去三婶家，让三婶用听筒听听孩子的心跳是否正常。女人生孩子是不分时间的，哪怕是半夜三更。只要听到我们村的狗集体狂叫，不用猜，那一定是外庄的人来请三婶上门接生的。不知多少个夜晚，三婶常常彻夜未眠，陪孕妇们共渡难关，迎接新生命的到来。

自从母亲去世后，三婶便担起了做母亲的责任，开始把我当成她自己的孩子看待。每天放学后，我总是先跑到三婶家去找堂妹玩，一直玩到天黑，还不愿意回家。因为我知道父亲干活儿回来得很晚，回家后还要做饭，所以，我很想留在三婶家吃饭。那时候，我感觉三婶做的饭很香，很好吃。

母亲走后，我变得胆小又内向。如果家里没人，就算是大白天，我自己也不敢回家。每当这时，我就跑到三婶家，拉着三婶陪我一起回家拿东西。进屋后，我让三婶站在门口看着我，我一边和三婶说着话，一边进屋找东西。三婶不在家的时候，我只得硬着头皮自己回家拿馍吃。听到老鼠“咔哧咔哧”咬东西的响声时，我吓得赶紧从屋里跑出来，再也不敢进屋了。

三达、三婶刚结婚那阵儿和爷爷奶奶住在一起。那时，老宅院里共住着四户人家——我家、二达家、三达家和恩达家。恩达是父亲五服以里的兄弟。后来，爷爷奶奶相继去世。三达家的房子破旧不堪，于是，三达、三婶又在村北边重新盖了新屋。那座新屋离老宅院很近，只有七八十米的距离。

三达家盖新屋那年，我上小学二年级。那个年代，农村盖屋不用雇人付工钱，都是老少爷们来帮忙。这样一来，盖屋户中午就要管饭了。在那个物质匮乏的年代，人们很少吃到白面馍，只有家里盖屋或有红白喜事时，才能去吃上几天白面馍。平日里，大多数人家都是掺着玉米面、红薯面、高粱面等杂面蒸馍吃。为此，三达家盖屋管饭时，三婶都是用白面馍和白菜、粉条、豆腐汤等食物招待前来帮忙的邻居们。三达家盖屋的那段时间，三婶知道我身体瘦弱需要补充营养，基本上每天都叫我去她家吃饭。

家乡过端午节有煮鸡蛋、煮蒜瓣、缝香包等习俗。每当这时，心灵手巧的三婶早早就缝制好各式各样的香包，等孩子们去挑选。香包不仅香气迷人，种类还很多，而且生动逼真，有小鸡、小鱼、小辣椒、粽子、长命锁等各种造型，让人爱不释手。

端午节那天，我不仅能选上心仪的香包，还能吃到三婶给我留的煮鸡蛋和煮蒜瓣。在吃的方面，三婶对我从不吝啬，每当三婶走娘家拿来酱豆时，她都会给我掂上半碗，让我端回家用馍蘸酱豆吃。那些年，三婶给予我的母爱，一点儿也不比给堂妹、堂弟的少。

小学毕业那天，三婶给我和堂妹都扎上了两条长长的辫子。然后，我又回家穿上了父亲给我买的粉红色的新褂子。等我和堂妹打扮完毕后，三婶打算用自行车带着我俩去学校照毕业照。但是那天，我很兴奋，我不想坐三婶的自行车，我想自己骑车去学校，让同学们知道我能单独骑车上路了。

三婶骑车带着堂妹走在前面，我紧随其后。当我们走到粪堆刘庄后边时，眼前出现了一条狭窄的小路。面对这样的路况，只有小心骑行才能顺利通过。这时，只见车技娴熟的三婶顺势“嘚”的一下骑过了那个土坡，而跟在后面的我，也想学着三婶的样子骑过土坡。说时迟，那时快，只听“咣”的一声，我连人带车滚进了沟里。当时沟里没有水，只有齐腰深的野草和蒿子。三婶见状，赶紧下车去沟里拉我，并关切地问我：“景，摔着了吗？”得知我没有受伤，三婶才放心地把车子给我推到路上。

我们家乡有句俗语：“箔篱子不是墙，婶子不是娘。”意思是：箔篱子再密也不能当墙使，既透风又透亮。由此延伸出婶子不是娘的说法，言外之意就是婶子和娘肯定不一样，怎么着也不如亲娘待自己亲。待我亲身经历过一些事情后，我觉得婶子就是娘，三婶给予我的母爱，一点儿也不比亲娘差。

2021 年 7 月 1 日，是中国共产党成立 100 周年纪念日。在这个举国欢庆的时刻，从千里之外的家乡传来了好消息！我的三婶在“胡庙村庆祝建党 100 周年党员大会”上，获得了“光荣在党五十年”的荣誉称号。

亲亲的嫂子

1974 年春，在广州军区某部队院校上军校的大哥经人介绍与年轻貌美的小学教师胡老师相识。胡老师兄妹三人，有一个哥哥和一个弟弟，虽然她在家排行老二，但她却不是传说中的“夹气包”，而是父母手心里的宝。为此，得一娇名：妮。

自从大哥与胡老师确定恋爱关系后，两人就开始鸿雁传书，相互表达爱慕之情。经过两年多的书信来往后，两人进入谈婚论嫁的阶段。一番商量后，两人便决定等大哥回家探亲时就举行结婚仪式。

我们家兄妹四人，我有三个哥哥。我出生时，母亲已经四十多岁了，所以，我与三个哥哥的年龄相差悬殊，大哥、二哥都比我大十几岁，就连三哥也比我大八岁。为此，我成了父母眼中的宝贝疙瘩。

大哥不在家的日子，胡老师经常来我们家帮忙照顾母亲、料理家务，以此来减轻父亲的重担。胡老师从不嫌弃我们家穷，也从没流露出嫌弃母亲生病或家里负担重之类的情绪。每隔几天她就来我们家帮母亲梳头、洗脸、擦身子、换洗衣服，然后再里里外外地打扫一遍卫生。最后，再把母亲换下的衣服洗干净，晾在院子里。

1977 年春，大哥与胡老师按照农村的风俗正式举行了结婚典礼。从此，胡老师成了我的大嫂。大哥结婚后，躺在病床上的母亲总算是了却了一桩心事。转眼间，大哥的探亲假结束了，大哥依依不舍地按时返回了部队。

中秋节过后，卧床不起的母亲病情越来越严重了。于是，母亲便把大嫂叫到了跟前，拉着大嫂的手紧紧不愿松开。此时，母亲用一种近乎乞求的语气对大嫂说：“胡妮啊，我感觉我的日子不多了。

临走前，我想拜托你一件事，就是把你妹妹交给你，你一定要替我好好地照顾她。小景交给谁我也不放心，只有交给你我才放心。你心善人好，把你妹妹托付给你，我就没有挂心事了。”这时的大嫂早已泪流满面，她含泪答应了母亲的请求。

隆冬时节，北风呼呼，雪花飘飘。被病魔折磨了多年的母亲恋恋不舍地离开了我们。母亲走时，我才七岁。料理完母亲的后事，大嫂便把我带到了学校。从此，我成了大嫂的“小尾巴”。

每当夜幕来临的时候，我就会哭着要娘，这时，大嫂就背着我在学校院里来回转悠，并用讲故事的方式转移我的注意力。在溜达的过程中，大嫂一会儿让我抬头望望天上的星星，看看哪颗星最亮，一会儿又让我低头找找月亮下我俩的影子，看看影子是不是在跟着我们跑。当时，大嫂有孕在身，她只能背一会儿，再让我自己下来走一会儿。就这样，大嫂一直耐心地陪着我，等我瞌睡了，我们才回宿舍。

小时候，我身体弱，感冒、发烧、咳嗽是常有的事。我一感冒，大嫂就犯难，因为我既怕打针，又怕吃药。吃药前，大嫂总是好哄歹哄，我才答应吃药。吃的时候，大嫂总是一手端着温开水，一手拿着药片和糖果，等我吃完药后，赶紧往我嘴里塞一块儿糖压压苦味。经常是我把药片放进嘴里，大嫂就赶紧把水递给我，结果水咽下去了，药片却留在了嘴里。于是，再次喝水，药片依旧留下。每次遇到这样的情况，大嫂总是哭笑不得。

母亲走后不久，大嫂便生下了我的侄女燕子。燕子的出生，让我立马提高了一个辈分。于是，我成了燕子口中的小姑。燕子十个月大时，大嫂给我和燕子在老宅院里照了一张合影。照片中的燕子白白胖胖的，双眼皮、大眼睛、高鼻梁，人见人爱！燕子戴着一顶毛茸茸的帽子，帽子上面还支棱着两只兔耳朵。她一手抱着大苹果，一手伸着杵在我的右颌下，一副可爱的样子。不管怎么看，我们姑侄俩都长得很像，真是应了那句“侄女随姑，外甥随舅”的说法。

1980 年夏，在父亲和大嫂的操持下，二哥风风光光地用马车把远在三十里外的二嫂娶进了家门。婚后，二哥、二嫂在村东头新宅基地上先盖了两间东屋，计划着等以后手头宽裕了，再盖四间大北屋。

待三哥结婚后，父亲看到三个儿子都已成家，便召开家庭会议商量分家的事。经过一番讨论后，大家一致决定：父亲跟着二哥、二嫂生活，我跟着大嫂生活。此时，大哥已转业回到家乡的县城工作了。

1985年秋，大嫂放弃了自己热爱的教师职业，带着我和七岁的燕子随大哥进了城。而后，燕子在城南四小入学，我在城北县第一初级中学就读，大嫂则选择了在离家八里的郎陵酒厂务工。

二嫂荣儿

“小姑子，搅姑子。”说的是未出嫁的小姑子多爱掺和、爱闹，嫂子还得由着她的那种无奈。的确，如同婆媳之间的天然生克纠缠，姑嫂之间，也经常是矛盾多于亲情。而姑嫂定律到了我和二嫂这里就不灵了。

那天，大哥打电话告诉我：二哥、二嫂在外出干活儿的途中，翻车了，现在人在医院里，让我回家一趟。由于事发突然，我一时难以相信，感觉自己犹如在梦中！

当天晚上，我就坐上了回家的列车。

我的三个哥哥中二哥最疼我，也是我最好的玩伴。每次出门前，他总是先给我洗脸、梳头，然后再穿上干净的衣服，把我打扮得漂漂亮亮的才出门。

二嫂身材匀称，个子高，一米七左右，短短的头发，黑黑的皮肤，眼睛不算大，但是很有神！她很爱笑，说起话来，总是轻言慢语的。经常穿一身运动服，打扮得像个假小子，在球场上是个“女汉子”级别的球员，虎虎生威。

二嫂待我像亲妹妹一样。一天，我们俩在闲聊中，二嫂对我说：我当时看中你二哥，其中也有一部分你的原因。第一次看到你二哥牵着你的手在校园里走时，我就注意上你们俩了。那时，你很小，也很瘦，走路时，小胳膊一甩一甩的，看着就让人心疼！

听到这里，我开玩笑地说：“呀！由此说来，我还是你俩的媒人来！”二嫂笑而不语。二嫂手把手教我做家务，比如包饺子时，教我怎样切面。切面时，要让面团来回的翻动，那样切下来的面，擀出皮来才好看；包饺子时，从一头捏到另一头，一定要捏结实，不然的话，饺子下锅后，容易破皮。还教我怎样叠衣服，比如叠裤子时，掂起两个裤腿脚，把中间的缝对折，那样叠起来的裤子，既板正又有折。20 世纪 80 年代，流行裤子有折，有折的裤子穿起来才笔挺、帅气！

1982 的夏天，那年我十二岁。一天，二嫂把淘洗晾干后的麦子装到袋子里，打算去街上磨面，叫我一块儿去，我高兴得一蹦三跳的，自告奋勇地帮二嫂拉架子车。车子上装着两袋小麦，还有我一岁半的侄子。我拉着车子在前面跑，二嫂在后面跟着跑。不一会儿，我就把二嫂甩得不见人影了。等我跑到庄西头时，才发现有个大斜坡。在斜坡的不远处，有几个人在那里下憋死牛（象棋之类的游戏）。我犹豫了片刻，由于碍于情面，不想开口求人。突然，我有种“初生牛犊不怕虎”的劲头儿，鼓足了劲儿，拉着车子就往上爬，爬着爬着没劲了，车子开始左右摇摆。这时，眼看就要爬上去了，可是我已经没有力气了。于是，车子开始往后倒，倒着倒着，车子一下子倒进了坡下的沟里，沟里全是黑乎乎的脏水。

侄子不见了，麦子也不见了。

我吓坏了，站在那里哇哇大哭。下棋的人听到哭声，飞快地跑过来，问我怎么了。我指了指脏水沟说我侄子掉沟里了。只见一个小青年扑通一声跳进水里，快速把我侄子摸了上来。当时，侄子只是喝了些脏水，并没有生命危险。

等二嫂赶到斜坡时，小侄子已经被捞上来了。这时，我吓得浑身发抖，站在那里不停地啜泣。本来正在生气的二嫂，看到我委屈的样子，瞬间心软了。她一边抱着孩子，一边安慰我说：“好了，别哭了，只要孩子没事，那麦子不碍事，大不了我们再淘一遍。你现在还小，没有那么大力气，如果要是等着我，就不会发生这样的事了，以后可别莽撞了哈。”

火车行驶了十几个小时，终于到站了。等我赶到医院见到二哥的一刹那，我再也忍不住哭了起来。看到二哥意识清醒，还能说话，我才止住了哭声。二哥是外伤——大腿骨折，没有生命危险，等炎症消下去之后，再做手术。

二哥用微弱的声音对我说："我现在没事了，你去重症室看看你二嫂吧。"

护士同意后，我进入了重症监护室。只见二嫂静静地躺在那里，像睡着了一样，头上插着管子，管子里还不停地向外渗着淤血。在呼吸机的帮助下，能感受到她微弱的呼吸。

我走过去，拉起她的手轻轻地呼唤她："二嫂，我来看你了，你睁开眼看看我，好吗？我们已经好长时间没见面了，我很想你！二嫂，我说话你能听到吗？别睡了，快醒醒啊！二嫂，前天晚上，我们两个不是还在通话嘛，你怎么突然就这样了啊？你一定要坚强啊！二嫂。"

任凭我怎么呼唤，二嫂始终无动于衷。

阴历八月十九日的晚上，医生下了病危通知书。当天夜里，二嫂一句话也没留下，就匆匆走了。那年，二嫂五十八岁。

爱藏在细节里

在家乡方言中，我们管父亲叫达，父亲的弟弟也叫达。对于父亲的弟弟，就在称呼前面加上数字，叫二达或三达。达，是叔叔的别称。

父亲兄妹四人，他排行老大，姑姑排第三，四达排第四。依照农村习俗，闺女长大了要嫁人，排行时只排男不排女。所以，四达便成了三达。

我七岁那年，母亲因病去世。三达和三婶看我那么小就没娘了，觉得很可怜，就对我照顾有加，每当他们家改善伙食时，都特意叫我去吃一顿。

三婶做的饭很好吃。每次我放学回来，有时家都不回，先往三达家里跑，问三婶要馍吃。每当这时，三婶总是快速拿出馍来递给我，从没让我失望。有时，三婶还给我夹上点儿红糖或者白糖之类的，让我就着吃。后来我才知道，那是三婶悄悄给我省下来的馍，她自己的孩子都捞不着多吃一个。

三婶是赤脚医生。那个年代，很多赤脚医生没有固定的行医场所，药品和医疗器械就放在自己家里。她经常背着药箱走街串巷。三婶家常年人来人往的，很热闹！头疼的，感冒的，发烧的，都来找三婶拿药、打针。

我小时候身体弱，动不动就感冒，一感冒就发烧，再加上我的身体对药物好像很排斥，一粒药丸喝一杯水还咽不下去。无奈，三婶只好想方设法哄着给我打针，像母亲般照顾我。

2000年，我嫁到了山东，与家人相聚的机会就少了。除了侄女结婚、侄子添重侄回家贺喜外，平常的日子，回家的次数屈指可数。待我如同亲生的三达、三婶，和他们的点点滴滴，逐渐只是在脑海里反复回放。

孩子总是难以明白父母的心事。自从父亲去世后，三达就担起了父亲的责任，远嫁他乡的我，成了三达的牵挂。

2008年，在三达的提议下，二哥、二嫂想看看这些年我在山东过得怎么样，就和三达来了山东。这是他们第一次来看我。看到我在这边有事做，有房住，婆婆待我也不错，才放了心。

不知不觉，一晃十几年过去了，三达已步入古稀。人上了年纪，毛病就多了起来。三达总感觉胃里不好受，吃不下饭去，就把这事告诉了在医院上班的堂妹。堂妹赶紧带他去医院检查，结果不容乐观。

堂妹和三婶商量着，这个结果不能告诉三达，就说他胃上长了个瘤，动个小手术就好了。医生说，手术风险大，你们要有心理准备。在堂妹的协调下，决定从省城大医院请专家过来做手术。经过几天的苦苦等待，终于熬到了做手术的日子。十几位医生、专家进了手术室，一家人提心吊胆地在门外等候。几个小时后，手术顺利完成，而且，很成功！

三个月后，三达奇迹般地好了起来，自己能慢慢下床走路了，饭量也明显增加了，脸色也比以前好看了，精神也好多了。

2019年10月，三达第二次提议来山东看我。为了满足他的心愿，家人决定冒险让三达再出一趟远门。于是，由我大哥、大嫂陪着三达、三婶来山东。

三达得知订好了火车票，高兴得不得了，下午五点多就进站等候，一直等到晚上九点半才上火车。第二天下午两点，终于来到了潍坊站。我在家事先把床上铺的、盖的全部换成新的，一切准备妥当，等候家人的到来。

公公、婆婆听说亲家要来，赶紧炖鸡、炸鱼忙活了一下午，做了满满一桌子菜。

三达他们一行人来了之后，两家人欢欢喜喜地围坐在桌子旁，边吃边唠家常。在娘家人面前，婆婆直言不讳地说："我这辈子没有闺女，就把儿媳妇当闺女待，你们请放心，我绝不会亏待俺那儿媳妇。你看他们结婚都那么多年了，过年时，我们还是在一块儿，从来不分你我。"大哥、大嫂看到我和婆婆关系和睦，脸上露出了笑容。

我和先生带着家人去巨淀湖、植物园、蔬菜博览园挨个儿逛了一圈。兴旺发达的菜乡景色，让他们非常高兴！六十八岁的大哥，激动地用手机拍下了精彩的一幕幕，发到家人微信群里，与家人们分享寿光蔬菜的壮观景象。

快乐的时光总是短暂的！转眼，又到了分别的时刻。在三达上车的一刹那，我的泪水再也忍不住夺眶而出。我紧紧拉着三达的手，久久不愿松开，嘱咐三达要保重身体，三达也难过地流下了眼泪。

"三达，过些日子，我再回家看您！"临别时，我哽咽着告诉三达。

三达、三婶平时很少出远门，更没有坐过飞机。大哥、大嫂想借着这次机会，带两位老人坐一次飞机。从济南机场到河南老家，只用了两个小时的时间。三达、三婶逢人便说："真没想到，这辈子还能坐上飞机，像做梦一样。"

腊月二十三那天，二哥打电话告诉我：三达走了。当时，我一下子蒙了！不是三个月前，三达来看我时还好好的吗？怎么突然就走了？二哥说："去你们家之前，三达的癌细胞就扩散了。他知道自己的时间可能不多了，最后的心愿，就是想去山东看看你。"

订车票，回家，成为我们一家人十万火急的大事。但由于事发突然，加之春运期间车票紧张，最终，我也没能送三达最后一程。三达的山东之行，就成了我和他在这个世界的最后一面。

如果，我早些回去探望，如果，每年能多回去几次，如果……之后的日子，一连串的如果，撕扯着我的心。

清明节的晚上，我点上蜡烛，遥望家乡向三达鞠躬。我知道，其实人生没有那么多如果。所有的遗憾，都要用比拥有时要加倍的珍惜来规避。

三达走了，还有三婶，还有一个个亲人。对他们的珍惜，便是修补那被遗憾击伤的灵魂吧！

贾爷

在我们村的西南角上，有三间茅草屋，屋里住着两位老人。男主人姓贾，村里人都称他老贾，论辈分，我们称他为贾爷。女主人，不知姓甚名谁，我们叫她贾奶。

不知贾爷籍贯，新中国成立前，贾爷要饭要到我们村里，就住下了。1948 年从我村参军，随部队一直打到西藏。

后来复员，贾爷别无去处，就回村定居了。村里人见他本分能干，很多人帮忙说媒，终于帮贾爷讨上了媳妇——贾奶。只是，贾爷、贾奶一直没有自己的孩子，两人相互依靠过日子。

贾爷人很怪。人高体壮，皮肤黝黑，小小的眼睛，高高的鼻梁，少言寡语，不唱歌、不喝酒，甚至也不和村里人打交道，总是紧锁眉头，让人望而生畏。一个人待着的时候，他喜欢拿一把军刀抚摸着玩。那把刀是贾爷打仗时用过的，也不知来自何处，经历了多少血战。因为后来我知道，解放战争时期，我军是不配军刀的。

我们好像从来看不到贾爷笑，就想，难道他不会笑？

但我们不敢去问。后来听到过别人的猜测：贾爷解放前当兵打仗，不但没混个一官半职，回家后竟然什么待遇也没有，怕是犯了什么错误吧！

猜测归猜测，谁也没问过。

贾爷家的院子很大，四周是篱笆墙，在篱笆墙的周围，种植了许多蓖麻。开花的季节，成片的蓖麻花争奇斗艳，香飘满院。院子北边是一排排的杨树，生机勃勃，笔直的树干形成一排排绿色的屏障。院子南边有一个池塘，池塘里种满了莲藕，鱼儿在莲叶间嬉戏，蜻蜓在莲叶上飞舞。夏天，花开满塘，碧绿的荷叶，粉红的荷花，清香怡人。池塘边的柳树倒映在水中如同蒙上了轻纱，柳枝在微风中轻轻摆动……它们一起点缀着荷塘的诗情画意。

贾爷曾经救过贾奶的命。

盛夏的清晨，年轻的贾奶沿着院中的小路去池塘边刷盖垫，盖垫是用高粱秆编制的专门用来放包好的包子和饺子的。她一手拿着刷子，一手拿着盖垫，认真地刷着，盖垫在水中起伏不定。贾奶用手一摁用力大了，身体猛地向前倾斜，一头栽到了水中。

贾奶不会游泳，在水中扑腾来扑腾去，忽地上浮，忽地下沉。上浮时，贾奶就大声呼救："老贾，救我！"随着"啊噗"一声，喝了一口水，就又沉了下去。贾爷听到了呼救声，慌里慌张地跑到池塘边，迅速跳到水中，一把拽住了贾奶，把她抱了上来。贾奶吓得浑身发抖，直接说不出话来。

20 世纪 70 年代，村里实行集体制生产。由于经济条件差，很多社员吃不上青菜，队里决定，在村南头划出一片菜地，找人专门管理，给大伙儿种植蔬菜。种菜是个细致活儿，既要技术，又要勤快，思来想去，队长就选中了贾爷。队里在菜园边盖了两间房子，供贾爷居住并存放农具。

贾爷上任之后，就开始了他的菜园规划。他首先把地分成一块儿一块儿的，然后，开始犁地、翻地。土地整平以后，就开始播种，根据不同的季节，种植适宜的蔬菜。夏季的菜园里，品种丰富，有黄瓜、辣椒、茄子、豆角、空心菜……

贾爷每天在菜园里忙碌，浇地、拔草，给黄瓜、豆角搭架子等，把菜园打理得井井有条。园子里的菜，绿油油，水汪汪，一派生机盎然！

辣椒青翠欲滴，细细的枝条从上到下挤满了密密麻麻的辣椒，叶子被挤得早早就脱落了，只有一个个果实挂在枝条上。架子上挂满了黄瓜，一个个长满了嫩刺儿，顶着黄花儿，沾着露珠，被阳光一照，显得格外水灵。

矮矮的茄子棵上挂着一个个身穿紫袍的茄子，为了防晒，头上戴着一顶花边黑帽。它们形态各异、长短不一、粗细不同，有的像月牙，有的像弯刀。切开一看，肉是白色的，里面包着很多像芝麻大小的小黑子，整齐地排列着。

蔬菜成熟后，贾爷就把菜摘下来，放到院子里，黄瓜是论根分，一家分几根，大小搭配均匀；辣椒论堆分，一家一堆，虽然不用称，但重量相差不多。

分配好，队长就通知各家各户来菜园里领菜，大家排着队，不挑不选，按顺序拿。

分菜的日子，是孩子们最开心的时刻。

贾爷自从在菜园工作后，就像变了个人似的，脸上有了笑容，话也多了起来。村里的孩子们见到他也不害怕了，还主动和他打起了招呼。

一次偶然的机会，我们走入了贾爷的生活。

由于家中房屋翻盖，暂时无处居住，于是，家里人就想到了贾爷家的农家小院。与贾爷商议后，就在他家的茅草屋东边盖了两间临时房，我们暂时居住。

贾爷的家布置简朴，西边和中间两间屋通着，中间没有墙，只有一根木头做成的梁作为支撑。在屋子的西南角，盘了一个锅灶，用来做饭。东边那间屋子是卧室，只有一张床和一个陈旧的柜子。柜子上方的墙上，就挂着那把破旧的军刀。

我们的到来，让贾爷家的生活有了新的变化。原本冷清的院子里飞出了笑声，清脆的歌声，此起彼伏，接连不断。

从此，院子里有了上学、放学的孩子；清晨，有琅琅的读书声；星期天，有孩子们的嬉戏声。这看似平常的生活，对于贾爷、贾奶来说，却有别样的滋味！从未有过的天伦之乐，在这里体现得淋漓尽致。我们相处融洽，两位老人整天乐呵呵的。

我大哥当时在县民政局工作，了解到贾爷的事情后，就向局领导反映了情况。局里领导专门派人去贾爷家看望、慰问，还给贾爷办理了退伍军人光荣证（现称“退役军人优待证”）。老革命军人贾爷，终于得到了政府的认可。

多年以后，我离家去了外地，从家人的口中得知，贾奶年事已高，体弱多病，病重期间，贾爷寸步不离，精心照顾。贾奶临终前对贾爷说：“这辈子嫁给你，我没有后悔，只是我走后，留下你一个人孤苦伶仃、无人照顾。”贾爷含泪对贾奶说：“你放心走就是，到那边我们还做夫妻。”

在守灵的那个晚上，贾爷静静地坐在贾奶的身边，拿起墙上的那把刀，摸了又摸，最后头一耷拉，埋在军刀上睡着了。

贾爷睡着了，再也没有醒来。

第二天，帮忙给贾奶料理后事的人到来后，才发现贾爷也去了。

老人们说，夫妻相依，贾爷救过贾奶的命，又随贾奶而去，他们是应了“生死夫妻”的古话。

两个老人没有亲人，村干部帮忙清理遗物，在柜子的底部，发现了用红布一层层包裹着的三枚军功章：两个三等功，一个二等功！

贾爷、贾奶双双离世后，晚上我做了个梦。梦里我看见贾奶裙裾飞扬，像个仙女一样，轻飘飘地向西南方向飞去，怀里抱着她的“猫妮”，贾爷像“牛郎”一样，飞向空中，向贾奶追去……

老宅院里的旧时光

我的童年是在老宅院里度过的。老宅院是老祖、老太那代人建造的院落，再往前追溯就有些模糊了。老宅院由三间西屋、九间堂屋组成，没有院墙，是个敞院。院子里共住着四户人家。因父亲在家排行老大，按照习俗，我们家自然就住在主屋里。主屋坐西朝东，三间土坯茅草屋。在南墙边上，父亲又加盖了一间比主屋矮的灶屋，在里面烧火做饭。这样还比较方便些，省得在主屋里烟熏火燎的，把屋墙都熏黑了。

我们家乡的人称坐北朝南的屋为堂屋。二达家就住在堂屋里。他们家有六个孩子，由于人多住不下，二达只好在西山墙上又搭建了一间灶屋。和二达家挨着的是恩达家，恩达与父亲是五服以里的堂兄弟。恩达是个聋哑人，在家又是独子。爷爷奶奶就他这一个儿子，至于为什么聋哑，我们从来不敢问。平日里，我们和恩达说话时，他总是好打岔。每当我们表达不清楚时，恩达就急得连说带比画的，直到看见他露出笑脸，我们才笑着跑开。

恩达家东边是三达家。由于三达在家最小，结婚也最晚。所以，爷爷、奶奶就一直跟着三达、三婶一起生活。三婶是一名乡村赤脚医生。她每天出门行医看病，为患者解除病痛；给孕妇检查、接生。于是，爷爷、奶奶只好帮三达、三婶照看年幼的堂妹、堂弟，为三婶解除后顾之忧。

自打我记事起，恩达家的爷爷奶奶就已经很老了。奶奶每天坐在门口的石凳上，看院子里追逐打闹的孩子们开心地玩耍。时而，她又站起来望望恩达回来的路，盼着恩达早点儿回家。奶奶由于牙齿老化脱落，嘴唇有些瘪瘪的，每次笑起来，就会露出参差不齐的豁牙。小时候，我从来不敢上恩达家去玩，因为他们家西屋里放着一口黑漆漆的棺材。听大人们说那是奶奶给自己准备的“房子”，等她老了之后就住在里面。

恩达家门前有棵大枣树，大枣树很粗，需要五个孩子手拉手才能合抱过来。每当枣树开花的季节，远远的，就能闻到枣花的香味，清香宜人！那一朵朵金黄的枣花，均匀地挂在绿叶间，随风摇曳，像个俊俏的小姑娘散发着青春的气息。花期过后，一个个豆粒般的青枣羞涩地藏在花蒂中，看日出日落，听风观雨，肆意生长。

9月，是枣儿成熟的季节。树上缀满了密密麻麻的枣儿，有红的、青的，有青红相间的。秋风吹来，熟透的枣儿轻轻地落到地上。在树下玩耍的孩子们不费吹灰之力就能吃到甜甜的枣儿。对于风吹不下来的枣儿，大人们就爬到树上抱着树干使劲地摇，只听见枣儿啪嗒啪嗒往下落的声音，不一会儿，就落了满满一地的枣儿。离地面较低的树干，只需站在树下用长竹竿敲打枝条，成熟的枣儿就纷纷往下落，直到把树上的枣儿打完为止。

1978年秋，大哥从部队回家探亲时，给父亲买了一台收音机。这台收音机功能齐全，“能说会唱”的，既能听新闻趣事，又能听说书评弹，而且还会唱歌。因此，受到了家人们的喜爱。

在那个物资匮乏的年代，人们消息闭塞，没有渠道得知外面的信息，最便利的通信工具就是书信往来。除非有紧急情况，才会去邮局发既简短又昂贵的电报，发电报都是按字数计费的。当时，连传递信息都很困难，更不用说获取新闻以及娱乐信息了，那都是不可想象的事情。自从有了这台收音机，我们的精神生活开始变得丰富多彩。

老宅院里的大枣树下，是我们平时玩耍的地方。听收音机时是枣树底下最热闹的时候。那时，全村就我们家有一台收音机，稀罕得很！一家人拿它当宝贝。每天晌午十二点半雷打不动地听“说书人”讲故事。大家或坐，或蹲，或站，聚精会神地听，有端着碗边吃边听的，有的连饭都来不及吃，就先去听“说书”的，生怕错过了细节，等第二天再听的时候接不上情节。听书时，大家表情不一，有面带微笑的，有皱着眉头的，有陷入沉思的。听书人的情绪会随着故事剧情发生微妙的变化，一会儿兴高采烈，一会儿情绪低落，心思直接融进了故事当中。

1983年夏，三哥、三嫂结婚后，我们家就要面临分家了。在家庭会议上，大家商量的结果是：我和父亲跟着大嫂或是二哥、二嫂一起生活。当时，我想跟着二哥、二嫂，因为二嫂脾气好，我们俩经常在一起聊天。我之所以不想选择大嫂，是因为我害怕她。大嫂是小学教师，平日里对我要求非常严格，特别是学习方面，更是严格。

记得有个星期天，我和堂姐在二达家里写作业，我们俩边写边玩儿，年幼的堂弟、堂妹还不停地给我们捣乱。当我的作业即将完成时，大嫂回来了。她看我写作业不认真，就拿起作业本检查。这一看不要紧，只听“刺啦”一声，大嫂把我写的作业撕了下来，让我重新写。因为我的作业不但字迹潦草，还把“休息”写成了“体息”。虽然只是多了一横，但词意却大相径庭。大嫂阴沉着脸，大声叱责，一下子把我吵哭了。

父亲明白了我的心思后，就慢慢哄着我，给我做思想工作。父亲温和地对我说：“你跟着你二嫂生活也未尝不可。但相比较而言，我觉得，你还是跟着你大嫂比较合适。虽然大嫂对你要求严格，但她也是为了你好啊！她不是也想让你好好学习，将来有出息嘛！你还是再考虑一下吧？”经过再三思考后，我觉得父亲的话有一定的道理。最终，我选择了跟着大嫂一起生活。

俗话说：“老嫂比母。”自从大嫂嫁过来后，她待我们兄妹三个如同亲兄妹一样，我们一家人生活在一起，从来没分过你我。家里有什么事，都离不开大嫂。三哥的工作以及他的婚事，都是大嫂一手操持的。二哥结婚后，他们两个就搬出老宅院了。三哥结婚时，父亲又把主屋让给三哥、三嫂当婚房。如今，家是分完了。可是，我和大嫂、侄女三人却无处居住了。

在我们村的西南角上，有一对姓贾的夫妇，他们没有子女。贾奶养了一只猫，把它当作孩子养，还给它起个好听的名字叫猫妮。打那以后，猫妮与贾奶形影不离，成了贾奶的忠实玩伴。

当贾爷得知我们三人无处居住时，就让大哥、大嫂在他们家屋东头加盖了一间斜坡的房子。说是房子，其实就是个棚子。但我们仨总算有个落脚的地方了。棚子拾掇好后，我们便搬了过去。

关于搬家的事，我也有自己的看法。说实话，其实我是不大愿意搬过去住的。因为，我在老宅院里住习惯了，老宅院里人多、热闹！贾爷那里人少、冷清！而且，我还有点儿嫌他们俩“窝囊”。虽然，我人在南院，心却依然在老宅院里。

那时的我，听故事简直入了迷！每天中午放学后，我总是“风雨无阻”地跑到老宅院里听收音机，有时饭都顾不上吃，也要先去听“说书”的。正是从那时起，文学的种子已悄悄在心中萌芽。

时过境迁，一晃三十多年过去了。每每忆起那段往事，眼前就会浮现出老宅院里的那些人和事。少年时代的听书习惯，随着年龄的增长逐渐地演变为一种爱好。闲暇之余，我常常用阅读来打发时光，用文字记录生活中的点点滴滴，把曾经的美好变成文字，温暖孤寂的心灵。

年味儿最是故乡浓

当洁白的雪花漫天飞舞时，时光已渐渐走入深冬。银装素裹下的山川、河流、平原变得朦胧而悠远。屋顶白了，村庄安静了，大片的麦田盖上了厚厚的棉被，袅袅炊烟在村子上空萦绕盘旋。人们围起炉火开始谈论年事，感觉年味儿越来越浓了。

老家有句谚语："腊八腊米饭，越腊越喜欢。"腊月初八这天，父亲把平日里舍不得吃的大米，用水淘洗干净，烧火熬粥。在柴火的烘烤下，听到锅里发出"咕嘟咕嘟"的声音，清香的米饭随着蒸气飘散开来。随之，晶莹剔透的米粒便熬成了黏稠的米粥。

父亲喊着我的乳名，递给我一碗冒着热气的米粥，我先是趴在碗边闻闻它的香味，然后，再吸溜一口慢慢品尝。绵软香甜的米粥入口即化，虽没有青菜的辅佐，但我们依然吃得津津有味。

腊月二十三是祭"灶神"的日子。一大早，父亲就把"老面渣头"拿出来，放在盆里用温水化开，然后倒入水、面粉，开始和面。面和好后，父亲把面盆放在麦秸草堆里，上面用棉袄盖起来，这样面发得快。

面发好后，父亲先把发面倒在案板上反复揉搓，然后，开始打火烧（烧饼）。打火烧时，先把面搓成长条状，揪成一个个拳头大的面剂子，擀成圆饼，倒上菜籽油，撒上盐和葱花，卷起来擀成圆火烧。然后，开始上锅煎，一直煎到火烧鼓起来，就算熟了。

火烧、豆腐汤是我们家乡的传统美食。父亲先把豆腐切成长方形的小块，放进锅里撒上盐小火慢煎，然后，用锅铲轻轻翻过来，煎至两面金黄后，再倒上水，放上粉条、白菜，一锅热腾腾的豆腐汤就做好了。

父亲把火烧、豆腐汤摆放在锅台上，面对“灶神”祷告起来，大致是烦请“灶王爷”保佑家人平安、锅灶平安之类的话语。此刻，我关心的不是父亲说了什么，而是我什么时候能吃到火烧，喝到热乎乎的豆腐汤。

时间过得真慢，小年都过去好几天了，怎么还不到过大年呢？“少年不知愁滋味”的我，暗自嘀咕着。虽然还没盼到大年，但我心里明白年是越来越近了，因为父亲每天都在为过大年忙碌，扫屋子、蒸馒头、炸鸡、炸鱼、熬肉，一刻也不闲着，好像有干不完的活儿。

大年三十那天，父亲早早地就开始忙活着打糨糊，准备贴春联。过年贴春联，除喜庆祝福外，据说还有避邪的作用。我们家乡过年就有贴门神的习俗，人们认为过年贴门神，可以保佑家人平安。贴完春联后，父亲把炸鸡、炸鱼、枣花馍、苹果、糖、果子等供品逐一摆上供桌，还在供品的两边插上了两根红蜡烛，以此来烘托过年的气氛。

我们兄妹几个拿着事先准备好的供品，去祖坟和母亲坟前祭拜。我们先把供品摆在坟前，由哥哥念叨着请先人们吃饭。然后，焚烧纸钱，再放上一挂鞭炮，提醒先人们回家过年。

凛冽的寒风中，我们边走边喊：“老祖、老太、爷爷、奶奶、娘，今天是大年三十了，孩子们请您回家过年了。”我们一路奔跑，一路喊叫，一直把先人们请进屋里。进屋后，父亲立即拿出一根绊门棍，横放在屋门口。

除夕之夜，门前的大红灯笼亮了起来，照得院子里亮堂堂的。堂屋里燃起了红烛，跳跃的烛光显得格外温暖。桌子上摆满了各式各样的枣花馍、炸鸡、炸鱼、炸酥肉、五花肉碗顶子、新鲜的蔬菜以及刚出锅的饺子等美食。所有的菜品上齐后，一家人便围坐在桌前，等候开饭。

开饭前，父亲先让哥哥放一挂长鞭炮以示除旧迎新。噼噼啪啪的鞭炮声后，只见父亲端起两碗热气腾腾的饺子，走到院子里，一边口中念念有词，一边把水饺汤泼到地上祭拜天地。然后，又走到供桌前，以同样的方式祭拜祖先。我们坐在桌子旁，看着父亲虔诚的祭拜仪式，心中莫名地升起了一种敬畏感。

大家围坐在一起边吃边聊，畅所欲言。在部队当兵的大哥，首先带头给我们讲起了他在军校学习、训练的情况；上高中的二哥和上初中的三哥也各自向父亲汇报了在学校的学习情况。听完三个哥哥的讲述后，父亲的脸上露出了欣慰的笑容。

吃过晚饭后，全家人聚在院子里开始放烟花。烟花的品种很多，有齐裹（冲天炮）、地出溜、青蛙蹦、花蝴蝶、大礼花、摔炮……由于我胆小，不敢亲自上阵，只好偷偷躲在父亲背后看哥哥们放烟花。只见哥哥左手拿着齐裹，右手拿着点燃的香火往炮捻上点。只听“啾”的一声齐裹蹿上了天空，接着，又听到“啪”的一声，齐裹不见了，只剩下一缕白烟四处飘散。在所有的烟花中，最精彩的属大礼花，十几头的大礼花只要点燃一根炮捻儿，接着，烟火串联一个接一个地向空中飞去。五彩缤纷的大礼花，照亮了漆黑的夜空，沉寂的村庄开始沸腾起来。

不觉间，院子里已挤满了前来观看烟花的小伙伴们。只见他们手提灯笼，三五成群，像赶场子似的在村子里来回地转悠，看烟花、拾小炮。一听到鞭炮声，大伙儿一溜烟儿地朝同一个方向跑去，等我们急急忙忙赶到那里，人家的鞭炮也放完了。于是，我们便各自打着灯笼，四处寻找哑捻的小炮，捡到哑炮像捡到“宝贝”似的，快速装进兜里，生怕别人夺去。等打扫完“战场”后，大伙儿又继续赶往下一家。

太阳升起来了，金色的阳光洒满大地，人们穿上过年的新衣纷纷走出家门。大街上人来人往，一声声“过年好”萦绕在耳边，村子里到处洋溢着欢乐祥和的气氛。

一轮明月寄乡愁

初秋时分，酷暑渐远，有了些许凉意。傍晚，当天边只剩下最后一抹余晖时，我趁着暮色独自向村外的田野走去。放眼望去，远处的树林和茂密的青纱帐黑黢黢的一片，像蒙上了一层神秘的面纱，在暮霭的光影下，显得深沉而悠远。

我边走边抬头仰望星空，只见一轮明月在莲花般的云朵里自由地穿行，忽明忽暗，像在捉迷藏。一阵风吹过，耳边响起了秋虫的唧唧声，接着，蛐蛐也欢快地唱起歌来。我望着月光下的青纱帐，恍惚间，眼前又浮现出童年时的秋收景象。

在儿时的记忆里，每年中秋节的时候，总是遇上农忙。每天清晨，天刚蒙蒙亮，父亲就早早地下地干活儿了，掰玉米、扦蜀黍、刨红薯、割豆子、刹芝麻，从早忙到晚，总有干不完的活儿。大约半个月后，院子里堆满了金黄的玉米、红红的高粱、滚圆的豆粒、新鲜的红薯、星星点点的芝麻粒。看着这些丰收的果实，父亲脸上笑开了花！

秋收时节的夜晚，父亲总是借着月光继续忙农活儿，扒玉米、磕芝麻、打豆粒，用铁锨头刮高粱穗或是用专用的工具擦地瓜干。每当这时，我就站在父亲身边，适时地帮父亲拿玉米棒子、递蜀黍穗或是帮父亲把擦好的红薯片端到一旁，省得积成一大堆后难晾晒。父亲看我乖巧的样子，就边干活儿边给我讲卯话（故事），如《嫦娥奔月》《牛郎织女》《田螺姑娘》《王小砍柴》《老猴精的故事》等一些民间传说。父亲讲的卯话，内容新奇、情节曲折动人，让我听得如痴如醉！

在我心中，父亲就是本“百科全书”，上知天文，下知地理，见多识广，无所不知。也许那时，父亲早已在我幼小的心灵里悄悄种下了文学的种子。只可惜幼年时的我不懂文学的概念，只是喜欢听父亲讲故事。现在想来，也许父亲就是我早期的文学启蒙老师吧！

农历八月十五的夜晚，皓月当空，凉风习习。忙碌了一天的父亲拖着疲惫的身子回到家时，二哥已做好了晚饭。见父亲从地里回来，三哥快速地在院子里摆上方桌，端上馍、红薯、玉米棒，然后，又盛上几碗稀饭。父亲见状，赶紧从屋里拿出两块儿不知从哪里淘换来的月饼。一切准备停当后，只见父亲把月饼从中间横切一刀，竖切一刀，瞬间，两块儿大月饼变成了八块儿小月饼。

我们围坐在桌子旁，边吃边聊。两个哥哥分别向父亲讲述了他们俩在学校的见闻及各自的学习情况。父亲听后，感到很欣慰。这时，父亲抬头望了望月亮，又想起了远在千里之外在部队当兵的大哥，沉默了一会儿，对我们说："今天是八月十五团圆的日子，也不知道你们大哥在部队里想不想家，能不能吃上月饼。你们兄妹几个要以你们大哥为榜样，好好学习，将来才会有出息。"听完父亲的话，我们郑重地点了点头。

每当月亮升起的夜晚，是我们最快乐的时刻。晚饭后，左邻右舍的小伙伴们聚在一起玩捉迷藏、丢沙包、跳房子、老鹰捉小鸡等游戏。人多的时候，我们就一起玩丢沙包或者老鹰捉小鸡；人少的时候，就玩跳房子或捉迷藏。捉迷藏的游戏规则是：所有参与者围在一起，各自把右手从背后伸到身前，当多数人手心朝上，一个人手背朝上时，那这个人就是"王"了。"王"的任务是到处寻找躲起来的人，找到谁，谁就是下一个"王"。

游戏开始的时候，"王"要自觉地捂起自己的眼睛不能偷看。此时，大家就可以四处"逃散"，各自寻找藏身之处了。我们一般都藏在柴火堆里、玉米秸里、高粱秆里，只要能藏身的地方，只管往里钻。只要不被"王"找到，就算你藏得严实。一个看似简单的游戏，有时，我们能玩一个晚上。等到夜深人静散伙时，大家开心地唱着"大米开花，各回各家"的儿歌，欢快地向家中跑去。

“你在他乡还好吗？可有泪水打湿双眼；你在他乡还好吗？是否还会想起从前。”突然，一阵忧伤的旋律拽回了我的思绪。不觉间，我已从田野里走到了村头的公路旁。

我抬头望了望月亮，不由得又想起了那首“想家的时候望月亮，那月亮可否是故乡的月亮？想家的时候望月亮，那月亮可否是天堂里父亲的目光？”那一刻，思念如潮水般涌上心头。

◎ 第二辑

故乡的味道

▼

似梦非梦中，我的情绪经常被一种难以用理智言状的味道所征服、所陶醉。我知道那不是幻觉，而是一种真真实实的不仅可以闻到，而且可以被触摸的味道！我很享受这种状态。后来，我明白了这是故乡的情怀升华以后的力量。

掮麦刀

六月，我站在麦田边，望着金黄的麦浪随风起伏，一波连着一波，空气中弥漫着清新的麦香。只见，一辆辆全自动大型收割机从村口开向麦田。布谷鸟从田野飞向村庄，高唱丰收的赞歌，期待下一轮的播种。

每当此时，我便会想起儿时收麦的情景。当麦子刚刚泛黄时，父亲就早早地从墙上取下闲置了一年的掮麦刀，卸下刀片，在厚重的磨刀石上反复地磨，直到锃亮为止。然后，用右手大拇指在亮闪闪的刀片上试探锋利的程度。蹲在一旁的我，快速地捂上眼睛，生怕刀片划破了父亲的手指。

掮麦刀，俗称掮子，是黄河流域一种传统的割麦工具。据说，这种工具发明于清朝末年河南王屋山一带。在农机匮乏的年代，掮子曾被广泛使用，它比传统的镰刀要快出好几倍。掮子由竹编、绳索、刀片和把手组成，整体模样像个大簸箕，只是在簸箕口边安上两尺多长的刀片。用掮子割麦，少弯腰，不像用镰刀那样，腰弯得很低，身子只需向前微微倾斜。

麦子熟了，大人们开始忙碌起来。天刚蒙蒙亮，父亲就把我从睡梦中叫醒，和他一起去村北头田洼子地里割麦。我迷迷糊糊地揉着眼，磨磨蹭蹭地不愿意去，父亲只好答应让我坐在架子车上拉着我，这才勉强同意。

走近地头，只见父亲右手紧握把手，左手拽着绳索，从右往左呈圆弧形挥舞。每挥舞一下，一片麦子应声倒下跌进簸箕里，父亲随手把掮子翻过来，把麦子倒在地上。接着，挥起掮子继续收割。

我跟在父亲后边，把凌乱的麦子拾起、捋顺，归置成堆，便于父亲打捆、装车。然后，再把地上散落的零星麦穗拾起来装进麻包里，尽量做到颗粒归仓。父亲告诫我，要学会珍惜来之不易的粮食。

日上三竿后，毒辣的太阳炙烤着大地，像蒸笼一样。我悄悄躲到架子车下面乘凉，想偷会儿懒。父亲依旧挥汗如雨，一削接一削，不停地收割，衣服都湿透了，也不停歇。

猛然间，我听到远处传来卖冰棍的吆喝声：“冰棍，卖冰棍喽！清凉爽口的冰棍，一毛钱三根了哈！”听到卖冰棍的声音，我腾地从车子下面窜了出来，跑到父亲跟前，缠着父亲买冰棍。起初，父亲不同意，见此情景，我就以吃完冰棍继续拾麦穗为条件，给父亲做保证。看到我渴望的眼神，父亲答应了我的请求，不一会儿，一只透凉的冰棍出现在了我的面前。

如今，父亲离开我已经二十多年了，每每想起这些场景，心中便会涌起一股暖意。

削子作为一种区域性农耕工具的代表，现在早已退出人们的视线，成为历史长河中的文明符号。

麦香味儿

夕阳西下，一抹晚霞随意散落在天际，逐渐被一团团游弋过来的黑云淹没。夜色慢慢落下帷幕，一闪一闪的长庚星，开启了和夜空的对话。月亮在云朵里穿行，给大地披上了一层朦胧的面纱。

晚饭过后，我独自走出家门，向离家几十米远的麦田走去，想呼吸一下田野里的新鲜空气。出门右转，拐过墙角，远远地就看到了一大片金黄的麦田。此刻，我才意识到芒种节气已过，麦子到了收割的季节。

我轻轻地走近麦田，凑上前去，深深地闻一下麦子的香气，嗯，还是那种清香！这种来自自然的专属香气，是任何香味也替代不了的。“民以食为天”，麦子是老百姓用来维持生活的粮食，我们要用虔诚的心来敬畏上天赐予人们的生命食粮，绝不可随意浪费。

远处，黑黢黢的杨树林在夜空下显得格外幽深，叶子不停地随风摆动，哗哗作响，仿佛有些烦躁不安。天气有些闷热，只听见从不远处的池塘里传来阵阵蛙声。这一刻，思念漫过原野，我仿佛走进了故乡的村庄，眼前的一切与儿时的情景如此地相似。

20 世纪 70 年代初，那时候还是大集体，生产队里的土地都是统一耕作、播种、收割，然后，统一分配。平日里，大人们下地干活儿挣工分。到了年底，生产队按照每个人挣的工分，分一年的口粮。那年月，每家分得的口粮根本维持不了全家人一年的生活。每年到了青黄不接的时候，大人们总是到地里挖野菜来糊口度日。

记得那年我有七八岁的样子吧。一天，我跟着邻居家的伙伴小美和她奶奶一起去河里洗衣服。当然，是奶奶洗衣服，我们俩在河边玩。清澈见底的河水由西向东缓缓流淌，碧绿的杂草漂浮在水中，给活泼灵动的鱼儿营造了一个逍遥的乐园，它们在杂草丛中追逐嬉戏。岸边开满了五颜六色的野花儿，黄的、粉的、紫的、兰的，知名不知名的花儿竞相开放、争奇斗艳。我和小美到处跑着采摘盛开的花儿，每到一处，惊得藏在草丛里的青蛙慌不择路地乱蹦乱跳，有的蹦到了远处，有的“扑通扑通”跳进了水里。蜻蜓飞来了，落在河中的草尖上，以水为镜映出自己美丽的倩影。蝴蝶飞来了，忽高忽低地在草丛中翩跹起舞。顿时，河道里热闹了起来。

大约一个小时后，奶奶洗完了衣服，领着我们俩从麦田间的小路上回家。麦子长得很高，漫过我和小美的头顶，挡住了我们的视线。我们俩只好低头看路，边走边轻抚着两边的麦子。走到一半时，小美奶奶停了下来，用手掐了一大把即将成熟的麦子，打算回家用火燎燎麦芒，揉出麦粒吃。跟在后面的我，也学着奶奶的样子，掐了一小把麦子攥在手里往回走。我一边走，一边想象着麦子喷香的味道，情不自禁地咽了口唾沫。眼前又浮现出第一次烤麦穗时的情景。

那是一个傍晚，父亲从地里干完活儿回家，看见我在院子里和小伙伴们踢沙包。父亲把我叫到了跟前，说是给我带来了好东西，让我猜猜是啥。我不假思索地猜道:“豌豆角。”父亲摇了摇头说:“不是，这个时候的豌豆角已经老了，不能吃了。”平日里，我知道父亲喜欢钓黄鳝，就又猜道：“是不是黄鳝？”父亲又摇了摇头说：“还是没猜对。”这时，我有点儿迫不及待了，于是，快步跑上前去，边拉着父亲的胳膊，边撒娇:“达（爹），到底是什么好东西啊？你快说啊！我真的猜不出来了。”只见父亲慢腾腾地从灶屋里拿出来一小把青麦穗，上面的麦粒绿油油的，很是诱人！直挺挺的麦芒像针一样尖。我欣喜地接过麦穗，正过来反过去地看，又凑上前去闻闻它的香味。嗯，真好闻！

父亲告诉我：“到了芒种时节，这些长在地边上还未成熟的青麦穗，一般情况下，生产队里都拉回去喂牛了，队长允许社员们把青麦穗拿回家给孩子们烤烤吃。”这时，只见父亲拿起麦穗来到灶前，把麦穗放在火上烤，等麦芒全部烧焦后，鲜亮的麦穗也都熏黑了。过了一会儿，父亲又拿起麦穗在地上摔打几下，吹吹上面的灰，然后，放在案板上用手揉搓，这样很轻松就把麦粒揉了下来。接着，父亲抓一把裹着皮的麦粒放在手里又揉搓了一会儿。然后，把麦粒从右手倒进左手，左手倒进右手，并吹去掺杂在麦粒中的外皮。来回倒腾几下后，麦皮都被吹走了，只剩下干净的麦粒了。父亲让我把两只手并起来平摊在一起，然后小心地把麦粒放在我的手里，示意我尝尝烤麦粒的味道。我趴在手上，舔了一口，仔细咀嚼了几下，那种甜丝丝的、清香的味道迅速占据了我的味蕾。啊！真好吃！太好吃啦！父亲看着我陶醉的样子，脸上露出了灿烂的笑容。

正当我兴奋之际，突然，听到有人从麦田的一头走来，奶奶快速地把麦子藏在盆子里的衣服下面。而我的麦子无处隐藏，只好牢牢地攥在手里。只听奶奶小声说："看麦子的人来了，他好像发现我们掐麦子了。"惊慌之余，我开始担心起来，但我还是舍不得把麦子扔掉。那个人急匆匆地走过来，一眼就看到了我手中的麦子，一把夺了过去，厉声喝道："你怎么能掐公家的麦子呢？这是集体财产，不能私自占有，如果大家都像你一样去掐未成熟的麦子，那不就少打粮食了，以后别再掐麦子了哈。"听到这里，我吓得浑身发抖，"哇"的一声哭了起来。这时，只见小美躲在奶奶后面抖得筛箩筐似的，吓得不敢吭声。而表情淡定的小美奶奶却安然无恙，成功躲过了"一劫"。

芒种节气如期而至。天不亮，生产队里就组织社员们下地割麦子去了。日上三竿时，只见牛车拉着满满一车麦子，晃晃悠悠地从北田窝子向村里走来。于是，我和两个小伙伴站在三达家的屋后面等着。等牛车一进村子，我们便尾随其后，等着麦秸子从牛车上晃荡下来。然后，我们快速地拾起来，把它变成我们的囊中之物。村子里的大路两旁种植着一些枣树、柿子树、洋槐树等，每当牛车从树下经过时，树枝上难免会挂着些麦秸子。等我们跟随到麦场边时，就赶快往回返。然后，再麻利地用棍子敲下挂在树枝上的麦秸子。

就这样来来回回地跟着牛车拾麦子，一天下来，竟有不少的“收获”。

等牛车把大批的麦子拉完后，地里漏掉了一些麦秸子及麦穗头。为了调动社员们的积极性，队长就召集大家一起拾麦子，优惠条件是：这次拾的麦子归个人所有，不再交到生产队里。

午饭过后，大伙儿不顾毒辣的太阳，全家老少齐上阵，拿着筐子、篮子齐刷刷地站在地头上等着拾麦子。这时，只见队长拿着挑麦子的叉子站在地里，等大伙儿都到齐了，才一声令下：“开始！”只见人们像百米赛跑似的，冲上前去，尽量先抢成绺的麦子。大人们左一把，右一把，一会儿工夫，就能拾一大抱麦秸子。由于我年龄小，肯定跑不过大人，只好跟在人们后面拾些零碎的麦穗。当时，二哥任生产队里的队长，他光顾着指挥大伙儿拾麦子了，也顾不上给自家拾了。看到别人家拾了大包袱、小包袱的麦子时，二哥才发现我只拾了半篮子麦穗头。于是，他帮我用叉子挑了些成绺的麦子。二哥一边帮我拾，一边笑着安慰我说：“虽然你年龄小，但是你拾得不比别人少。”二哥帮我把麦子背回了家。父亲看到我拾了那么多的麦子，直夸我能干，还说晚饭时，要奖励我一个鸡蛋。我看了看站在一旁的二哥，笑了笑，冲他做了个鬼脸。那夜，我闻着浓浓的麦香味儿，甜甜地进入了梦乡。

麦子拉到场里后，平铺在事先碾压好的土场里，晌午天气燥热麦子焦的时候，才是打场的好时机！打场时，一人牵着牛，围着麦场转着圈来回地碾压。几个来回之后，麦粒都碾了下来。打完场后，剩下的麦秸穰被垛成垛。到了冬天，再把干麦秸穰铡碎用来喂牲口。那时，打麦场成了我们儿时的乐园。

每当月亮升起的夜晚，我和小伙伴们就聚集在麦场里玩耍，有练习骑车子的，有丢沙包的，有捉迷藏的，还有借着麦秸垛头朝下练习倒立的。我们像野马般在麦场里追逐、嬉戏、打闹。正当我们玩得起劲时，忽然，从南边麦场里传来一阵歌声：“我们坐在高高的谷堆旁边，听妈妈讲那过去的事情。”我们被悦耳的歌声吸引过去。只见我们村的桂花老师被一群孩子围在中间，缠着老师教他们唱歌。

月亮越升越高，皎洁的月光照亮了麦场，照亮了整个村庄，我们闻着浓浓的麦香味儿，沉浸在欢乐的气氛中。

时过境迁，如今，我已离开家乡三十多年了。每当麦收的季节，我不由得就会想起儿时割麦时的情景，那些快乐的时光永远定格在记忆里，并逐渐演变成浓浓的乡愁。

豌豆弯弯

豌豆花，红蘖蘖，
像蝴蝶，开满架，
花儿花儿，不要怕，
我来看看你，不是来采花。

小满时，故乡的庭院里，就会飞出稚嫩的童谣，婉转的歌声随着风儿飘向麦田，与豌豆花翩翩起舞，恰似一场初夏的盛会。

我的家乡在长江以南，属中原地带，气候温和，种豌豆的田地很多。豌豆，别名香豌豆，是一种喜冷的长日照作物。它枝条细长柔软，茎棱状有翼，花如蝶形，色彩艳丽，紫红色的花瓣上长有斑点、斑纹，自带芳香。

20 世纪 70 年代，农村的孩子根本没有零食可吃。春天里，小伙伴们三三两两结伴一起去田埂上、河滩边抽茅眼。茅眼，学名白茅，也叫茅针，茅针实为茅草初生叶芽后，处于花苞时期的花穗，即谷荻。嫩绿的茅眼，有种甜甜的味道，是儿时的最爱。除了茅眼，还有一种美味那就是豌豆角了。

五月，麦子泛黄时，是吃豌豆角的最佳时期。每当父亲去田间采摘时，我就像影子一样跟在后面。走出村外，远远望去，金色的麦田如同地毯铺满大地，色彩斑斓的豌豆花点缀其间，花瓣随风飞舞，宛如蝴蝶般飞来飞去。我仿佛置身于花的海洋，心旷神怡。

摘豌豆角时，要一手拽住秧子，一手去摘，这样才不会伤到其他未成熟的豌豆角，因为豌豆角不是一次性成熟，需要分批次采摘。

看着饱满的豌豆角，我兴奋不已，麻利地挥动着手臂，不停地在豌豆秧中穿梭，一会儿工夫，我们就摘了满满一大筐。

成熟后的豌豆角圆鼓鼓的，剥开豆角，可以看到五六个豆粒儿整齐地排列在一起，青翠圆润。我忍不住拿起一个放在嘴里品尝，一股豆香味流淌在舌尖，渗入味蕾，甜甜的味道，沁人心脾。

回家后，把带皮的豌豆角用水洗净后，上锅蒸十几分钟，热腾腾的豌豆角就出锅了。盛出一碗端到庭院里，坐在树底下慢慢地品尝。一手端着碗，一手拿着豌豆角的蒂把，放在嘴里，轻轻地用牙齿咬住，边咬边往外抽皮，透亮的豌豆皮迅速地从口中抽出来，豆粒儿留在了嘴里，面嘟嘟的，满口清香。

父亲把摘下来的豌豆角，装在麻包里，打算第二天拉到站上（原为火车停靠站点，后来设为地级市，当地百姓习惯性地称之为“站上”）去卖。站上离我家十几里路，那个年代，出门没有交通工具，只能靠步行。

一大早天还没亮，父亲就拉着架子车动身去站上。交易市场上人来人往，叫卖声、嘈杂声此起彼伏，不绝于耳。卖菜的，卖农产品的，卖日常用品的都集中在这里。过往的人们看到新鲜的豌豆角很是稀罕，争着购买。大半天工夫，豌豆角就卖完了。

父亲时常用卖豌豆角的钱给我们买些精美的糖果带回家。我和哥哥算着父亲回家的时间，早早地站在村口张望，盼望着父亲归来。父亲看着我们兄妹俩吃糖果时开心的样子，奔波了一天的疲惫顿时消失，脸上露出了灿烂的笑容。

豌豆角在成熟的过程中，由翠绿色逐渐变成青白色，直至变成枯黄色，才算真正成熟。收割时，将豌豆角连同秧子一起割下来，拉到麦场上晾晒。在晾晒的过程中，干枯的豆荚，在阳光的照射下，因受热而自动裂开。只听见一阵阵噼噼啪啪的炸裂声音，一个个豆粒从豆荚中蹦了出来。

父亲把晒干后的豌豆磨成面粉，用水过滤后慢慢沉淀，变成淀粉后，用来做凉粉。只见父亲往锅里倒上凉水，加火烧开，等到锅里的水冒泡时，就把事先用凉水搅拌好的淀粉水，慢慢地往锅里倒，边倒边用勺子搅拌，不停地搅，瞬间，稀稀的淀粉水变成了糨糊模样，只见锅里咕嘟咕嘟地冒着大泡，几分钟后，停火。然后，把稠糊趁热舀到瓷盆里，晾凉，直到自然凝固为止，凉粉就做好了。

切凉粉前，先用高粱秆做的盖垫子盖到盆子上，然后，两手捏住锅盖边沿，把盆子反过来，掀开盆子后，黄澄澄、亮晶晶，弹力十足的凉粉就呈现在了面前。父亲拿起菜刀切出一长块，把切好的凉粉放到案板上，先竖着切成薄片，再横切成筷子粗细的长条形，然后，用蒜汁加醋凉拌。吃时，用筷子一根一根地挑着吃，细细地品味着来自豌豆的纯香。吃一口，软软的、滑滑的，满口清爽，一碗美味的凉粉下肚后，一种幸福感油然而生。

豌豆不仅可以做凉粉吃，还可以作为粮食储存下来，成为熬粥、蒸豆包的佳品，特有的豌豆香，丰富着人们的生活。

每到小满时节，我就会想起家乡的豌豆角，想起温和、慈爱的父亲，还有那稚嫩的豌豆谣在耳边回响。

榆树钱儿

四月，又到了榆钱挂满枝头的季节，我家院子西南角上的小榆树，也卯着劲儿用淡绿色的榆钱和春风对话。碧绿的榆钱，一片挨一片地挤在一起，一嘟噜一嘟噜的，很是诱人。我搬梯而上，一手抓住枝条，另一只手从枝条的一端撸到另一端，将榆钱轻轻收入囊中。将其清洗后，撒上盐，拌上面粉上笼清蒸。熟透后的榆钱白中透着绿，绿上裹着白，清香扑鼻，吃一口有种香甜的味道。此刻，我吃的仿佛不是榆钱，而是吞下了整个春天。

榆钱有生吃、炒菜、煎蛋饼等各种吃法。面对大自然美妙的馈赠，我想到了榆钱的母亲——榆树。榆树生长缓慢、生长期长，木质坚硬，是做家具的好料子，皮、叶、根，均可入药。别看榆树皮粗糙无华，但其黏性高，在古代是做燃香的好原料。榆树不开花，但“有钱”——榆钱。

榆钱，是榆树的种子，没有花瓣，只有花蕊，一簇一簇的，最初是淡绿色，渐渐地有绿色变成黄绿色，外形似古钱币，因而得名。榆钱具有清肺热、降肺气、杀虫消肿、健脾益胃、安神等功效。更重要的是“榆”“余”同音，榆钱就是“余钱”，榆树就是“余树”，所以被视为吉祥树。

听老辈人说，过去，一般的家庭都种榆树，图个吉利。如果哪家不用种植，房前屋后天然就能长出榆树，会被邻里羡慕，意味着这家有福，可能要走好运。

我想起了我的童年，想起了老宅旁那棵被父母称为“救命树”的老榆树。春天，榆树上挂满了层层叠叠的榆钱。榆钱成熟后呈金黄色，随风四处飘落，远远望去，就像天降财雨满地金钱；盛夏，浓荫能清凉整个院子。

小时候，常坐在树下听父亲讲“榆树钱救命”的故事。父亲说：“遇到饥荒年月，青黄不接时，如果家中有棵大榆树，关键时刻是能救命的。在各种食物中，首选是榆树，其次，人们就以野菜、草根、谷糠来充饥。”

自然灾害时期，村民们起初采榆叶，先熟吃，后生吃，嫩叶吃，老叶也吃。后来，榆叶被吃光了，人们就把榆树皮剥下来晾干、磨成面粉，和野菜掺在一起蒸窝窝头。吃糠咽菜的年月，野菜和糠如果没有掺一定量的面粉，很难做成饭团。榆面粉黏度高，量不用很多就能蒸成饭团子。村里的老榆树，被吃成了光杆，只有远处的几棵野榆树，还有零星的叶子。

那年，我二哥四五岁的样子。父母每天上工干活儿挣工分，没人看管他。二哥自己饿极了就自己跑去找榆叶吃，等他摇摇晃晃走到离榆树不远处时，饿得实在走不动了，就倒在地上昏睡了过去。等娘上工回来，找到二哥时，他已经饿得昏迷不醒了。于是，娘赶紧把二哥抱回了家。

如今，坚硬的榆木早已不是做家具的首选了，榆叶也失去了上餐桌的资格，榆树给我们提供的营养，怕是只有榆钱了。但朴实无华的榆树还是让我钟情不改，这不仅因为它承载着父辈的感恩，还因为它从古至今、从内到外所携带的吉祥信息，坚韧执着，顽强成长，人类但有所需，无怨无悔。

艾草青青

又是一年端午节。仲夏之季，茂盛的艾草已及腰，绿茵茵的一片，采一把艾叶轻嗅，一股清香味沁人心脾，我仿佛闻到了家乡的味道。

每年端午节，家乡每家门前有挂艾草的习俗。艾草，别名艾蒿，简称艾，是一味中草药，茎叶气味芳香，有驱蚊虫、祛湿散寒等功效。

据西晋周处的《风土记》记载："仲夏端午五月五日也，俗重此日也，与夏至同。"在我们家乡，端午节又称五月当午。

五月当午清晨，天刚蒙蒙亮，父亲就早早地出门了，因为割艾蒿有讲究，太阳还未升起时为最佳收割期。大约半个时辰后，父亲就背回了一大捆新鲜的艾蒿。然后，把艾蒿放在庭院里进行捆绑，三四棵为一把，用细麻绳扎起来，挂在屋门口两边，艾蒿的清香味散满了整个院落。那种简单的挂艾仪式，彰显出节日的气氛。

20 世纪 70 年代，由于经济条件差，鸡蛋被视为稀罕物，平日里难得吃个鸡蛋，只有过五月当午时，才奢侈一回，五月当午煮鸡蛋是家乡的风俗。只见父亲从搪瓷罐里拿出十来个鸡蛋，再用剪子剪一些刚拔出的蒜头，放在锅里一起煮，煮好后，每人分两个鸡蛋，但蒜头可以随便吃。

拿到鸡蛋后舍不得吃，就跑到院子里向小伙伴们炫耀，比一比，看谁的鸡蛋大。比完后，再相互碰蛋，看谁的鸡蛋厉害不易破。先破的那一个，只好悻悻地吃下，未破的那个，再与下一个比拼。"孩子们，快来抹雄黄酒了。"父亲吆喝了一声，大家才一哄而散。

父亲是老中医，平时配药时，少不了用雄黄之类的药品。雄黄在《本草纲目》中有记载："雄黄性味辛温有毒，具有解虫蛇毒、燥湿、杀虫、祛痰等功效。”无论外敷或者内服都能起到以毒攻毒的作用。

五月当午那天，父亲就拿出雄黄和酒混合在一起，配制成雄黄酒。大人们可以闭着气少喝点儿，但孩子们嫌雄黄酒味冲咽不下去，只好用来外用涂抹。

院子里挤满了前来抹雄黄酒的孩子们，乱哄哄的。见状，父亲就让孩子们排成队一个一个来，首先是额头、鼻子、耳朵，其次是手腕、脚腕。父亲说：“用雄黄酒涂抹之后，蛇、蝎之类的毒虫闻到酒味，就不敢往身上爬了。”

五月当午佩戴的五彩线是孩子们的最爱。儿时，五彩线作为饰品装扮着我们的童年，它还可以避邪，并带来好运。五彩线，顾名思义是由青、白、红、黑、黄五种颜色的线组成。那个年代，缝补衣物时，多以黑白线为主，花花绿绿的线很少。为了配齐五彩线，父亲只好四处讨要，东家一根，西家一根，好不容易才凑齐。然后，把五色线合在一起，根据我的手腕、脚腕粗细量身定做，剪断后系于腕上。父亲郑重地告诉我：“五彩线要一直戴到阴历六月六，中途不能随意解下来，等到六月六下大雨时，摘下来埋到门前的土路上，让雨水把它冲到河里，最后流到大海里变成小龙，小龙长大后，飞到天上就变成大龙了。”

儿时的我，对父亲的话信以为真，一直盼望着六月六的到来，期待自己的五彩线变成会飞的龙。殊不知，那是父亲的良苦用心，怕我戴不住五彩线而编织的美丽童话。

艾草缕缕香，悠悠故乡情。每逢端午节，我就会想起儿时的雄黄酒、五彩线；想起一同玩耍的小伙伴；当然，更加思念疼爱我的父亲。

遛瓜

大集体时代，村里的土地都是由生产队统一耕种、收割的。每年春季，队长都会带领社员们种上几亩西瓜，一是给集体增加些额外收入，二是让村里的老少爷们吃上消暑止渴的西瓜。

遛瓜是我们家乡的方言。所谓遛瓜就是西瓜成熟的时候生产队里摘完大瓜后，剩下的小瓜或是歪瓜就不要了。这时，社员们就可以去遛瓜了，各人遛的瓜归自己所有，不再上交生产队。

——题记

1979 年夏，那年我九岁。记得那个夏天，天气格外燥热，毒辣辣的太阳像蒸笼似的散发出腾腾热气，人们纷纷躲在树荫下乘凉，拿着蒲扇扇个不停。活泼好动的“阿黄”热得伸长了舌头“哈嗒哈嗒”地喘着粗气，趴在地上一动不动。田野里的庄稼晒得都卷起了叶子，路边的花草也蔫得低下了头。知了在树上高声地叫个不停，惹得孩子们拿着网兜到处追着捕它，吓得知了从这棵树上飞到另一棵树上，一刻也不得安宁。

一个午后，我和堂弟、堂妹正在三婶家里玩，这时，从地里干活儿回来的三达说：“今下午西瓜地要罢园了，等会儿就可以去遛瓜了。”“嗷，去遛瓜喽！”我们几个高兴得手舞足蹈。于是，我赶紧跑回家拿篮子。

那年的西瓜地在庄北头，离三婶家有二三百米的距离，翻过一道沟就到了。瓜地的北面有一条绕村而过的小河，因地理位置命名为北河。西瓜地比北河高出十多米，站在地头上能望出老远。

我们翻过土沟，看到西瓜地南头早已站满了人，大家都在等队长下命令。这时，我看见地里有十几个人正在忙着摘瓜，大家都明白，公家的瓜摘不完，队长是不会发话让社员们下地遛瓜的。

天渐渐地暗了下来，黑压压的乌云翻滚着从西北蚂蚁山方向涌了过来，紧接着，大风呼呼地刮了起来，扬起的沙尘眯得人们睁不开眼，瘦弱的孩子们被风吹得东倒西歪的，沟边的树木胡乱摇晃着像要断裂似的。即便是这样，大家也没有散去的意思，仍然站在地头上等待。

这时，天空中开始滴起了雨点，队长一看大雨就要来了，就赶快让摘瓜的人撤了出来。然后，大声地吆喝着："大家赶快去遛瓜吧，遛完了快回家，别淋着了。"队长话音刚落，只见人们扤着篮子争先恐后地往前跑，边跑边摘，跑在前面的人遛的自然是大瓜，落在后面的人遛的都是些小瓜。风，越刮越大！哗哗哗的大雨如瓢泼一般，霎时，田野里雾气腾腾的什么也看不清。人们冒着大雨，忽东忽西像寻宝似的扒拉着隐藏在瓜秧下的西瓜，全然不顾暴雨的侵袭。直到田里的瓜遛完了，人们才往家跑。

当我们跑到三婶家时，衣服被淋得湿透。这时，我们才发现五岁的堂弟衣服干巴巴的，于是，三婶就问他："小书芳，人家都在地里遛瓜哩，你咋跑回来了？"堂弟摸了摸头说："那大雨点子砸在身上生疼生疼的，你看，我头上都砸出个大包来，我怕疼！快抱个小瓜跑回来了。""咦，你还怪能哩！知道往家跑。"站在旁边的堂妹笑着说道。

两个小时后，风停了，雨也停了，天空中出现了一道彩虹。人们走出户外，闻到空气中有种土腥的味道。三三两两的人们站在大路旁七嘴八舌地谈论着遛瓜的趣事。这时，听见有人说："北河里发大水了，沿途冲下来一些东西，咱们去看看吧，说不定还能捞点儿好东西哩。"于是，我和堂弟、堂妹跟着三达、三婶和邻居们一起去北河看水去了。

远远望去，混浊的河水夹杂着泥沙咆哮着奔腾而来，塞满了河道，漫过了河滩，不断地向低洼的玉米地倒灌。此时，水已淹到了玉米秸的中部，水位仍在继续上涨。

我们站在刚罢园的西瓜地头上，望着滔滔的河水在田地里肆虐，人们脸上露出了愁容，不停地叹息：“今年的粮食又要绝产了，大家的日子更难过了！”正当人们在议论粮食时，突然，从远处漂来一根粗壮的木头，随河水起起伏伏地晃动着。说时迟，那时快！只见会游泳的三达脱下鞋子就要去河里捞那根木头，却被站在一旁的三婶拽住了。三婶生气地说：“你咋恁稀罕那根木头耶，是命重要还是木头重要啊？水那么大，别说是根木头，就是再贵重的东西，咱也不去捞。”“就是啊，水太大了，可不能下去，太危险了！”邻居们纷纷劝说道。三达一看三婶不愿意，只好作罢。

次年八月，大哥从部队回家探亲，难得回家住些日子。平日里，由于和大哥相处的时间少，所以，我和大哥有些生疏，在他面前也比较拘谨。在我眼里，大哥像是来走亲戚的客人。

一日，我正在院子里和小伙伴们踢沙包。无意间，听到路上有人说：“走，遛瓜去，村南头那片瓜地罢园了。”我们听到消息后，立马散了伙，各自回家扤篮子去了。

一出庄，老远就看到黑压压的人群聚集在地头上，这时，天又开始阴了下来，风一阵紧似一阵，越刮越大！我心里有些纳闷，老天爷是不是不愿意让我们去遛瓜啊？怎么一到遛瓜的时候，就又刮风又下雨的。这队长也不会选日子，晴天时不罢园，专挑阴天下雨的时候罢园，到底是怎么回事呀？

后来，我才知道队长为什么总是选在下雨天罢园，那是因为夏天雨水多，遇上雷雨天气容易下冰雹，西瓜皮又薄又脆，让冰雹砸烂了就可惜了。

走到地头上，看到人们早已整整齐齐排好了队，就等着队长下命令了。于是，我找个空隙挤进了人群，看到地里仍有人在忙着摘瓜。见此情景，大家只好静静等待。

天越来越暗，风越刮越猛，燕子、蜻蜓不停地在低空盘旋，提醒人们要下雨了。只听“咔嚓”一个响雷，吓得孩子们躲在了大人后面。眼看大雨就要来了！大家一分钟也等不下去了。这时，人群开始躁动起来，大家你挤我，我挤你，挤着挤着忍不住“呼”的一下跑进了地里。队长急忙大声吆喝：“瓜还没摘完呢，你们怎么就开始遛瓜了？”人们似乎听不见队长的喊声，低着头继续往前跑。这时，我看到前面不远处有个滚圆的大西瓜。于是，我就往那里跑，还没等我跑到跟前呢，人家就抢去了。哎！这人怎么这样啊？明明是俺看好的瓜，却被别人抢去了，仗着是大人就欺负小孩子，看来我是抢不过你们了。于是，我放慢了脚步，只捡些剩下的小瓜或是歪把子瓜。

雨越下越大，人们越跑越快。正当大家在专心遛瓜时，只听见有人说：“别遛了，快跑啊！队长从后面撵上来了，他没下命令大家就开始遛瓜了，队长好像生气了，说是要没收个人遛的瓜哩。”慌乱之中，我跟随人群跑到了离西瓜地不远的南河里。

弯弯曲曲的南河，水流缓慢，河道里有许多藏身的地方。我们几个小伙伴躲在河道里不敢动弹，吓得心里怦怦直跳！过了一会儿，其中一个年龄大点儿的孩子说：“要不，咱们把瓜吃了吧？要是队长找过来，就说我们已经吃到肚子里了，他想要也要不走了。”“嗯，好！你说得有道理！那我们开吃吧？”小伙伴们齐声附和道。于是，我们几个就拿起自己篮子里的瓜，在河里洗了洗，用拳头砸开，开始吃了起来。等我们几个都吃饱后，各人篮子里的瓜也所剩无几了。又过了一会儿，也不见有动静，我们几个就放心地爬上了岸，扤着篮子回家了。

等我走到村南头留栓家时，正好看见大哥在他家杨树林子里坐着喝水、拉家常呢。大哥见我走了过来，就朝我摆手说：“过来，我看你遛了几个瓜？”于是，我走了过去，把篮子放到大哥面前。这时，篮子里只剩下四五个小瓜了。大哥看我羞红了脸，急忙说：“遛的不少，等你长大了就遛多了。”其实，大哥哪里知道我遛的瓜在河里已经被吃了不少，但是，我不敢和大哥说，怕他笑话我。

时过境迁，一晃四十多年过去了。如今，每到盛夏季节，我就会想起生产队里遛瓜时的情景。那时的大集体生活像一部经典电影时常在脑海里浮现，每每想起仍意犹未尽。

2021 年 10 月

高粱红了

20世纪80年代，土地改革后，实行责任田承包到户。根据土地的肥沃程度以及距离远近，生产队里把土地划分为三个等级：一级地、二级地、三级地，每户按人口多少分得不同等级的土地。

在村西北角的河滩里，我们家分到了一块儿三级地。之所以划分为三级，是因为位置的关系，河滩低洼，每年山洪暴发的时候，这块儿田地时常被洪水湮没，有时颗粒无收。因地制宜，父亲只好在这块儿地里种上了高粱，因为它耐涝、长势高，河水一般湮没不了。

这一年，风调雨顺，五谷丰登！

高粱熟了，羞红了脸，累弯了腰，相互对望着在风中微笑。成熟后的高粱，枣红色的衣壳，珍珠白的籽粒，在阳光下晶莹剔透。红彤彤的高粱，美如夕阳，映红了天际。

收获的季节到了，父亲拉着架子车准备去收割。我麻利地爬上了车子，朝父亲做了个鬼脸。一路上，我边走边唱，父亲听着我时而靠谱，时而跑调的歌曲，一点儿也不介意，依然笑容满面。到了地里，我们就开始干活儿了，只见父亲扬起镢头朝着高粱的根部刨去，“嘭”“嘭”两下，只听“扑通”一声，一株两米多高的高粱应声倒下。我连忙跑上前去，把倒在地上的高粱使劲拖了出来，放到车子上，一株、两株……直到装满车为止。

父亲心灵手巧，常把不起眼的东西变废为宝。

把高粱拉回家后，父亲用镰刀把沉甸甸的高粱穗一个一个地截下来，便于脱粒，再把高粱秆儿上的叶子掰下来，瞬间，弯弯的高粱秆儿就直起了腰。父亲把精选出来的高粱秆儿，截成两米长，然后，放在太阳下晾晒。一段时间过后，高粱秆儿中的水分蒸发掉了，比原来轻了很多。

农忙过后，父亲又开始了他的手艺活儿。父亲把一根碗口粗的长木头，绑在了事先选好的两棵树上，树间距离大概有三米左右。然后，用一根长长的细麻绳（俗称麻经绳），从两头分别把绳子缠在半截砖头上（因为整块儿的砖头太沉了），缠完之后，分开搭在木头上，每隔二十厘米放一根绳子，以待备用。

一切准备就绪，父亲招呼我给他当助手，在一旁递高粱秆儿。父亲把两根高粱秆儿并在一起，放在木头上，然后，拿起缠着麻绳的砖头来回交替，外面的放在里面，里面的放在外面，以此来固定高粱秆儿。就这样，一根根的绳子在父亲手中飞舞，飞砖走绳的娴熟技术令人眼花瞭乱。父亲从高粱秆儿的东头走到西头，再从西头走到东头。渐渐的，高粱秆儿越积越多，一直到一米五宽为止，这领“箔”就算完成了。这种手工活儿在老家俗称为“打箔”。

箔是一种床上用品，长两米、宽一米五，这个尺寸是根据当时的床的长宽来制定的。那时，人们睡的床大多是木头做的，而且，床中间只有几根横撑子，其他的地方都是空的。由于经济不宽裕，人们只好选择用高粱箔铺床，当作木板用。

父亲看到了这个商机，就用高粱秆儿手工制做成箔，进城去卖，以此来贴补家用。清晨，天还没有亮，睡梦中父亲叫醒了我，说道:“妮儿，快起来，我们进城去！”听到这里，我立马睡意全无，穿上衣服，来到院子里，感觉冷冷的。朦胧的月光照在大地上，万物像是蒙上了一层轻纱，雾蒙蒙的。借着微弱的月光，我看到了架子车上已经装满了高粱箔，有一人多高，这时我才明白，父亲早就起来了，因为装上一车箔也需要不少时间。

父亲把我托到架子车旁，我顺势爬了上去，趴在了箔上。父亲叮嘱我抓紧刹车的绳子，以防在行走的途中，从车子上掉下来。父亲拉着架子车来到了村外的大路上，村子里不断传来鸡叫声、狗叫声。我趴在车子上，抬眼看看四周无人，冷清的路上只有我们父女二人，乌鸦刺耳的叫声让人毛骨悚然，吓得我浑身发抖，不敢睁眼。

由于月光暗淡，父亲深一脚浅一脚地走着。我虽然闭着眼睛，但依然能感觉到车子的颠簸，身体在上面摆来摆去，抓绳子的手都冻得麻木了。父亲怕我睡着了，一边走一边和我说话，以便及时了解我在车上的状况。

我们家离城二十来里路，天不亮我们就出发了，一直走到太阳出来很高了，才走到城里。城里的柏油马路纵横交错，大街上人来人往、车水马龙，热闹非凡！汽车过后，留下的那个汽油味特别好闻！每当汽车开过去的时候，我都会用鼻子深深地吸一下。

父亲拉着我，来到了城南的一个农贸市场，市场很大，人也很多。卖东西的人大多都是从农村来的，卖的产品都是自己种的，有红薯、大豆、高粱……市场上人头攒动，讨价还价声不断在耳边响起。市场上来来往往的人群，深深地吸引着我的目光，我好奇地左看右看，生怕错过每一个细节。

我们刚停下一会儿，就有人来询问价格。父亲打开一领箔让他们看，买主看到平整的高粱箔，一下子就相中了父亲的手艺，觉得货真价实，也不讨价，爽快地付了钱，扛着箔就走了。半天的时间，一车子箔就卖完了。

回家的路上，正好碰上一个卖橘子的，那种橘子小小的个头儿，椭圆形的，红色的外衣。我第一次见这样的橘子，看着那诱人的红橘子，我忍不住咽下了一口唾沫。父亲看了看我，停下车子，给我买了两斤橘子。接过橘子后，我迫不及待地剥开吃了起来，酸酸的、甜甜的，从未吃过的味道，太好吃了！我接二连三地吃了一个又一个，有种吃不够的感觉，父亲看着我贪吃的样子，笑了。

一晃三十多年过去了，如今，床也更新换代了，各种材质，有铜的、棕榈的，还有实木的。遗憾的是，再也看不到用高粱秆儿做的箔了。每当我吃橘子的时候，就会不由自主地想起多年前吃橘子的那个场景，心里感觉暖暖的。

下年粉

在儿时的记忆里，一入腊月，冷清的生产队大院里便热闹起来，人们开始着手准备过年的事宜。杀年猪、下年粉是腊月必备的年事。随之，年味也越来越浓了。特别是全村人一起下粉条的场景，最令我难忘！

生产队大院坐落在村子的中央，院子里有两排土坯茅草房。说是大院，其实就是一个敞开的大场院，没有院墙，也没有大门。北边是一排坐北朝南的北屋，西边是五间坐西朝东的西屋，东边挨着大路，南边是一大块儿空地。西屋后面有个大池塘，池塘东西长约五百米，南北宽约三百米。每当雨季来临的时候，村子里的水大都往池塘里汇聚，慢慢地就形成了大型的蓄水池。在池塘的东南角上，有一口天然的甜水井，村子里的人们常去井里挑水吃。

每年秋季，人们便开始忙着下地刨红薯。红薯大多是赶在下霜前收刨完毕。在队长的带领下，社员们干得热火朝天！有刨的，有装车的，有用牛车往回拉的，也有卸车的，生产队大院的空地上，红薯堆成了山。

红薯刨完后，除了留出一部分做粉条外，其余的按人头分配到各家各户。等秋收、秋种忙完后，队长便组织社员做红薯淀粉。做红薯淀粉要先把红薯清洗干净，再把它磨碎榨成汁，然后用自制的白布兜过滤出粗糙的红薯渣，甜甜的红薯渣可以用来喂养生产队里的牛和猪。然后，将过滤后的浓稠汁液放在大盆里，让其慢慢沉淀。一段时间后，把上面的清水倒掉，盆底那层白白的面糊便成了淀粉。晒干后，收藏起来，年底就可以用来做粉条了。

“过了腊八就是年。”腊八过后，队长召集社员们商量下粉条的事，下粉条的场地选在生产队大院里。说干就干！第二天，队长就开始组织社员支大锅。只见五六个人七手八脚地忙活起来，大约两个小时后，一口硕大的铁锅稳稳地支在了西屋的南墙边上。

大锅支好后，接着，大家开始绑晾粉条的架子。首先把两根粗木棍用麻绳缠起来系结实，一根支架就算做好了。然后，以同样的方式做成无数这样的支架，以待备用。支架全部完成后，两个人合伙开始搭建木架。把做好的支架分开放在两头，用一根细长的木棍横在上面，根据细木棍的长短确定架子的长度。以此类推，一排又一排，空地上摆满了晾粉条的架子。

万事俱备，只欠“粉条”。于是，队长开始分工：年纪大的，负责烧火；中年人负责和面；年轻人负责下粉条；剩余的男劳动力负责捞粉条；女人们负责晾粉条。孩子们则在一边观看，嬉戏玩耍，但不能影响大人们干活儿。

下粉条仪式开始了！只见一个青壮年，两手紧紧地攥住长长的铁舀子把，和面的师傅接着往舀子里倒上软硬合适的淀粉面团。旁边的那个人，用木锤使劲地捣铁舀子里面的面团。这样做，是为了让铁舀子里面的淀粉顺着底部的漏眼往锅里下粉条。刹那间，一根根长长的粉条如丝线般不断地下到锅中。这边下着，那边有人拿着细长的木棍伺候着准备捞粉条。

一会儿工夫，软软的淀粉变成了劲道有力的粉条。长长的粉条从锅里捞出来后，搭在事先准备好的小木棍上。然后，由女人们接过来，放在晾粉条的架子上。孩子们看着刚出锅的粉条，馋得直流口水，但大人们说了:“那是公家的东西，馋也不能吃。”

大家各负其责，一环连着一环，关键时刻谁也不准掉链子。只见和面的人不断地往舀子里加面，锤面师傅使劲地锤着面，拿舀子的青年咬牙坚持，生怕一失手舀子掉进锅里。拿舀子的人，十几分钟换一轮，时间长了胳膊受不了！就这样，师傅们来回轮换着下粉条。从早到晚，一直忙到天黑，才把所有粉条下完。

大人们忙着拾掇家什。这时，锅底里的火还没有熄灭，在粉条场上瞅候了一天的孩子们，终于可以在和面盆里扣出一些剩余的淀粉渣了。抠出后，麻利地揉成一个团。然后，把面团埋在锅底的火堆里烧烤。

大约十几分钟后，感觉淀粉团差不多熟了，我赶紧找个木棍快速把它扒出来，放在手里揉揉，再用嘴吹吹上面的草灰，赶紧咬一口尝尝。哇！好烫啊！我大声地叫了起来。烤熟后的淀粉团外面劲道黏牙，里面软软的。我想大概是没烧透的原因吧？甭管熟不熟，擎着往下咽，终于可以解解馋了。

一个星期后，晾在架子上的粉条差不多大半干了。为了能让社员们过小年时吃上粉条，队长决定在小年前，把粉条分发下去。各人领回家后，再自己晾晒。

我们家乡过小年时，人们习惯吃火烧、喝豆腐汤。豆腐汤就是用白菜、豆腐、粉条、猪肉等食材做个大杂烩，里面的豆腐表示有“福气”之意。

在物质匮乏的年代，粉条在老百姓的餐桌上起到不小的作用。过年时，大多数家庭会用粉条来招待客人，比如，猪肉炖粉条、白菜炖粉条、豆腐炖粉条、炸萝卜粉条丸子等，粉条必不可少。

如今，人们的生活条件好了，物质水平提高了，无论在集市上，还是在大型超市里都能买到上好的粉条，而且花样繁多，不仅有粉条，还有粉皮、粉丝等，大的、小的、薄的、厚的，凉拌的、炖菜的、做汤的、吃火锅的，一应俱全，应有尽有。

时光飞逝，转眼间，我已到了知天命之年。在过去的岁月里，我曾走过许多地方，也曾吃过无数次的粉条。但味道远不如儿时吃的粉条口感纯正。其实，我知道那不是粉条质量的缘故，只是我思乡的心念太重而已。

甜月饼

进入九月，一种名为葱莲的花草，终于迎来了属于自己的“春天”。孕育了一夏的花骨朵在秋风中次第开放，一朵、两朵、三五朵，渐渐地越开越多。小小的花瓣开出了别样的情怀，花香馥郁芬芳，沁人心脾！黄白相间的花朵在秋雨中肆意地开放，犹如那洁白的圣莲，带着诗意进入高远的境界。

俗话说：“一场秋雨一场寒。”近几天，连绵不断的秋雨一直下个不停，气温也随之降了下来，滴答滴答的雨声轻轻敲打着窗棂，似在诉说着心事。门前的公路上早已晒满了春棒子，不觉间，中秋节已悄然来临。望着这金灿灿的玉米，恍惚间，我仿佛又回到了家乡，看到了老宅院里悬挂着的那一串串玉米。

在儿时的记忆里，每到掰玉米的季节才能吃到香甜的月饼。在物资匮乏的年代，月饼可是个稀缺物品，平日里，别说吃了，连影子也见不到。每年只有到中秋节时，大人们才会做些月饼，或走亲访友时当作礼品，或给孩子们解解馋。

我们村做月饼的地点设在我家西邻的顺达家。顺达高高的个子，黑黑的脸庞，平日里，他总是绷着脸，一副威严的样子。我们从来不敢和他说话，看见他都躲得远远的。顺婶则与他相反，说话时总是面带微笑，柔声细语的，从来不发火。顺婶时常穿着一身蓝色印花粗布衣，长长的头发挽成发髻盘在脑后，打扮得干净、利落。

顺达顺婶家共有七个孩子，五男二女。他（她）们家孩子的名字起的很有意思！大儿子叫狗拽，二儿子叫狗铎，三儿子叫狗宝，四儿子叫狗勤，五儿子叫狗旺，两个女儿则叫梅和妮儿。对于他们的名字我有些好奇，于是就问父亲：“达，顺达家的孩子为什么名字里都有一个‘狗’字啊？多难听啊！”父亲笑了笑说：“名字里带个‘狗’字，其实不是骂人的意思。因为原来医疗条件差，孩子们好生病，你顺达顺婶担心留不住孩子，希望自己的孩子像‘狗娃’一样好养活，所以，就在每个人的名字里带个‘狗’字。”噢！原来是这样啊！怪不得他们家孩子都长得那么壮实呢。

由于顺达有做月饼的手艺，所以地点就设在了他家。做月饼时，由队长带领社员们共同完成。首先，请瓦匠用土坯垒两个灶台，上面放上圆形带沿的平底锅。然后，就吩咐男劳动力们开始和面、炒花生；让女人们把晒干的胡萝卜丝染上红绿两种颜色，这两种染料是专门做月饼用的，无味、无毒。前来帮忙的老人和孩子们负责运送柴火。

一切准备就绪后，大家就开始动手做月饼了。男人们负责揉面，先把面团揉成馒头的模样。然后，女人们在面团里放上冰糖和炒熟的花生碎。接着，把面团放在做月饼用的模子里按压，印上精美的花纹。一面印完后，再反过来印另一面。最后，再放上红绿胡萝卜丝点缀。这样，全套工序就算完成了。接下来就开始炕月饼了。先把锅烧热倒上油，然后，把油摊开，再把月饼一个一个地摆放在平底锅里，盖上锅盖，小火慢炕。炕月饼时要勤翻着些，要不然该糊锅底了，保持几分钟翻一遍。大约半个小时后，黄澄澄的月饼冒着热气新鲜出炉了。

正在旁边帮老人们抱柴火的孩子们，看到月饼出炉后，齐刷刷地围了上来，目不转睛地盯着香喷喷的月饼，嘴里不停地咽着口水，迟迟不愿离开。见此情景，队长就拿起月饼用刀切成一个个小块儿给我们品尝。我拿起一块儿月饼先闻闻香味，然后，再轻轻地咬一小口，感觉外焦里嫩、绵软香甜，好吃极了！有的小伙伴边吃边用手揪起月饼上的红绿丝，仰起头往嘴里放，那种陶醉的表情，仿佛他们吃的不是月饼，而是一件艺术品。

等月饼晾凉后，就用包果子（点心）的纸把月饼包起来，在正面放上一张红色的封皮，然后，用牙咬着纸绳前后左右各缠一圈，最后，在封皮上打个结就行了。月饼全部包装完成后，队长按户头把月饼分到了各个社员手中。

中秋节的夜晚，天气晴朗，云淡风轻，圆圆的月亮升上了天空，银色的月光洒在院子里，亮堂堂的，如同白昼一般。晚饭做好后，两个哥哥就把饭菜和月饼摆在院子里的石桌上。父亲坐下后，我和二哥三哥一齐围了上来。父亲把月饼横竖切成八小块儿，他只吃一块，其他的都留给了我们。

我们边吃月饼边听父亲讲《嫦娥奔月》的故事，正当我听得入迷时，只见父亲指着月亮说："你抬头看看月亮里有什么？"我盯着月亮看了好一会儿，感觉眼前有无数道彩色的光束在晃动。我仿佛看到了月亮里有一棵高大的桂花树，嫦娥正在桂花树下捣（舂）米，一只小白兔在草地上蹦来蹦去。然后，我就给父亲描述了一遍，接着，两个哥哥哈哈哈地笑了起来，直夸我想象力丰富。

秋收之后，等地里的农活儿都忙完时，父亲就用架子车拉着我，再捎上二斤月饼，步行去几十里外的张集乡看望八十多岁的姑奶。自打我记事起，父亲就这一门亲戚。每年的八月十五，父亲都会带着我去姑奶家走亲戚。姑奶每次见到我们都高兴得不得了！拉着父亲的手问长问短，好像总有说不完的话。

一晃四十多年过去了。随着物质生活的不断提高，月饼已不再是稀缺食品，各种口味的月饼在超市里都能买到。虽然我吃过很多种月饼，但总也比不上儿时吃的那种甜月饼了。如今，独在异乡的我，再也找不到童年时的那种幸福感了。

月亮饺子

不知从何时起，我开始对月亮情有独钟。儿时，月亮是照亮乡村的街灯，是孩子们做游戏的搭档，是父亲口中的神话故事。长大后才明白，月亮是故乡的眼睛，是父母对儿女的牵挂，是游子们心中的浓浓乡愁。

——题记

一

在我的家乡，人们称饺子为扁食。因其形状酷似月亮，故得一美名：月亮饺子。自打我记事起，我们家包的饺子都是弯弯的月牙形，父亲总是把月亮饺子围着锅排（摆放饺子的圆形容器）从外向里一圈一圈地摆起来，摆满月亮饺子的锅排像极了盛开的莲花，甚是好看！

在那个物质匮乏的年代，平日里，我们很少吃到饺子，只有等到过年的时候，才能放开肚子饱饱地吃一顿团圆饺子。每逢过年，我们家都会包两种饺子，一种是肉馅的，一种是素馅的。肉馅的饺子里面有肉、葱、萝卜、粉条；素馅的饺子里有葱、豆腐、粉条等。肉馅饺子是给我们解馋的，素馅饺子是敬天地、敬祖先的。

记得我第一次学包饺子的时候，还是二嫂手把手教我的。二嫂先把面团在案板上揉一会儿，然后，搓成长条状。这时，二嫂让我右手拿刀，左手摁着搓好的面剂子。第一刀先平切，然后，把面剂子向左翻一下，切第二刀；再把面剂子向右翻一下，切第三刀。以此类推，这样切出来的面剂子，侧面呈现出来的是菱形，除了外形美观，最主要的是这样的剂子擀出来的面皮既圆又均匀。

面皮擀完后，就该包饺子了。二嫂让我把面皮摊放在左手上，右手拿筷子或勺子掠馅子，一次少掠点儿，掠的馅子多了合不上口；掠的少了包出来的饺子既不好看又不好吃。先把适量的饺子馅放在面皮中间，然后，再把面皮从一侧向另一侧折叠，等面皮对齐后，从右向左沿边缘捏一圈，捏结实后，用手捏着饺子的两头往中间一弯，一个好看的月亮饺子就包好了。

有一年夏天，听村里的大人们说："国家开始实行计划生育了，凡是生过两个孩子以上的妇女，统一去公社卫生所做结扎手术。"当时，由于做结扎的人数较多，卫生所里的房间根本不够用。鉴于实际情况，由公社干部出面协调，暂时借用粮管所的仓库作为做完手术的人的临时住所。

那年，我大概有八九岁的样子吧。上学的时候，我有时会跟着同村的孩子们一起回家，有时，也会跟着大嫂在学校单身宿舍里住（大嫂是民办教师）。学校离粮管所很近，大约有五六百米的距离，从宿舍出来向东走，穿过一个大操场，就到了粮管所西院墙边上了。

一个星期天的上午，天气燥热，没有一丝风，学校院里的冬青树梢一动不动，蜻蜓和燕子围着操场飞来飞去。不一会儿，乌云滚滚，狂风大作，电闪雷鸣，瞬间，瓢泼大雨哗哗哗地下了起来。大约一个多小时后，雨渐渐地变小了。

这时，大嫂让我去粮管所给三婶送雨伞和胶鞋（三婶是赤脚医生，卫生所临时抽调让三婶去照顾结扎的病人），于是，我爽快地答应了。出门时，我把胶鞋夹在左腋下，双手打着伞，迎着风，深一脚浅一脚地走在长满青草的操场上。那时的操场全部用黄泥土铺设而成，虽然有青草垫底，但没长草的地方还是很沾脚的。我走几步，甩甩脚上的泥，然后，再走几步，再甩甩泥。就这样，三走两甩的，费了好长时间才走到粮管所西山墙边的水泥地面上。

我顺着墙根向北走，当我走到粮管所西北角向东拐弯的地方时，由于风大，一不小心，雨伞"呼"的一下被风吹翻了，我打了个趔趄，赶紧用手去扶雨伞。不经意间，夹在左腋下的胶鞋顺势掉进了旁边的水沟里，于是，我快速地把鞋捞出来甩了甩水，又费了九牛二虎之力才把雨伞翻过来。我害怕回家被骂，于是，我提心吊胆地还是把雨伞和湿胶鞋给三婶送去了。

当我找到三婶的时候，三婶还在忙着。我站在仓库门口，静静地看着屋里打通铺的妇女们，她们或躺或坐，表情凝重。我猜想，她们一定很难受吧。三婶忙完后，看到我浑身湿漉漉地站在那里，赶紧找了一条毛巾给我擦擦淋湿的头发和脸上的雨水。三婶边擦边关切地问我："路那么难走，你怎么来了？你看，衣裳都淋湿了，冷不？""三婶，我不冷，就是胶鞋掉水里湿了。""不碍事哩，晾晾就干了。"三婶云淡风轻地说。

到了吃午饭的时间了。只见厨师端来了一盆下好的饺子和一盆冒着热气的面条。三婶见状，赶紧给我盛了一碗热气腾腾的月亮饺子，让我趁热快点儿吃。"三婶，我不想吃饺子，我想吃面条。""你这妮子（方言）怎么想吃面条来？饺子多好吃啊！""你吃饺子吧，三婶，我想吃面条了。"我依然坚持着自己的想法。"那好吧，我去给你盛面条去。"三婶说着，便走了过去。

午饭后，我给三婶说了声就回学校了。其实那天中午，我并不是真正想吃面条，我只是想让三婶吃饺子补补身体（每人只有一碗饺子，面条随便吃）。因为三婶在那里不分白天黑夜地忙碌，实在是太辛苦了！

二

青年时期，我心中一直有个军人情结，我也因此从一个省嫁到了另一个省。从此，我真正地成了一个远嫁的姑娘。

初来山东时，无论是语言、生活方式，还是风俗习惯等我都不适应。举个简单的例子，就拿过年包饺子这件事来说吧。每当过年包饺子时，我们家就会包出三种不同的饺子，一种是月亮形的饺子，是我包的；一种是元宝形的饺子，是弟媳包的；一种是用两手挤出来的饺子，俗称：挤饺子，是爱人和婆婆包的。

俗话说："十里不同音，百里不同俗。"的确如此。弟媳妇虽然是山东人，但她娘家离婆婆家也有三百多里的路程。所以，过年包饺子时，我们家会出现三种不同风格的饺子。

刚到婆婆家包饺子时，我既不会一手拿着擀面杖，另一只手拿着面剂子转着圈地擀皮，更不会包那种用两手挤的饺子。我只会包我们家乡的月亮饺子。再一个，擀面皮的时候，我也只会机械地擀两下面皮，换换位置，再擀两下，再换换位置。那样擀出来的面皮，中间薄，边缘厚，下出来的饺子还容易破肚子。

后来，慢慢地，我和弟媳两人不仅学会了"山东式擀皮"，而且还学会了用两只手挤饺子了。这样一来，过年再包饺子时，我们家终于统一包成了"山东牌"挤饺子了。

三

惊蛰时节，春气萌动，大自然有了新的活力。不觉间，门前的杏树上已缀满了含苞欲放的花骨朵，路边的景观带里也长出了许多荠菜，有的嫩绿，有的开出了白色的米粒花儿。

一天傍晚，我正在厨房里做饭，忽然听到院子里有人叫我，于是，我赶紧走出厨房，原来是住在马路对面的姐姐。她怀里抱着一捆鲜嫩的韭菜向我走来，并笑呵呵地对我说："小吕，我给你割点儿韭菜，你好包饺子吃。"我赶快接过韭菜，连忙说："哎哟！姐姐，你又给我送来韭菜了，你看你每次割韭菜，都给我送，太让人感动了，谢谢您啊！姐姐。""客气啥呀，都是自己种的。"姐姐笑着说道。

第二天下午，我把姐姐送来的"独根红"韭菜（寿光名菜）洗净、沥水，切碎后备用。然后，把鸡蛋打到碗里搅匀，放到油锅里炒碎，再加入葱、虾皮、瘦肉丁、盐、味极鲜、十三香等佐料搅拌在一起。瞬间，一盆色香味俱全的饺子馅就算完成了。接下来，就该和面包饺子了。我揉面时，爱人突然主动提出让我包月亮饺子，并说韭菜馅的还是月亮饺子好吃。他的提议，着实让我意外！

我口中的姐姐其实是我们的邻居，她们家经营着一个小型农机公司。姐姐性格开朗，为人热情，每当有客户上门时，她总是笑脸相迎，以诚相待，实实在在地为客户着想，帮客户排忧解难，尽量让客户满意。

姐姐的丈夫，按理说我们应该叫他姐夫。但是，由于我们住在姥姥家，按辈分论的话，姐夫却变成了舅。虽然差了辈，但我们依然按照姐姐的意愿，实行“各人论各人”的叫法。

姐姐的丈夫是个“大能人”，他从十七八岁就开始接触农机了，干了大半辈子农机，各方面业务都很熟悉了。他们家有自己的加工车间，加工扶垅器、铡草机、打棒子机等农用机械。另外，门头上还兼着零售农机配件等业务。

记得我们刚来的那阵儿，姐姐总是主动上门帮忙、嘘寒问暖，并真诚地对我说：“小吕，你们刚来，生活上有缺东少西的，缺啥尽管到俺家里拿就行啊。以后，我们就是邻居了，没事的时候常去俺家玩哈。”“行啊，姐姐，以后少不了麻烦您。”

平日里，姐姐经常给我们送些自己种的无公害蔬菜，有时是一把葱，有时是一把韭菜，有时是几根黄瓜……当然了，我也时常给姐姐送去一些我们自己种的秋葵、扁豆、空心菜、番瓜等时令蔬菜，或者是桃子、苹果、山楂之类的新鲜水果。

冬去春来，转眼间二十多年过去了。现在，我们和姐姐一家人仍然住对门。许多年来，我们邻里之间关系融洽，情同姐妹，真是应了那句“远亲不如近邻”的佳话。

夜深了，喧嚣的村庄渐渐恢复了平静。偶尔，从远处传来一阵时断时续的犬吠声。我推门走出屋外，抬头仰望星空，只见月亮躲在云层里时隐时现，像是有什么心事儿似的。微风吹过，池塘里传来了阵阵蛙声。哦，谷雨已过，立夏将至。

2022 年 4 月

李子园·甜水井

20 世纪 70 年代初，我们村有一大片李子园，占地面积五六亩，栽种李子树千余棵。自打我记事起，这片李子园就已名声在外，方圆十里八乡乃至整个公社，只要一提起我们村的李子园，人人竖起大拇指交口称赞，外村人都羡慕得不得了！有的姑娘还暗地里托人说媒，宁愿少要彩礼，也愿意嫁到我们村。为此，老人们常说："你们这代年轻人是交了'李花运'了，可别辜负了这段好姻缘。"

李子园位于村庄的中北部，与村子仅有两百多米的距离。东边有一条土路，这条路既是生产路又是通往外界的必经之路，人们外出或是下地干活儿都从这里经过。西边是打麦场。北边是大片的麦田和油菜田。南边不远处有一口深水井，当初生产队打这口井就是为了浇李子园的。一段时间后，人们发现井里的水清澈见底且有股甜甜的味道。从那以后，村里人都到这里挑水吃，这口甜水井成了村民们的主要生活用水来源。

"春分后，清明前，满山杏花开不完。三月里，三月三，杏花桃花开满山。桃花开，杏花败，李子开花撵上来。"这是儿时我们常挂在嘴边的一首歌谣。小时候只会唱，不明白其中的含义。后来才知道，那是前辈们依据二十四节气编排的儿歌，既好听，又朗朗上口。

最美人间四月天。每当李花儿盛开的季节，远远地就能闻到花儿的清香。轻轻走近李子园，只见一簇簇洁白的花骨朵挨挨挤挤地跳上枝头竞相绽放，有的低着头，羞涩地藏在盛开的花朵下，有的仰着头沐浴在春风里，有的像调皮的顽童，躲在嫩芽后，静静地观察过往的行人。勤劳的蜜蜂飞来了，嗡嗡嗡的在万花丛中穿梭，忙碌地采撷着大自然赐予的天地灵气。蝴蝶也飞来了，扇动着翅膀，以李花儿作背景，为多彩的春天描绘一幅美丽的画卷。

我和小伙伴们时常钻进李子园，闻花香、听鸟鸣、捉迷藏，相互追逐，嬉戏打闹。玩累的时候，也会安静地站在树下，默默地观赏怒放的花朵，偶尔凑近，深深地吸一口气，淡淡的花香沁人心脾，令人心旷神怡！

春季过后，李子园里荒草满地，疯长到一人多高。这时，孩子们就不敢进李子园玩耍了，怕有毒蛇出没。于是，队长就开始号召社员们去李子园里拔草。上工后，全村男女老少一字排开，边拔草边拉家常，李子园里不时传来一阵阵欢笑声。见此情景，孩子们也都跑去凑热闹，帮大人们把拔下的草运送到指定的地点，防止杂草重生。

拔完杂草后，大家再集中给李子树施肥、浇水。浇水前，先用土把树根围起来，然后，再去猪厂里挑来晒干的猪粪，并均匀地撒在树底下。施完肥后，再去井里挑水，一棵一棵地浇，直到浇透为止。

转眼到了夏季，翠绿的李子开始由青变红，口感也慢慢地由涩变甜。这时，馋嘴的孩子们便开始打起了李子的主意，跃跃欲试地想提前摘几个尝尝鲜。于是，李子园里时常有孩子们进出的身影。为此，队长只好派专人看管，防止孩子们糟蹋李子，因为未成熟的李子又酸又涩，他们摘下来后尝尝就扔了，基本上没有吃的，都浪费了。

八月份是李子成熟的季节。每年摘李子之前，队长先召集社员们聚集在李子园中间的空地上开个会，给大家讲讲摘李子时应注意的事项：首先，大家摘李子时，一定要注意安全！遇到高枝尽量用工具采摘，不要攀爬细小柔软的枝条，防止树枝断裂发生意外。另外，特别强调一下，小孩子不能爬树，爬高上低的容易摔伤。俗话说："没有规矩，不成方圆。"摘李子期间，只许品尝，不许带走。这是集体财产，大家一定要自觉遵守纪律，等李子摘完后，我们再统一分配。

分完后，大伙儿回家可着劲儿吃，吃个够。以后，看见李子就再也不愿意吃了。队长话音刚落，大伙儿“哈哈哈”地笑了起来。

队长清了清嗓子说：“好了，大家别笑了，开始动手摘李子吧。”只见几个小青年像猴子般“噌噌噌”地爬上了树，然后，树下的人再给他们撂上筐子，这样他们摘起来比较方便。不会爬树的就站到板凳上摘，有些稠密结果的枝子压得很低，站在树下就能摘到。年轻人摘，老人和孩子运，大家干劲儿十足！有用簸箕端的，有用筐子挎的，有用水桶提的，一筐、两筐、三筐……渐渐地，摘下来的李子便堆成了“小山”。

只见一堆堆红彤彤、黄灿灿、青里透着红、红里透着紫、饱满圆润、玲珑剔透的李子，在阳光下闪闪发着光。孩子们嘴里吃着，手里拿着，看看这个，瞧瞧那个，个个爱不释手。从他们吃李子的表情，就能判断出李子的酸甜。如果李子是甜的，他们脸上的表情就会表现得温和一些；如果李子是酸的，咬一口就捂着嘴，酸得龇牙咧嘴的，哈喇子都顺着嘴角流下来了。

李子既是一种水果，也是一种中药，它具有清热、生津之功效。李子属于寒性食物，吃多了会刺激肠胃，甚至会出现腹泻的现象。为此，民间流传了一句谚语：“桃养人，杏伤人，李子树下抬死人。”每当大人说起这句顺口溜时，孩子们就会“望李兴叹”，再也不敢贪吃了。

李子摘完后，队长吩咐社员们一家派一个代表按顺序排好队，会计叫着谁的名字，谁家就上前去领李子，按人口、按斤称平均分配，一视同仁，谁也不准搞特殊。分李子时，基本上是全家老少都出动，挑的挑、背的背、扛的扛、挎的挎，大家你一言我一语，说说笑笑，讨论着自家的李子该如何分配，在和谐的氛围中，一起分享着丰收的喜悦！

在那个物资匮乏的年代，虽然大家的日子过得都很拮据，但人与人之间的情意很重！各家各户分的李子，很少有人拉到集市上去卖，除了自家留下一部分外，其余的李子大多数都送给亲戚朋友了。

那个时候，能和我们村攀上亲戚的人，都有口福了！

后来，我离开了家乡，离开了那片李子园。等我再次回家时，那片李子园已经不见了。我从父亲口中得知，自从实行土地承包责任制后，李子园无人经营，队里决定把李子树全部砍掉，改成机耕田了。

如今，那片李子园早已成为村子里的一部分，统一规划为新的宅基地。三达家的七弟也在李子园里盖起了四间大瓦房。但不同于人家的是，七弟家的屋后种植了一片李子树，这些李子树曾是当年李子园里延续下来的后代。

那口甜水井依旧守在老地方，村子里的人们依然去井里挑水吃，井里的水还是那样的甜。

◎ 第三辑

故乡的山水情怀

▼

故乡的山水，可以醉人，可以养人，可以治愈游子的创伤，甚至可以创造生命的奇迹。当故乡的山水情怀悄无声息地注入当下灵魂的港湾，此山此水的前世今生，便成为共享于知音的宝贵财富。

姐妹河

我老家在河南省驻马店市，我们村有两条河，一条在村南，叫南河，一条在村北，叫北河。这两条河就像两个害羞的小姑娘一样，如影随形，环绕村旁，自西向东，绕村而过。我们亲切地称它们为“姐妹河”。之所以叫“姐妹河”，还有独特的来历呢。

我们村和其他村不太一样，除了村的西边有相邻的村庄外，其他三面都无人居住。远远望去，好像一个大大的“人”字形。其他村由于地势低洼，每年山洪泛滥，危机四伏，庄稼和牲畜都有被冲跑的可能。只有我们村孤零零地矗立在“人”字形的顶端。由于地理位置特殊，泉水从山上一路下来，被迫分成两个支流，等快流到我们村时，两条支流就汇聚到了一起，很像一对姐妹相拥在一起，手牵着手，一块儿奔向大海。为此，我们给它们取名为“姐妹河”。南河由于河道深，河滩宽阔，我们形象地称它为“姐姐”河，北河则为“妹妹”河。

姐妹河说深不深，说浅不浅，是山泉汇聚而成的。浅的地方，潺潺流水，搭上几块石头，便可涉足越过；深的地方，像一泓深潭，晶莹碧透。河里长满了杂草，有的长在岸边，有的长在水底，有的漂在水中。河滩上长满了小草，开满了小花，有紫色的、蓝色的……远远望去，水草相映，分外美丽！

山洪暴发的时候，洪水夹杂着泥沙从山上冲刷下来，浑浊而猛烈，洪水塞满了河道，涨满了河床，汹涌澎湃，咆哮着奔腾而去。山洪过后，草地就像海绵，洗尽污垢，显出一泓清碧。河水又恢复了往日的宁静，缓缓地流淌着，像一首跳动的音符，悦耳动听。成群的鱼儿在杂草中嬉戏、玩耍。如果你把脚伸到水里，鱼儿就会游过来亲吻你的脚，让人感觉痒痒的。

夜晚来临的时候，弯弯的月牙儿倒映在清澈透明的河面上，是那样的恬静、温柔，此时的小河显得更加迷人！

姐妹河曾经还流传着一个美丽的传说。

说从前有一对恋人，青梅竹马，两小无猜。但他们的恋情遭到了家人的强烈反对，因为在此之前，同村人没有联姻的先例，双方家人觉得他们的恋情伤风败俗。两人很难过，就经常去姐妹河诉说心事，祈求它成全两人的婚事。也许是二人的真诚打动了姐妹河，竟然真的有两个少女分别从南北河袅袅婷婷走来，为他们支招，后来，双方家人竟然奇迹般的同意了。二人最终结为连理。

姐妹河是我们村得天独厚的资源，村里的人们经常下河游泳、洗衣服、捞河蚌、割草、钓鱼！

我出生在20世纪70年代。那时，村里和我一样大的孩子都喜欢钓鱼。那个年代的孩子，没有现在的孩子这么金贵，下河游泳、钓鱼那是很平常的事，时间长了，习惯了，也不觉得有什么危险了。我们钓鱼用的渔具，都是自己亲手制作的。找一根长长的竹竿、一个罐头瓶子、三根细绳子，先用一根绳子固定在瓶口的螺纹处，再把另外两根绳子绑在瓶口的绳子上，一边一根，这样做是为了让瓶子处于平衡状态。最后，再把两根绳子系在一起，绑在竹竿上。这样，渔具就完成了。按说，这不能算钓鱼，应该是捞鱼，但老家人都那么说。

一切准备就绪——找个伙伴，扛着渔具，拿着脸盆，带上鱼饵（馒头），就可以下河钓鱼了。到了河边，先掰一小块儿馒头，把它捏碎了，放到罐头瓶子里，挑着瓶子灌满水。这样做，是为了好让瓶子沉下去。如果在馒头上再倒上点儿白酒，那就更好了，因为酒的味道很大，可以把鱼吸引过来。瓶子放进去的时候，一定要口朝上。瓶子放好之后，人就离开放鱼竿的地方，静下心来，慢慢等待。等待的过程是一个让人期待的过程。两个人，你看看我，我看看你，做着鬼脸，相视而笑。一分钟，两分钟……估摸着有一会儿，两个人商量着：

咱们挑起来看看吧，看有鱼了吗？咱俩一块儿挑起来，谁先挑的话，另一个人的鱼都吓跑了。一、二、三——挑！两个人同时挑起了鱼竿，罐头瓶子离开了水面。只看见，瓶里的小鱼活蹦乱跳，“啊！我钓着了！钓着了！”我高兴地快要蹦起来了。另一个小伙伴也高兴地叫了起来：“我也钓着了！”我们两个赶紧把瓶子放到岸上，把手伸到瓶子里面抓鱼。小鱼由于受到惊吓，在瓶子里东窜西跑的，很难抓。抓住以后，把鱼放到事先倒上水的脸盆里，一条、两条……有时候一次能钓到七八条，有时候钓两三条，有时候一条也没有。

这些小鱼都是些小野鱼，有七八厘米长。每当钓到鱼的时候，那种欣喜若狂的心情，大人们是难以理解的。钓不到鱼的时候，心情就很失落，怎么一条也没有啊！于是拿着鱼竿换一个地方，继续钓。

孩子们被太阳晒得脸红彤彤的，黝黑发亮，即使这样也阻挡不了我们钓鱼的热情！有时候，高兴劲儿上来，饭都顾不上吃，忙得不亦乐乎。那份狂热，那份陶醉，只有我们自己才能体会到。

长大后，我离开了家乡，离开了姐妹河。

后来，听家人说，自从土地承包到户以后，人们视土地为“宝贝”，到处开荒种田，原来姐妹河那里的大片河滩都被人们瓜分了，种上了参差不齐的农作物。河里一个个碧绿的深潭也成为个人的鱼塘，鱼塘周围都拉上了电网，无人敢再靠近一步。从那以后，再也没有人下河游泳、钓鱼了。

数年后，我再次回到久别的姐妹河，她们已伤痕累累，疲惫地蹒跚前行。姐妹俩手挽手在雨中狂奔，长发飞扬、尽情欢舞的风姿与奔放已成为传说，上天曾经赋予她们的青春灵性，此时被无奈所替代。

我仿佛看到了姐妹俩的泪珠。

即便如此，她俩依然相依相偎，依然对岸边的人们不离不弃。

河还是那河，水不再是那水。

走进大山深处

1981年秋，高中毕业的三哥走进了大山深处的乐山林场——成为一名护林工。那个年代，在林场干活儿是个让人羡慕的工作。三哥的工作得益于老胡大爷（大嫂的父亲）的帮助。当时，老胡大爷在乐山林场任场长。

乐山林场是国有林场，归属当地公社管辖。其森林资源归国家所有，任何人不得以私人名义占有。林场的主要职责是，培育幼苗，保护森林资源，禁止乱砍乱伐，维护生态环境和林木安全。

20世纪80年代的林场，荒山多，人员少，任务重。老胡大爷凭着一腔热情，带领全场二十多名职工，因地制宜，上山种树、挖塘种藕、犁田插秧、开荒种瓜，勤勤恳恳，二十年如一日，硬是把荒山变成了绿色森林。

在林场五里之外的半山坡低洼处，有一处天然的泉眼。自从发现这块儿“风水宝地”后，老胡大爷就计划在这里开荒、种田，号召大家自己动手、丰衣足食，为职工们解决吃粮难的问题。

定下目标，说干就干！老胡大爷带领职工就地取材，用石头砌起了六间北屋，两间耳房，作为水稻实验基地。稻田基地三面环山，西部是高低起伏的丘陵，中间低洼处类似于一个盆地。

房屋建成后，老胡大爷就带着大娘在基地安了家。他们二人住在西边三间屋，腾出东边三间用来接待特殊的客人。每年夏季，一批批进山放牛的人因无处居住而风餐露宿。老胡大爷看在眼里，疼在心上。每次碰到放牛的人，总是热情地为他们免费提供住宿，并让他们在耳房里生火做饭，从此，放牛人有了落脚的地方。

1983 年暑假，三哥带着十三岁的我和五岁的侄女，跋山涉水步行二十多里路，到老胡大爷的基地上玩耍。我们的到来，给大爷、大娘带来了诸多的欢乐！

从石屋出发，沿台阶向南走，翻过一个土坡，来到了那处天然的泉水井旁。井里的水清澈透亮，井壁上长满了青苔，滴答滴答的泉水从石缝间流下来，撞击石壁的声音，犹如一首动听的山歌，清脆悦耳！井底处，一股山泉咕嘟咕嘟不停地往外冒，溢出的泉水流进了下游的稻田。口渴了，掬一捧泉水咕咚咕咚一饮而尽，清凉可口！

放眼望去，一片金黄的稻田映入眼帘，在绿色森林的映衬下，一幅唯美画卷展现于山水间。随风翻滚的稻浪，一波接一波，连绵不断。一股清新的稻香，扑鼻而来。顺着田埂向东走，有两块长方形的藕田，碧绿的荷叶铺满了整个池塘，含苞欲放的花蕾亭亭玉立，出水芙蓉如含羞带俏的女子。

穿过树林，来到一片开阔的西瓜地，地头上临时搭建了一个茅草棚，为人提供休憩的地方。走进瓜田，只见墨绿色的瓜秧相互缠绕在一起，爬得满地都是。黄色的花朵像一只只灵动的蝴蝶在瓜蔓上飞舞。圆鼓鼓的大西瓜，隐藏在叶子下面乘凉。我们俩兴奋地摸摸这个，拍拍那个，不知道摘哪个好。

见状，老胡大爷走到一个西瓜前，用手轻轻地拍了拍，西瓜发出咚咚咚的沉闷声。老胡大爷告诉我们，这就是西瓜成熟的声音。大爷边说边摘了下来，我试了试，抱不起来。老胡大爷笑着说：“抱不动吧？给我，走，我们去切瓜吃！”

一刀下去，只听嘎嘣一声，西瓜裂成了两半。红红的西瓜瓤，鲜艳透亮，黑黑的西瓜籽像一颗颗珍珠镶嵌在红透的西瓜瓤中。丰富的汁液顺着西瓜边缘淌了下来，馋得我们直流口水。我俩迫不及待地拿起西瓜吃了起来，哇！真甜呀！

每当西瓜成熟时，大爷就会叫来职工，用牛车把西瓜拉到农场里，与大家分享！上山放牛的人，只要是经过瓜田的，大爷总是热情地招呼他们进棚吃瓜，吃饱为止。

盛夏的夜晚，凉风习习，稻田里蛙声一片。萤火虫一明一灭的在田间飞行，犹如巡逻的哨兵，不知疲倦。抬头仰望天空，没有一丝云彩，星星眨着眼睛，仿佛在和月亮对话。

晚饭后，老胡大爷拿着手电筒，大娘提着水桶，我们四人一起走向田间。刚走到地头，就听见稻田里传来一阵呼啦呼啦翻动的声音，借着微弱的光，看到一只泥鳅正在用头拱泥，奋力地打洞。说时迟，那时快！老胡大爷跳过去，双手捉住那只肥大的泥鳅，快速地扔进桶里。

我们继续往前走，在手电筒的照射下，看到几条鲫鱼在浅水区里扭来扭去，试图游到水深的地方。大爷挽起裤腿，提着水桶走过去，一条、两条……不一会儿，就逮了四五条一扎多长的鲫鱼。就这样，大爷不用任何工具，轻松抓到了鱼和泥鳅。

快乐的时光总是短暂的！不觉间，四十多天的暑假就过去了。此时，我和侄女感觉还没有玩够。临别时，大爷大娘嘱咐我要好好学习，等明年暑假再来玩。

时光荏苒，一晃三十多年过去了，每每想起这段往事，心中便会涌起阵阵暖意。

少年时代的那个青山绿水、稻花飘香的世外桃源，如同一幅绚丽的画卷镌刻在泛黄书笺里，成为永恒的记忆！

趟过黄湾那条河

燕子姥姥家住在大山深处的乐山林场，进山时，须经过黄湾水库。黄湾水库位于西平县出山镇棠溪河上游，是小洪河支流，是一座以防洪、灌溉为主的小型水库。

连接黄湾水库的那条河，也因此得名——黄湾河。由于特殊的地理位置，整条河流以沙石为主。河里的细沙是岩石在自然状态下，长年累月经山洪反复冲刷、摩擦形成的。

黄湾河道足有二三十米宽，山洪暴发时，河水上涨，蓄满了整条河道。此时，上山下山的人们只能站在岸边观望，等到洪水退去后，才可趟水过河。

1984 年暑假，那时我十四岁。“初生牛犊不怕虎”的我，一门心思地想带六岁的侄女去她姥姥家玩耍。可又担心说出自己的想法，被大嫂拒绝，只好按兵不动，默默等待机会。

一日上午，大嫂外出办事，留我和侄女在家。我暗自窃喜：机会来了！于是，就和侄女商量：“燕子，你妈走了，咱俩上山里你姥姥家去吧？”燕子不假思索地说：“中，中，中，啥时候去呀？”“现在就走”，我迫不及待地说。“嗯，好！小姑，你知道路吗？”燕子又问。“我知道，之前你三达带我走过，快走吧！”

从家里到山脚下的黄湾水库，有七八里的路程。我俩一路走，一路玩，燕子累了，我就背她一会儿，然后，再下来继续走。就这样，走一段，背一段，也不知走了多长时间，我俩终于来到了河边。

我蹲下来背起燕子，慢慢地一步一步试探着向河中走去，我俩晃晃悠悠深一脚浅一脚地趟过了河，对面就是丘陵地带了。

我拉着燕子小心翼翼地向山上爬去，山上光秃秃的，除了石头还是石头，连棵树都没有。来到半山腰，燕子说有些累了，我们只好坐下来休息。这时，从山上走下来几个人，我俩装作若无其事的样子，坐在石头上玩耍，生怕被别人看出破绽来。虽然我们极力掩饰内心的恐慌，但还是换来路人异样的目光，那几个人从我们身边经过时，没和我们说话，只是好奇地看了一眼，就下山去了。

我们继续往前走，走着走着，前方出现了一个三岔路口，一个东北方向，一个西南方向，还有一个是东南方向下山的路。见此情景，我俩犯了难，不知道该走哪条路了。两个人嘀嘀咕咕商量了一阵子，最终，以我的判断为准——选择东南方向那条路。

羊肠小道上荆棘密布、杂草丛生，仿佛走进了茂密的森林之中，根本看不见外面的状况，我们只好顺着小路一直往前走。走着走着，我越来越感觉这不像原来走过的那条路，难道是走错了路？我暗自嘀咕。

“燕子，我咋觉得咱走的路，好像不大对劲儿，要不咱回去走东北方向那条路吧？”我对侄女说。燕子一听走错了路，顿时没了主意。“小姑，咱不会是迷路了吧？”燕子问我。“不碍事哩！这条路错了，咱再走那条路呗！赶天黑之前总能走到你姥姥家的，放心吧！”我自信地对侄女说。

我们顺着原路返回，走了一段路，不知道怎么回事，前方又出现了岔路口，我俩转来转去，找不到原来的路了。

正在这时，忽然听到有人呼喊的声音：“燕子、燕子，你们在哪里？”“燕子，快听，有人叫你的名字！”我惊讶地说。于是，我们俩屏住呼吸，仔细地听从远处传来的叫喊声。“燕子，好像是你三达三婶的声音，快答应啊！告诉他们，我们在这里！来，燕子，我背着你，你大声地喊：三达三婶，我们在这里！我们在这里！”

三哥三嫂听到我们的呼叫声，顺着声音找了过来。看到三哥来了，我哇的一声哭了。三哥生气地说：“你真是憨大胆啊！你们俩那么小就敢进山啊！要是遇见狼怎么办？遇见坏人怎么办？我刚才在山下，碰见那几个下山的人了，是他们告诉我，你们俩上山来了！要不然还找不到你们呢，真是急死人！大嫂在家都找疯了。”

刹那间，一阵狂风吹过，电闪雷鸣，黑压压的乌云从西北方向涌过来，眼看就要下大雨了！三哥三嫂带着我们俩重新返回到通往大山深处的那个三岔路口。这时，我才明白，原来往东北方向去的那条路，才是真正进山的路。

“二山柳”的牛王

20 世纪 80 年代初，农村开始实行家庭联产承包责任制。家庭联产承包责任制是农民以家庭为单位向生产队承包土地等生产资料和生产任务的农业生产责任形式。为此，我们家按人口分得了相应的土地和一头才出生五个月的公牛犊。从此，小牛犊成了我们家庭中的“一员”。

为了给小牛犊遮风挡雨，父亲在我们家西屋的东南侧的地方搭了一间茅草屋。父亲在屋子里放上一个长方形的石槽，然后用四根木桩分别在两头把石槽架起来，中间再放上一根横木用来拴牛，算是给牛犊安了个“家”。

小牛犊满身金黄，皮毛溜光发亮，两只眼睛大而有神，脸部中间有一道白色的竖条斑纹。起初，牛犊头上长了两个小鼓包，慢慢地，小鼓包长成了牛角的模样。几个月后，小牛角长成了一对强劲有力的大牛角，且牛角末端尖尖的，很锋利！令人奇怪的是，这两只牛角都朝里弯曲着，而且长得还很匀称，很样嗬（好看）！大约两年后，小牛犊长成了大牛，膘肥体壮。父亲看在眼里，喜在心上。为此，还给它起个名字叫大黄。

在包产到户的年代，农民种庄稼全指着牲口出力干活儿，不论是犁地、耙地、打场、拉粮食都离不开它们。刚开始干活儿时，父亲怕累着大黄，总是干干歇歇。本来半天能干完的活儿，都是干一天，尽量给大黄留有喘息的机会。父亲对大黄很上心，生怕它有个什么闪失。

麦忙过后，地里的农活儿基本上都干完了。这时，牛也到了休养的阶段。夏季，天气炎热，草势旺盛。于是，人们开始把牛赶到河滩里放牧，有的人还牵着牛去田埂上吃草。一段时间后，等牛群把村子附近的草都吃完了无处放养时，人们又开始打算着去大山里放牛了。

在我们村子西南方向十千米处，有一座大山，这座山是伏牛山的余脉，它由高低不同的九座山峰组成，整座山脉呈西北至东南方向走势，主峰高达八百多米。大山里植物茂密，草木旺盛，是放牛的好去处。

七月，夏日炎炎。村子里的男人们赶着自家的牛去南河滩里集合后，再一起去“二山柳”的大山里放牛。临行前，先把牛赶到河里喝足水，然后，趟过河，爬上田埂，沿小路出发。浩浩荡荡的牛群很难看管，赶牛的人分散在牛群的前后左右小心地看护着，生怕它们吃到地里的庄稼。

翻过一座光秃秃的大山，来到了一片宽阔的丘陵地带。一条小河自西向东从两山之间穿过，清澈的河水缓缓地流淌着，“叮咚叮咚”的流水声像一首欢快的曲子回荡在山谷间。河里的鹅卵石经水常年冲刷后变得光滑透亮，像一件件浑然天成的工艺品。远处的溪水旁，盛开着鲜艳的野花，芬芳馥郁，香气怡人！趟过这条河，再往里走就来到了“二山柳”的大山深处。山上森林茂盛，荆棘密布，放牛人时常背着镰刀为牛群劈荆开路，每到一处先割开一条小道，天长日久，走的人多了便成了路。

盛夏季节，上山放牛的人很多，不仅有我们村的，还有方圆十里八村的。人们之所以选择在“二山柳”放牛，是因为这里不仅水草资源丰富，而且山坡的坡度比起主峰来说相对缓一些，对散养牛来说，安全系数高一些。

人们把牛赶到在离水源较近的地方，便于牛喝水。然后，就跟着牛在山上转悠，直到看到自己家的牛与其他牛合群之后，才放下心来。中午，就在山上吃些从家里带来的干粮，渴了，就喝口山泉水。傍晚，在太阳落山之前就开始往家走，等走到家时，天都黑透了。

牛在山上的日子，人们也不是天天到山上去看牛，一般都是隔三岔五地去看一趟。有时候和邻居们替换着看，今个儿你上山看牛的时候，去山头上找找我们家的牛，看看是否和牛群在一起，只要不离群就行。再过一天，我去看牛的时候，也帮你们家找找看看，如果牛离群了，就帮你们撵撵。邻里之间都是相互帮忙看，这样，大家都方便，省得经常往山上跑。父亲为了便于寻找大黄，就在它脖子上挂了个铃铛，无论它走到哪里，父亲总能顺着铃铛声准确地找到它。那时，人们都是把牛搁在山上放养，没有人专门住在山上放牛，觉得没那个必要。现在想想，那个年代的人真是淳朴啊！从来没有人动过歪心思打牛的主意。

那个年代，由于交通不便，出门全是"蹓地走"（步行）。从家里到山上往返四十多里路，再加上在山上来回找牛，一天下来，人累得筋疲力尽，浑身像散了架似的难受！每次上山找完牛之后，人们就开始漫山遍野地采鸡爪菜（蕨菜）、挖山韭菜，刨元胡、桔梗，薅"挖耳勺"等中草药。偶尔也顺手摘上一些山葡萄、山里红等野果子，每天都有不同的收获。从山上刨回来的草药拿回家清洗晒干后，再拿到公社的药材收购站把草药换成钱，以此来贴补家用。

牛在山上放养一段时间后，吃得膘肥体壮，总感觉有劲儿没处使，便开始不安分起来。每天，它们除了吃草外，剩余时间就是在山上到处闲逛。有时候，牛也像孩子们一样没事找事，打架斗殴。据放牛人回来说："你们家的大黄牛在'二山柳'占山为王，抵架厉害得很！整座山上的牛都抵不过它。"听了那个人夸完大黄后，我开心得不得了，为我们家的大黄感到骄傲自豪！不过，在高兴之余，我还是有些担心大黄的安全。

记得有一年，生产队里的牛在"二山柳"放养时，就是因为牛抵架，不慎从山上滚了下去——摔死了！那时，牛是集体财产，人们不是那么的心疼！如果摊在个人头上，那可了不得！牛可是家庭中的主力啊！离了牛，农活儿怎么干？当时正是三伏天，队长派了七八个壮劳力，把牛从山上抬了回来。大家把牛剥皮后，将肉分到了社员们的手里。

立秋过后，天气渐渐变得凉爽起来，每天早晚的气温明显下降了不少。转眼间，又到了掰玉米的季节，人们纷纷把牛从“二山柳”赶了回来，准备秋收秋种。

那是一个星期天，我写完作业后，父亲让我牵着大黄去南河边吃草。南河里河滩宽阔，溪水潺潺。洪水过后，河滩上留下了许多细细的沙粒，踩上去软软的。碧绿的青草铺满了河滩，知名不知名的花儿竞相绽放，远远地就能闻到花儿的清香。五彩缤纷的蝴蝶在花丛中飞来飞去，调皮的孩子们追着蝴蝶到处跑，但是总也抓不着它们。三五成群的牛沿着河边吃草，时而吃草，时而到河里喝水，有的牛还跳到河里打滚、洗澡，很是惬意！

我虽然也想去采花、捉蝴蝶。但是，我又担心我一撒手牛再跑了。于是，就放弃了去玩的念想，老老实实地专心放牛。我紧紧地拽住牛缰绳寸步不离，牛在吃草，我就坐在草地上看着它。只见大黄牛舌头一伸，嫩汪汪的青草就卷进了嘴里，没看它怎么嚼就咽了下去。于是，我就对它说：“大黄，你真苍生（吃草粗拉）！吃个草囫囵吞枣的，也不嚼嚼就咽下去了，你怎么消化得了啊？”它好像听懂了我的话，翻眼看看我，接着，又低头吃草去了。

后来，我曾经问过父亲：“达，你说大黄吃草时，它为什么不嚼啊？”父亲见我很好奇，于是放下手中的活儿，给我讲起了牛的特异功能：“牛有两个胃，前面那个胃是储物袋，后面那个胃才是消化食物的。平日里，你注意观察一下，牛在休息的时候，嘴里总是不停地嚼东西，那是它把储物袋里的草吐出来再反复地咀嚼，等嚼碎后再咽下去，这叫反刍。牛的胃蠕动力比较强，吃草时不嚼也不要紧，事后再慢慢地细嚼就行。”哦，原来是这样啊！

正当我出神凝望时，突然，从东边河滩里跑过来几头牛。其中，一头健壮的大黑牛正朝我们这边跑来。这时，只听到我们村一个放牛的人说：“小妮儿，河北沿儿孙庄的那个人听说你家的大黄牛抵架很厉害！想让他家的黑牛与你家的大黄牛比试比试，看到底谁厉害？

你撒开手让它俩试试？”我看了看那个人，他眼中露出诡秘的笑，有点儿想看热闹的意思。于是，我生气地说：“不试！想试你自己试去，你咋不让你家的牛给它试试啊？大黄是俺家的大劳力，要是受伤了，你替俺干活啊？俺的牛正在吃草哩，没那闲工夫给它比。”“咦！你这个小妮儿咋那么厉害呢，说话叭叭的，不比就不比呗，那么厉害做啥来。”正当他说话间，我牵着牛向河西边走去。那个人看我走了，只好悻悻而去。

其实，我也不是不敢让大黄和它比，我担心他们家的黑牛把俺家的大黄抵坏了，虽说大黄抵头很厉害！常言道：“山外有山，人外有人，强中更有强中手。”万一大黄受伤了，那就没法干活儿了。再说了，大黄可是我们家的半个家业啊！那可不是闹着玩的。再一个，原来生产队里的牛就是因为相互抵架时出了意外的。我可不想惹那事，万一大黄有个好歹的，回家我没法向父亲交代。

大黄身强力壮，不但抵架厉害，干活儿还是个好把式。父亲赶着大黄犁地时，我总是站在地头上看着，有时，也跟在大黄后面跑着玩。犁地前，父亲先给大黄捆上扎脖，戴上牛梢。牛梢就是套在牛脖子上的天然长成的“人”字形的木头，结实又耐用。最后，再给它戴上鼻圈，鼻圈上系上缰绳，当大黄不听话时，父亲就猛拽缰绳，它感觉到疼了，自然就听话了。

只见大黄低着头，伸长脖子“吭哧吭哧”地喘着粗气，拉着犁使劲地往前走。父亲在后面扶着犁左右摇晃着掌握住方向尽量把地犁直，就如车走直线一般。在犁铧的带动下，犁开的泥土像波浪般涌动，“哗哗哗”地向一边倒去，从下面翻上来的泥土，有一种新鲜的土腥味。地表上的浮土到处飞扬，眯得父亲睁不开眼，扬尘还很呛人！

世上万物都有灵性。大黄虽然不会说话，但从它摇头摆尾的样子来看，似乎能听懂父亲的话。由此，我想起了父亲给我讲过的牛郎织女的故事，故事里面那个会说话的老牛，是否与我们家的大黄有某种渊源？我不得而知。

时代在进步，科技在发展。自从农业机械化参与农事并不断地更新改进后，种地用的犁、耙、镂、拖拉机、播种机、扶垄器等一系列先进农用工具，逐渐代替了落后的牛拉犁农具。随之，农耕文化也渐渐淡出了人们的视线，永久地镌刻在史册，成为时代的印记。

2021 年 8 月

故乡的模样

在儿时的记忆中，我的家乡风景秀丽，自然资源丰富，是十里八乡中的佼佼者。大集体时代，生产队里有粮仓、磨坊、牛屋、猪厂、鱼塘、菜园、李子园、窑厂等。社员们每天按时上下工，过着自给自足的田园生活。

土窑

我们村有两条河，一条在村南，叫南河；一条在村北，叫北河。南北河是从西南方向的“二山柳”分支而来，经过九曲十八弯后，又在我们村东不远处合并在一起，一路向东流入大海。

南河河道宽阔，经洪水冲刷后，变得宽窄不一。窄的地方搭几块石头，便可跨越过去。宽的地方形成了一个个深潭，深潭里的水清澈见底，灵动的小鱼儿在杂草里追逐玩耍。村里的人们时常下河放牛、割草、洗衣、游泳、钓鱼、捞螺蛳。于是，南河便成了人们娱乐的场所。

村南有一座土窑，窑洞正对着一个水潭，人们之所以把土窑建在河边，主要是为了取水方便。至于这座土窑是何时建成的，现在已无从考证。自打我记事起，这座土窑就已经存在了，而且，年年都有人在使用。于是，这座土窑就成了我们村的一个重要标志。

20 世纪 70 年代，生产队里经营土窑时，队长专门挑选了几名手艺好的泥瓦工做砖坯，会计每天给他们记工分，和下地干活儿一样记全工。由于他们业务熟练，干起活儿来得心应手，做出的砖坯瓷实又细耐，为此，还得到了队长的夸赞。每当往窑里运砖时，全村男女老少齐上阵，搬的搬，拉的拉，码的码，大家说说笑笑，不知不觉，一天的工夫窑就装满了。

出窑后的红砖被整整齐齐码放在窑厂里，等待农户上门购买。由于我们村烧的砖质量好，价格优惠，所以附近村里的人纷纷来我们窑厂买砖。土窑给我们村带来了可观的经济效益。

说起土窑，我又想起二哥那年盖屋的事情。不过，这件事是发生在20世纪80年代初期。时隔多年，我依然清楚地记得当时的情景。

在农村，盖屋是人生中的一件大事，说起来容易做起来难。盖屋之前，先备好各种建筑材料，方可动工。盖屋所用的大物件就是砖，一口屋需要几万块砖，而且，这些砖不是一时间就能抓来的，需要一两个月的时间来准备。

做砖坯前，首先去河滩里选一些上等的黄土，然后，再把精选的土拉到场湾里用水洇上。经过一夜的滋润，泥土变得柔软、细腻，这样，就可以开始动手做砖坯了。拿一个事先准备好的砖模子，把和好的泥装入模具里塞满、抹平。然后，把模具倒过来扣在地上，接着再把模具拿起来，这时，湿泥就变成了砖坯。

几天后，就可以轻轻地把砖坯一块一块拿起来垒成砖垛。垒砖垛时，砖与砖之间要留有一定的空隙，便于通风、晾晒。做砖坯是一个漫长的过程，需要大量的人力、物力。从泥土到湿坯，从湿坯到干坯，这一块块砖坯来之不易，不知要摸索多少遍才能做成功。如果再遇上刮风下雨天，垒好的砖坯很有可能会损失过半。天晴之后，还得重新做，以前的辛劳白费。

经过一段时间的晾晒后，风干的砖坯就可以装窑了。装窑是个苦力活儿，从场湾到窑厂大约有五百米的距离。运砖坯时，还得穿过一条石子路，然后，才拐进窑厂。装一窑砖，如果人少的话，至少需要两天的时间。

我们家请师傅烧窑时，他们不要工钱，纯属老少爷儿们帮忙，每天只需管三顿饭就行。新窑点火后，必须二十四小时不间断烧火。

于是，我们便请两位师傅轮流值班，这样还轻松点儿。烧窑期间，两位师傅除了负责添碳、看火，还得倒腾碳和炉渣，挑水洇砖，非常辛苦！

自从砖窑点火的那一刻起，全家人就开始盼望着出窑的日子，暗暗祈祷一切顺利，千万别出什么岔子。俗话说："怕什么来什么。"这不，砖窑刚点火两天，就有人来捣乱了。

第三天早晨，天刚蒙蒙亮，我就听见二哥二嫂和父亲说："达，昨天晚上，咱家的砖让人别了窑腿子，我们得赶快看看去，也不知道是谁在使坏？怎么就见不得别人好呢。"说话间，二哥二嫂急忙向窑厂赶去。他们俩围着窑转了一圈，果然发现有漏气现象。窑漏气之后，里面的砖就容易夹生，夹生的砖没有筋骨，易碎、不结实。于是，二哥和烧窑师傅赶紧采取了补救措施，才及时挽回了那窑可能被毁坏的砖。

他们俩从窑厂回来后，和父亲说了一些我似懂非懂的话。其实，这件事大致的来龙去脉我也能听出个一知半解来，只可惜那些故意使坏的人没有达到他们想要的目的。后来，我们家的砖顺利出窑后，那个别我们家窑腿子的人，才明白自己被别人利用了。

北河的传说

北河比南河窄一些，但北河的河滩很宽阔。每到夏季的时候，河滩上绿草如茵，草丛里盛开着五颜六色的野花，引来蝴蝶在花间翩跹飞舞。远处，一群老牛顺着河岸边走边低头吃草，牛脖子上晃动的铃铛声犹如一首优美的音乐，悦耳动听。放牛人悠闲地躺在草地上仰望蓝天，听溪水潺潺，天马行空地幻想着诗和远方。

每当月亮升起的夜晚，我和小伙伴们时常跟着大娘、婶婶们去河里洗澡，远远的，就听见青蛙"呱呱呱"地叫个不停。走近河边，只见明亮的月光倒映在河面上，犹如一面亮堂堂的镜子。一闪一灭的萤火虫像极了天上的星星，我好奇地想去扑一只萤火虫，看看它是如何发光的。可追了老远也没捉到。此刻，宁静的小河是那样的温柔、迷人！

关于北河，有一个怪异的传说。

说从前，有个卖油翁，每天挑着担子在乡村间来回转悠着卖油。一日，他从河边经过，秤砣一不小心掉进了河里。于是，他赶紧放下担子去捞，可还没等他动手呢，秤砣却自己漂了上来。见此情景，卖油翁吓得后背发凉，汗毛都竖起来了。虽然他心里很害怕，却故作镇定，自己给自己壮胆。于是，他挑起担子，淡定地对着秤砣说："你先在河里漂着吧，等我把挑子放到岸上再来捞你。"卖油翁匆忙爬上河岸，挑着担子撒腿就跑。自从遭遇"秤砣"事件后，卖油翁彻底相信了"头顶三尺有神明，为人莫做亏心事"的道理。从此，卖油翁童叟无欺，真正成为一个诚实、守信的生意人。

地坑

村子中央有一个地坑，我们习惯称它为大坑。大坑呈东西走向，长百十米，宽五六十米。在大坑的东南角留有一个出水口，便于排水。下雨的时候，村子的雨水都往大坑里聚集，坑里的水聚满后，队长就找人挖开出水口往南河里排水。

平日里，人们常去大坑里洗衣、钓鱼、沤麻、沤木头、给牛羊饮水。山洪暴发的时候，南河的洪水会漫上河滩，倒灌进田地里。这时，河里的鱼就会逆流而上，顺着排水沟游到大坑里。因此，大坑里有许多野生鱼类，这就给喜欢钓鱼的孩子们带来了机会。

放暑假时，村里的小伙伴们就去坑里钓鱼，我也不例外。那个年代，没有专用的钓鱼竿，我们所用的渔具都是自己动手制作的。一根细木棍或细竹竿，一个玻璃罐头瓶子，两根细绳，便可做成简易的渔具。

小时候，我特别害怕蚯蚓，因为它软踏踏的样子看起来像毛毛虫。不用蚯蚓做鱼饵，我就悄悄从家里拿一块馍当鱼饵。一切准备就绪，我便找一个自认为最佳的位置，把瓶子灌满水沉入水中。然后，坐在岸边静静等待。大约五分钟后，我们蹑手蹑脚走过去抓住鱼竿迅速挑起，只见罐头瓶里钻进了几条活蹦乱跳的小鱼儿。于是，我们把瓶子放在岸边，把小鱼儿一个一个抓出来，放到盆子里。然后，进行下一轮。那时，我蹲在坑边钓鱼，一钓就是一天，有时忙得连晌午饭也忘记吃，简直入了迷！

记得有一年春天，队长组织社员们买些鲢鱼苗放进大坑里。到了年底，再把鱼捞出来拉到集市上卖掉，然后，用卖鱼的钱给社员们买些过年的物品，让大家过个好年。

腊月二十三那天，我还在睡梦中，蒙眬间听到父亲说："景，快起来看鱼啊，坑里的鱼都反肚了。"于是，我赶紧穿上衣服，急忙跑到坑边去看鱼，只见坑里白花花的一片全是鱼。走近一看，有的鱼还在张着嘴呼吸，有的还在费劲地游着。看到眼前的情景，我感觉心里很难受。于是，便问父亲："达，他们为什么要用药闹鱼？你看，那些鱼多可怜啊！"父亲说："因为天太冷了，没法下坑捞鱼，这样比较省事，直接拾鱼就行了。"哎，太残忍了！

早饭过后，人们捞出来的大鲢鱼整整装了三架子车。这时，大人和孩子们都聚集在车子旁边看鱼，因为平时很少见到这么多的鱼，大家都感到很稀奇。过了一会儿，队长就带着社员们上集市卖鱼去了。于是，看鱼的人们渐渐散去。我刚回到家，只见大表哥从怀里掏出一条鱼，高兴地给父亲说："大舅，你看我抱回来一条大鲢鱼。"见此情景，父亲严厉地说："你这孩子怎么能把鱼揣进怀里呢？大冬天的你不嫌冷啊？以后可别再拿公家的东西了，这可是个坏习惯。""嗯，我知道错了，大舅。"大表哥说完话，羞愧地低下了头。

大表哥是姑姑家的孩子，比我大三岁，他的童年是在我们家度过的。他和村里的孩子们成天腻在一起不着家，慢慢地，他成了我们村的"孩子王"。大表哥很皮实，像个猴子似的整天爬高上低的，没有他爬上不去的树。在爬树的过程中，他练就了一个绝技，就是双手抓着树枝正过来反过来地倒着打悠，我和堂弟堂妹站在旁边羡慕得不得了，怎么着也学不会他这一招。为此，他总是笑话我们几个笨。于是，我们便拿着树枝追着打他，跑了好几圈也没撵上他。

大表哥在我们家待得时间长了，邻居家的婶婶们见了就逗他说：“外甥狗，外甥狗，吃了就走，小皮孩儿，想你奶奶了吧？什么时候回家啊？”每每听到这些，大表哥总是对她们扮个鬼脸，一溜烟儿跑了，惹得大家一阵大笑。

牛屋

大集体时代，牛在生产队里可是个宝贝。那时，我们村不仅有牛屋，而且，还有专职的饲养员。饲养员既要对牛有耐心，还要懂牛的习性，其金贵程度可想而知。

我们村共有三排牛屋，位置都在村子中央。第一排牛屋就在我家南边，离我家仅有三十米左右远。牛屋坐北朝南，屋前有一条东西土路，路南边就是村里的那个大坑。这排牛屋共十间，东边五间养牛，西边五间存放农具。牛屋后面有一个猪厂，猪厂是一排敞棚，只有后墙和顶棚，其他部分全是露天的。猪厂里大大小小有一百多头猪，到了年底，生产队里会杀几头大膘猪，给社员们分些过年的猪肉，让大伙儿欢欢喜喜过个好年。

第二排牛屋在大坑东边，主屋坐北朝南，偏房坐西朝东。牛屋北面是一条东西土路，这条路与第一排牛屋前的那条路是同一条路。牛屋东头是一条南北土路，上坡的人们都从这里经过。牛屋南面是一个大敞院，院子南北长三十多米。在院子的东南部有几棵大槐树，槐树之间绑上了几根横杆用来栓牛，耕地回来的牛就在树底下饮水、歇息。

当冬天来临，耕牛才真正到了休养期。这时，父亲又开始去喂牛了。于是，我和小伙伴们经常去牛屋里玩耍，在牛屋不仅能烤火取暖，而且还能听父亲讲故事。父亲讲的故事内容丰富、情节生动。我印象最深刻的故事有《王小砍柴》《田螺姑娘》《牛郎织女》《老猴精的故事》等。每次听故事时，我就坐在那里一动不动，全神贯注地听着，生怕落下某个细节。

第三排牛屋在大坑西边，它的位置与第二排牛屋基本上是平行的，也是坐北朝南，屋后有一条东西土路，土路北边是一排粮库。生产队里收割的麦子、大豆、玉米、高粱、芝麻、油菜籽都先存到粮库里。到了年底，会计再按照社员们所得的工分进行分粮，多劳多得，公平合理。

粮库的东南角上有一棵梧桐树，这棵树高大挺拔、枝繁叶茂。夏天，茂密的梧桐叶如同一把巨大的绿伞为人们遮荫纳凉。以前，听老人们说梧桐树能引来金凤凰。凤凰是吉祥的象征，它的来临代表着祥瑞降临。为此，这棵梧桐树成了我们村的吉祥之树。

队长组织开会的时候，社员们都在梧桐树下集合，听队长布置生产任务，比如：桥南边那块地该犁了，河东边那块地该播种了，北田沃子里那块地该锄了……社员们静静地听着队长的安排，担心因听错消息而误了农事。久而久之，这里便成了开会的地方。

那个年代，农村没有什么娱乐活动。村里偶尔来个说书的，孩子们高兴得和过年似的。晚饭后，大家早早地赶往梧桐树下听书。人们或站或坐，聚精会神地听说书人讲着我们从未听过的故事，一直到说书人累了，当晚的故事才告一段落。第二天晚上，大家依旧准时来听书。只可惜那个说书人只在我们村待了两个晚上，就又转场下一个村庄了。

时过境迁，如今，我已离开家乡三十多年了。童年时代的那些人和事，恍如昨日，历历在目。我用文字与故乡对话时，仿佛又回到了亲人身边，那份浓浓的思乡情结，瞬间，便烟消云散。

2021 年 11 月

打铁花

1985年夏，大嫂辞去乡村民办教师的工作，带着我和七岁的侄女毅然决然地来到了大哥所在的县城。从此，我们仨也算是“城里人”了。

大哥从部队转业后，被分配到确山县民政局工作。起初，大哥住在单位办公楼上的单身宿舍。自打我们三个来到县城后，局领导为了照顾家属，又给大哥在北关蔬菜队附近分了两间红瓦房。于是，我们在县城便拥有了自己的家。

北关蔬菜队位于县城的西北部，北邻“地炮旅”部队。部队的院子很大，东西长六七里，南北宽五六里。每天早上，我们都能清楚地听到部队里出操训练喊口号的声音。东西两边是大片的蔬菜地，这些菜地是菜农们主要的生活来源，一年三季按季节种菜、卖菜。冬天，所有的菜地全部歇茬，啥也不种，等来年春天再进行耕种。南边有一条横穿县城的铁路，这条铁路通往西山部队的后勤储备油库。平日里，运油的火车并不多，只是偶尔经过，这里的人们时常在铁路边散步、玩耍。

新学期开始的第一天，在大哥的努力下，我顺利地转入了县第一初级中学（红卫中学）就读，侄女燕子也在附近的南关四小入学。看到我们俩如愿走进了学校，大嫂悬着的一颗心终于落了地。

初来乍到，一切都是那么陌生，新环境、新学校、新同学让我难以适从。几个星期后，在来来往往的上下学途中，我结识了青云和春峰两位女同学。从那以后，上学路上便有了同伴。每天早上，我们三个事先约好在铁路道口碰面，然后，一起沿铁路去学校。刚开始走铁轨时，我不太会走，先是一只脚迈过去，接着，另一只脚紧跟上来，这样走路感觉累得慌。慢慢地，我也学着她俩的样子，先迈右脚踏一根枕木，再迈左脚踏下一根枕木，两只脚别重叠。然后，一步一根枕木，大步流星往前走，这样走起来，既快又轻松。

铁路北边是大片的菜地，没有住家户，比较荒凉。每天晚上下自习的时候，铁路上一片漆黑，很瘆人！我一个人从来不敢从铁路上走。于是，我只好从街中心绕几里路转到铁路道口，然后再回家。自从有了她俩的陪伴，我再也不害怕夜里走铁路了。后来，我们仨成了无话不谈的好朋友。慢慢地，我变得开朗起来，不再感到孤单。

二

1988 年春节是我在确山度过的第三个春节。经历过前两个春节后，我感觉在县城过年比在农村过年热闹。在县城里，大年三十和初一与农村并没有多大的区别，大家就是吃喝玩乐、看电视。从年初二开始，大街上人来人往、热闹非凡！有扭秧歌的、打腰鼓的、玩旱船的、踩高跷的、舞龙狮的……这些丰富多彩的节目都是民间自发组织的，文艺队每天都会上街表演节目，一直演到正月十五晚上才结束。

在众多节目中，最受人追崇的当属舞龙了。龙是中华民族的图腾，是吉祥的象征。每当舞龙的队伍从沿街经过，商铺的老板们就会提前在门口放一挂长鞭炮迎接舞龙队的到来。然后，又拿出赏金让“祥龙”从商铺里走一圈，先进龙头，龙尾随后，以此来讨个好彩头，期盼生意兴隆、财源滚滚。

正月十五那天晚上，天气寒冷，道路上依然有许多未融化的积雪。晚饭后，我和青云、春峰相约一起去看灯展。我们刚走到政府招待所东边，老远就看到大街上灯火辉煌，五颜六色的彩灯在夜幕的衬托下像是拉开了一场序幕，各式各样的彩灯精美绝伦，有龙灯、宫灯、莲花灯、花篮灯、兔子灯、蘑菇灯……大街两旁摆满了五彩缤纷的花灯，路边的树枝上也挂满了一串串彩灯。远远望去，闪烁的灯光如同天上的星星，点亮深邃的夜空。

大街上，人们三三两两地从四面八方向街中心涌来，慢慢地，赏花灯的人便多了起来。我们三个从西向东依次转过去，看看这个，瞧瞧那个，目光不停地跟随花灯转动。每看完一盏花灯，我们都会说出这盏花灯的独特之处。在拥挤的人群中，最兴奋的要数小朋友们了，他们拉着爸爸妈妈的手，在人群中钻来钻去，生怕错过哪个漂亮的花灯。还有些小朋友骑在爸爸肩上，在高处可以看到更多的人和花灯。

我们在人群中穿梭往来，陶醉在花灯的世界里。这时，听到旁边有人说："今天晚上，南山广场有打铁花的，等会儿咱去看看。"听后，我们三个面面相觑，不知道打铁花是什么节目。出于好奇，我们也想去看个究竟。

三

南山，又名盘龙山，因山体形状而得名。盘龙山既是红色革命根据地，又是抗日英雄杨靖宇的故乡。革命时期，杨靖宇带领农民在盘龙山攻占确山县城。而后，他又跟随部队在东北地区进行抗日活动。牺牲时，年仅三十五岁。为了纪念杨靖宇，确山县委、县政府把县一小改名为靖宇小学，电影院改名为靖宇影院，新扩建的中心广场，也被命名为靖宇广场。

南山广场位于县城的南部，是盘龙山向北延伸的丘陵地带。广场的南边是县委党校和聋哑学校；西边是养老院和大片的居民区；北边是县公疗医院和县卫生职业中专学校（简称卫校）；东边是光秃秃的山坡。那时，到南山广场只有两条路，一条是从卫校旁边的水泥楼梯爬上去；另一条要绕一个"巨"字形路口，从敬老院门前的水泥路上转到南山广场，如果选择那条路要多走三四里路。于是，卫校的那个楼梯就成了去南山广场的最近路线。我们走到卫校北门时，看到楼梯上已挤满了黑压压的人群，这时，你不需要费多大力气，只需跟着人群慢慢移动，就可以轻松到达广场。

广场上灯火通明，人山人海。欢笑声、锣鼓声、叫卖声、嘈杂声混合在一起，闹哄哄的啥也听不见。人们渐渐地往场地中间靠拢，尽量选择一个最佳的观赏位置。见此情景，我们三个手拉手从人群中挤了出来，来来回回转了好几圈，才绕到广场南面的山坡上。本以为山坡上的人少一些，谁知道爬上来一看，并不比广场上人少。从西到东，几十米的山头上站满了看节目的人，有的甚至还从几十里外的农村赶来，专门来现场看打铁花的。

站在山坡向下望，广场上人头攒动，乌泱乌泱的。我环顾四周，看见在广场的南边靠近山坡的地方，搭建了一个长方形的花棚，花棚上来来回回缠绕了一些树枝，树枝上缀满了花花绿绿的礼花。棚子的中间竖着一根长杆子，上面也挂满了红红的长鞭炮。棚子北边有一个燃烧的火炉，炉内正在用铁块熔化铁汁。炉子旁边有十几个扎着头巾的师傅，一直忙活着准备打铁花用的工具。

正当我东张西望时，只听“哐哐哐”锣鼓一声响，两只活灵活现的“狮子”蹦了起来。其中，一只狮子张开大口向人群跑去，吓得观众步步后退，胆小的孩子慌忙躲在大人后面。那个狮子转了一圈又回到原地，原来转圈是为了清场子的。另一只狮子上蹿下跳，时而站起，时而趴下，娴熟地做着各种经典的动作，逗得观众哈哈大笑。舞狮队缓缓游过，迎面而来的是威风凛凛的舞龙队。只见一条红黄相间的长龙从东方一跃而起，高昂着头，两只眼睛闪闪发光，红红的舌头喷射出火焰。这时，只见一只硕大的龙珠在龙头前晃来晃去，接着，那条龙就开始追逐龙珠，龙珠走到哪里，龙头跟到哪里，有种不达目的不罢休的劲头。举龙头的师傅便随着龙珠上下左右不停地变换姿势，后边的龙身、龙尾也随着龙头的摆动变换着动作。当师傅们舞到尽兴的时候，那条龙像是在云海里翻腾，时隐时现，看得人们眼花缭乱，犹如在梦境一般。

半个小时后，花棚旁边的炉火更旺了，熊熊燃烧的火焰照亮了整个广场，星星点点的火星子不安分地从火炉中蹦了出来，炉子上冒着金光的铁汁正缓缓地向下流淌。此时，已是“万事俱备只欠东风”

了。这时，只见打铁花的师傅们头上围着喜庆的红头巾，一手拿着盛有铁汁的上棒，另一只手拿着一只空下棒，然后，快速地跑到花棚下，用下棒猛敲上棒，使上棒中的铁汁撒向花棚。十几个打花者一棒接一棒，棒棒相连，点燃花棚上的烟花和鞭炮。顷刻间，火花四溅，流光溢彩，鞭炮齐鸣，五彩缤纷的烟花在空中散开，宛如流星划过夜空，制造出“火树银花不夜天”的壮观奇景。瞬间，耳边传来观众的欢呼声、叫喊声、口哨声，整个广场沸腾起来。正当人们欢呼雀跃时，又一波铁花飞上了花棚，璀璨的烟花照亮了漆黑的夜空。刚才还在一边静默的祥龙，突然间，仰起头兴奋地跑向花棚，在锣鼓的渲染下，舞龙队在花棚下尽情地狂欢，烟花与舞龙交织在一起，把元宵晚会推上了高潮。看烟花的人们情不自禁地唱啊、跳啊、笑啊、闹啊，喋喋不休地诉说着自己的感受，广场上一片欢乐祥和的景象。

打铁花结束后，由于人多路窄，人们只好分拨退场，避免发生踩踏事件。于是，我们继续站在山坡上静静等待，等人群散去后，才慢慢下山。当我们走到卫校楼梯口时，只听见青云说:“哎呀！坏了，我的压岁钱挤丢了，那五块钱可是俺妈做两条裤子的工钱啊！回家又得挨吵了。”说完，她低下头抹起了眼泪。见状，我和春峰快步上前去安慰她，直到她脸上露出笑容，才把她送回家。

如今，每每想起那晚看打铁花时的场景，心里仍然激动不已。后来，听说确山铁花已列入“国家级非物质文化遗产”时，我感到非常的惊讶。同时，也为自己曾亲眼见证确山铁花的壮观场面而感到自豪。

2021 年 12 月

瓦岗乡收烟的日子

1988年夏，我十八岁。刚走出校门的我，还没来得及从繁重学习中的紧绷情绪抽离出，大嫂已经托朋友给我找了份在瓦岗乡收烟叶的临时工作。在这之前，我从未走出家门融入社会进行过劳动实践，这是我人生中的第一份工作。

大嫂的朋友名叫江妮，我叫她江妮姐。大嫂和江妮姐是在县朗陵酒厂上班时认识的。两人认识一段时间后，因脾气相近、爱好相同，成了无话不谈的好朋友。

江妮姐的丈夫张大哥，从部队退伍后被分配到县烟草局工作。烟草局在各个乡镇都设有烟草收购站。每年夏季，局里都有下乡收购烟叶的任务。收烟叶的人员，都是现找的临时工，管吃管住，每月九十元薪酬，报销往返车费。大嫂觉得我刚毕业在家闲着没事儿干，就想让我下乡去锻炼锻炼，既能增长见识，又能开阔眼界。

七月，烈日炎炎，高温下的柏油马路被晒得直流油，走在上面感觉软软的，路面上不时散发出一股浓浓的沥青味道。我拿着简单的行李，跟随张大哥去邮电局旁边的汽车站，乘坐开往瓦岗乡的客车。

道路两旁种的全是杨树，车子行驶在林荫大道上，打开车窗，一股清凉的风扑面而来，比在县城里凉快多了！车速越来越快，只见公路两旁的杨树迅速向后倒退，晃得人眼花缭乱。我四处张望，田野里满是绿油油的庄稼，红薯秧爬满了地沟，玉米、高粱已有半米多高。远远望去，一片生机勃勃。

车走着走着，田野突然不见了，迎面而来的是一座座小山包。一会儿工夫，车子钻进了大山里，两旁全是陡峭的山坡，山坡上长满了许多不知名的树木。又走了一段时间，客车在一个名叫中店的村子停了下来，原来是有人招手上车。过了中店之后，公路开始变得高低不平，颠簸得如同坐花轿。这时，视野开始变得开阔起来。放眼望去，公路两边全是丘陵地带，起起伏伏的盘山公路犹如一条藏青色的丝带蜿蜒在丘壑之间，一直延伸到远处。

大约一个小时后，客车来到了瓦岗乡政府所在地，我们俩在工商所门口下了车。紧接着，张大哥把我领到了对面的计生所大院里。大院坐东朝西，东面是六间大仓库，仓库外面搭了一个大帆布棚，我猜想那是收烟的场所。北边是一排红砖红瓦房，间隔有单间的、有两间的。西边是一家饭店。南边是一栋两层小楼，一楼是办公室，二楼是宿舍，外楼梯设在西墙边上。沿楼梯拾级而上，转角第一间屋是女职工宿舍。敲门而入，屋内已有三位同事铺好床位，加上我一共四个人。安顿下来后，我们各自做了自我介绍，刘红艳和张大玲是西关蔬菜队的，我家在北关蔬菜队居住，她们两家离我家很近，也就一里多的路程。时俊玲是烟草公司职工的子女。我们四个人红艳最大，她二十六，大玲二十四，俊玲和我一样大，都是刚走出校门的学生。

我们便走向了各自的工作岗位。张大哥任站长，主管烟草收购及调拨工作。孔指导员（一位德高望重的老干部）坐镇指导工作，处理日常事务。会计、出纳以及两位验烟师傅都是从当地聘请来的。我负责过磅，俊玲开票，大玲和红艳监管仓库，黄厨师负责买菜、做饭。

瓦岗乡大部分是丘陵，适宜种植烟草。黄土地种出来的烟叶，焦油含量高，颜色纯正。按照惯例，每年夏季七八九三个月，烟草局都会派人集中来这里收购烟叶，从而解决了烟农们卖烟难的问题。

七月是烟叶成熟的季节。每当这时，烟农们就开始着手打烟叶了。打烟叶是地方俗语，就是把长成个头的大烟叶从烟棵上一个一个地掰下来。打烟叶时，要从下往上打，因为烟叶是从底部开始成熟的，只有把老烟叶掰去了，上面的叶子才能汲取足够的养分，越长越旺。一季烟叶能掰好几茬，边掰边长，一直到九月末，烟叶全部掰完了，人们才舍得把烟棵子拔掉。

掰烟叶时，一人分管两趟，左右开弓，这样省得来回跑趟子。烟叶掰下来后按顺序放好，整整齐齐地装到筐里运回去。然后，用事先准备好的麻经子（麻绳）和细木棍开始“上烟叶”。上烟叶绝对是个功夫活！不能急躁，要耐下性子来。三至五个烟叶为一小把，用双麻经子交叉绑起来，系个扣，固定结实。左边绑一把，右边绑一把，要均匀对称，不能偏，不能歪。以此类推，用同样的方式沿木棍从头一直绑到尾。这样，一扇烟叶才算完成。

上完烟叶后，就开始准备上炕了。那时候，每家每户基本上都有自己的炕屋。这样，炕烟时就方便多了。烟叶上炕时，需要几个人配合才能完成，有站在炕屋往上挂的、有递的、有拿的、有往炕屋里运的，全家老少齐上阵，忙得不亦乐乎！挂烟叶时，要注意高低交错，不能重叠，中间一定要留空隙，让烟叶均匀受热。这样，烟叶才会干得快。

烟叶全部挂好后，封闭好门窗，只留下烟囱冒烟。这时，就可以去屋后的炕洞里烧火了，要用小火慢煨，中间不断地往炕洞里添柴火，以免熄灭。总而言之，炕洞里不能离人，得专门有人坐在那里盯着。刚开始时，由于鲜烟叶很湿，烟囱里浓烟滚滚。慢慢地，浓烟越来越淡，一直烧到烟囱里冒出青烟为止。这时候，鲜烟叶的湿气才完全逼了出来。

几天后，嫩绿的叶片变成了焦黄的烟叶。这时，就可以把门窗打开了，让干焦的烟叶逐渐吸潮变软。然后，再一扇一扇地取出来，轻轻地放到包袱上，以免沾土，因为沾上土就不好看了。解开麻经子，一把一把地把干烟叶从木棍上解下来，然后，按照颜色进行分类，青烟叶放在一起，黄烟叶放在一起。这样做是为了卖烟时方便验烟师傅分等级，省得扒得乱七八糟。最后，用包袱把烟叶包起来即可。

天刚蒙蒙亮，院子里早已排起了长队。卖烟可不是一个人的活儿，最少得两个人，有排队的，还得有看烟车子的。卖烟时，验烟师傅按等级分类，每个等级价格都不一样。烟叶大致分为九个等级：青一、青二、青三；黄一、黄二、黄三；末一、末二、末三。青烟是底部烟，炕出来的烟叶大部分是青色的，也有半黄半青的，纯黄色的很少。黄金烟是中部烟，营养足，叶片大，颜色金黄，是最好的烟叶，属上等烟。末烟就是最上部的烟，也叫末梢烟。末梢烟营养不足，叶片小，只有巴掌那么大！而且，末梢烟叶的颜色呈褐色，发暗，不鲜亮。

卖烟也有技巧。大部分烟农都是先拿出上等的黄金烟让师傅检验。上等烟叶颜色金黄，叶子大而厚，并且叶片完整无损。师傅看到优质的烟叶时，就会眼睛放光，喜笑颜开。师傅一高兴，说不定就会把一整包烟叶全部打到“黄一”里，“黄一”的价格最高。

等黄金烟验完后，烟农才拿出青烟让师傅检验。师傅会根据青烟颜色的深浅及混合程度进行分类。这时，如果你在师傅面前再美言几句，师傅也许会看在“黄金烟”的分上，酌情给青烟打个好等级。

烟叶等级验完后，紧接着过磅、开票。然后，根据烟叶等级进行入库，一个等级放一个位置，由仓库管理员监督，不能随便乱放。入完库后，紧接着拿着票据去另一张桌子上换票。所谓的换票，就是把烟叶的斤数按等级换算成现金收据。然后，拿着现金收据再去出纳室领钱。

出纳室临时安排在大院北边的一间屋里，烟农们从窗户处递票领钱。为了尽快拿到现金，大家争先恐后地往前挤。一般情况下，现金还是很应时的，偶尔也有不充足的时候，可能领着领着钱就不够了。这时，烟农们就会使劲地往前挤。有时候，窗户上的钢筋都被扒弯了，大家还是使劲地往前挤啊！每当烟农情绪失控的时候，出纳就火了，大声地吆喝着（声音小了，外面的人听不见）：“别挤了，再挤就不发了啊！”出纳的话很灵验，热情高涨的烟农们立刻像喝了冰水一样，瞬间降下温来，不挤不吵老老实实地按秩序排队领钱。

仓库收满后，张站长就统一安排车往县烟草局里交烟。旺季的时候，一般四五天就能拉一大车。每年烟草收购工作结束后，各个烟草站大部分都会超额完成任务。

那时，正值青春年少的我们无忧无虑，每天沉浸在欢乐的气氛中。空闲时，我们一起游玩、照相、逛集市、吃零食、看电影、唱流行歌曲。我们快乐得如同天使般，只有唯美的诗和远方。

那年，我们最爱唱的流行歌曲是《思念》和《粉红色的回忆》，我们四个人天天唱，歌词早已烂熟于心。以至于多年后再提起那两首歌曲，我依然还会哼唱。

如今，每到放暑假，我还会想起当年在瓦岗乡收烟的情景。那段快乐的时光，永远镌刻在记忆里，成为一种温暖的回忆。

2021 年 7 月 4 日

他乡篇

他乡与故乡的距离在不断缩短，但我深知，他乡与故乡情怀的交融永远是灵魂升华的要素之一。也许，没有他乡的故乡是不完整的。不同于古人“把他乡当故乡”的慨叹，当我在无边的乡土情怀里徜徉，乡情似乎终于达到了突破的临界，但又更加难以言说，只是越来越折服于两地乡情相融的力量。

◎第四辑 从故乡到菜乡

▼

曾惊叹“人生若只如初见”，对人性的洞察是何等的透彻，也曾怀着对未知的恐惧踏上通往异乡的列车，还曾傻傻地思考如何把刚来到菜乡时的初见感永远刻录在记忆里。如今，那难改的乡音，早已成为寿光方言的背景音，对此时的我来说，他乡到底什么模样？

乡如人，人即乡，乡的灵魂，强盛在人的记忆中。

从故乡到菜乡

2000年冬，我们一家人从千里之外的河南举家来到寿光，在这里安家落户。从此，我遇见了寿光菜博会，并感情日深。

那年，是菜博会元年，我的孩子三岁。

2000年4月20日，寿光市成功举办了以“绿色、科技、未来”为主题的第一届中国（寿光）国际蔬菜博览会。该博览会被国家商务部批准为年度例会，是全国唯一的国际性蔬菜专业展会，国家5A级专业展会，开展后每年都迎来大量的国内外游客和农业技术人员，受到世界人民的关注。

当年我并没有到现场参观，因为冬天时菜博会早已闭馆了，不像现在，名动全球的菜博会已经成为跨季节会展中心，成为菜乡金光闪闪的一张名片。

初来乍到，一切都是那么陌生，连最基本的语言交流都成问题。每说到寿光方言时，我就发蒙，只能听个一知半解，有些话得琢磨好长时间，才弄明白它的意思。

闲暇时光，我便选择读书来打发时间。在书中，我找到了乐趣，了解了寿光的民俗传统、特色美食、历史文化等，对寿光蔬菜也有了更多的了解，也产生了没有赶上参观首届菜博会的遗憾。

2001年4月20日，第二届中国（寿光）国际蔬菜博览会盛大开幕。

五一劳动节那天，风和日丽，我们带着女儿随朋友一起来到菜博会会展中心，这是我与菜博会的第一次相遇。

远远望去，黑压压的人群在广场上涌动，摩肩接踵，人声鼎沸。几个黄头发、蓝眼睛的外国游客，从我们身边经过，用流利的英语兴高采烈地交谈着，引来无数人的目光。他们的出现为菜博会增添了一道风景，意味着寿光菜博会成为祖国对外交流窗口的一部分了。

广场上，彩旗飘扬，锣鼓喧天，舞狮子的、踩高跷的、玩旱船的、唱歌的、跳舞的、玩杂技的，观众的掌声此起彼伏、不绝于耳，煞是热闹。

随着队伍，我们来到了会展中心。进入展厅，放眼望去，满眼是绿色，盆里栽的、架子上爬的、墙上摆的，各式各样的蔬菜展现在眼前，翠绿的蔬菜在红地毯的映衬下，格外鲜艳。

女儿兴奋地在走道上跑着，像蝴蝶般在植物丛中飞来飞去，看看这棵，摸摸那棵，伸出小手轻轻地抚摸着新鲜的果实。此刻，我仿佛看到了女儿在和蔬菜小精灵们窃窃私语，耳边不时传来悦耳的笑声，女儿开心地跳起来，笑靥如花，主动站在那里和蔬菜合影。

从未见过那么多稀奇古怪的蔬菜，千姿百态汇成绿色的空间，我似乎进入了另外一个世界。由此，我想到了自己的家乡，我家就住在北关蔬菜村，蔬菜种植户分布在县城的四周，他们都以生产队相称，因此，出现了南关、北关、东关、西关四大蔬菜生产队。

郊区土地稀少，人均只有四分地，一家人就靠这菜地的微薄收入维持生计。每年一开春，土地变得松软，菜农们就开始忙活着翻地了。那时，翻地都是靠人工，用铁锨挖、洋镐刨、耙子搂，把土地搂平之后，再分成一个个的菜畦，等待播种。谷雨前，天气渐暖，土地变得温润起来，这时，就可以播种了，把种子撒进菜畦后，用浮土掩埋，等待发芽。

等菜苗长到十几厘米后，开始移苗，把一个个幼小的芽苗分开，均匀地栽到菜畦里。露天种植蔬菜，有个缺点就是受季节限制，像番茄、辣椒、茄子、芸豆等，一年只能种一季，只有黄瓜、长豆角能种两季。霜降后，菜地里基本上就空了，只剩下白菜和小拱子棚下的芹菜了。寿光的大棚蔬菜，改写了历史。

“妈妈，妈妈，你看那里有一棵大树，上面还有红红的果子。”女儿的叫声拽回了我的思绪，随着女儿手指的方向，我们来到了树下，仔细观看，原来是一棵番茄树。它的名字叫达尼亚拉，来自以色列，这种果子，由于外皮硬，被人们称为铁皮番茄，听起来有些“无情无义”的番茄，口感却出奇得甜。它长得有些粗犷，藤蔓像爬山虎一样，顺着吊绳往上攀爬，无限制生长，像施了魔法一般，长成了一棵树的模样，成熟后的番茄通红通红的，犹如红宝石。

女儿仰着头，看着密密麻麻的果实，天真地问道：“妈妈，它们怎么爬得那么高啊？我也想上去和它们玩。”听到女儿奇怪的问题，我有些诧异，笑着对她说：“别看它现在爬那么高，原来只是一粒小小的种子，把它埋在泥土里，慢慢地发芽、长大，然后，它就顺着绳子往上爬，爬啊、爬啊，就爬到上面去了。等你长大了，和它差不多高了，就可以和它一起玩了。”听后，女儿似懂非懂地点了点头，调皮地冲我做了个鬼脸。“妈妈你看，这个小黄瓜多可爱啊！”是啊，真好看！走，我们看看去。

只见吊牌上写着“金童玉女”四个字，一根黄瓜还有这么诗意的名字？我有些惊奇。迫不及待地看上面的介绍：“金童玉女”看似一个名字，其实是黄瓜的两个品种，“金童”是深绿色的果，“玉女”是白玉色的果，每个枝丫上结一个果，如果蔓子长得粗壮的话，也可以多结两个果，这样产量就可以高些。这种小黄瓜，一般长到30克左右就成熟了。

菜博会上，朋友还介绍了寿光当地的品牌蔬菜，如“独根红”韭菜、“八叶齐”大葱、鸡腿葱、黄羊角辣椒、桂河芹菜等。

说起韭菜，她还讲了一段关于“独根红”韭菜成为贡韭的传奇故事。

清朝年间，乾隆皇帝南下巡江南经过寿光时，看到城西农民在冬季种韭菜，并用草苫子覆盖，感觉很稀奇。当地官员招待时，还专门安排了一顿韭菜宴。乾隆皇帝用后大为赞赏，并御批为贡韭，这就是寿光“独根红”韭菜成为贡韭的来历。

菜博会之行，让我大开眼界，这里没有季节之分，只有从种子到秧苗，从秧苗到果实的过程，一年四季都能吃到的新鲜蔬菜，而且品种繁多。

第一次，我发现蔬菜的世界竟然如此精彩。精彩，不仅是因为菜博会首次将精品蔬菜科技大规模展出，还因为这汇聚了蔬菜和它们的母亲——菜农的精神。我想，展厅里千姿百态的蔬菜精灵们，是有思想和灵魂的！

从此，我与菜博会结下了不解之缘，每届展会都乐此不疲地带孩子来参观、游玩。“一岁年龄，一岁心”，随着年龄的增长，孩子对事物的理解、领悟能力也会随之变化，加上菜博会也在不断的发展创新，所以，每年去会展都会有不同的收获。

女儿上高中后，便不再缠着我陪她去菜博会，她会自己约上三五个同学一起去玩。这一刻，我才意识到，孩子慢慢长大了。

早在 2002 年，寿光市就提出了创建全国文明城市的目标，十五年磨一剑，今朝终圆梦。2017 年 11 月 14 日，寿光市荣获第五届“全国文明城市”荣誉称号，从此，“农圣故里、文明寿光”的称号在全国唱响。

不知不觉，我们来到寿光已经第十九个年头了，当年的小女儿，如今，已长成二十多岁的大姑娘了。女儿大学期间，我接送孩子都会经过菜博会会展中心，每当这时，我都会望着熟悉的会展中心，回想着以前的场景，感慨颇多。

菜博会，当年我作为“外乡人”与你相遇，正是你不同凡响的童年。今天，我以寿光人的身份凝望你，你青春依然，更加朝气蓬勃。我知道，你已经成为一个具有独特魅力的世界！

一座城，让人留恋的是这里的人或事，当然，还有她标志性的东西，譬如寿光的菜博会。余生，我会和你站在同一地平线上，看日出日落，迎风霜雪雨，四季轮回如影随形，愿与你一起成长，走向更加美好的明天。

寿光稿儿

各地都有自己的方言，每一种方言，都折射着当地人所特有的神韵。

作为一名在寿光的河南人，对寿光方言有着别样的感受。说起寿光方言，就不能不说“稿儿”。寿光人开口闭口都是“稿儿”，这个“稿儿”，真是让人耳目一新、大开眼界！

当你走进店里购物，营业员就会热情地说：“您好，进来看看吧，看需要买什么‘稿儿’？”遇上熟人打招呼，就会问到：“你吃饭了吗？吃的什么好‘稿儿’啊？”寿光人邀请别人时，就会说：“来俺这里玩吧？俺请你吃好‘稿儿’。”打电话时，如果一方听不清对方说的什么内容，就会说：“你说的什么‘稿儿’？”

…………

诸如此类的话语，我们时常听到，开始时听不懂，觉得怪怪的。“稿儿”是个什么东西？时间长了，才明白，哦，原来某种东西、物件，或者事情，都称为“稿儿”，与我们河南的方言有许多不同之处。

寿光的方言：

喝水叫哈水，
抽烟叫吃烟，
饿了叫饥困，
枕头叫脑枕，
舍不得叫不嘎受的，
兔子叫猫，

昨天叫今夜来，今天叫今们儿，
明天叫早晨，
早上叫晴起来，
有一种赞美，叫刚好，
有一种高兴，叫滋儿，
有一种关系，叫轧伙，
有一种炫耀，叫有脸。
……
这都是寿光稿儿！
我家乡的方言——驻马店方言，也很有滋味！
明明是面汤，却叫稀饭，
明明在吃晚饭，偏偏叫喝汤，
明明喝白开水，偏偏叫喝茶，
别客气叫别作假，
有一种空荡，叫木任啥，
有一种聪明，叫能里不轻，
有一种笨蛋，叫信球货，
有一种潇洒，叫可排场，
有一种炫耀，叫鬼撅，
……

这些算是河南稿儿吧？

在驻马店方言里，晚饭后出来散步，如果遇上熟人打招呼时，就会问：“你喝汤来呗？”对方回答：“我刚喝来。”

某人爱吹牛，好炫耀，别人就会说：成天逗他谝能，谁也没他能，你看他能里不轻，瞎鬼撅（耍小聪明，耍手段，谁也比不上他，装聪明，好显摆）。

两个人打电话时，结束语一般都会说：逗这吧，挂了（就这样吧，挂了）。为了“逗这吧”这句话，我还闹出了个笑话呢。一天，我与寿光的客户谈业务，就在通话即将结束时，我突然说了一句：“逗这吧。”那个客户没听明白是什么意思，于是，就问我：你说的什么稿儿？嗯，我愣了一下，马上反应了过来，笑着说：没事，刚才我说的是我们家乡的方言，意思是就这样吧。说完，我们哈哈大笑起来！

寿光的方言中，称呼也是一大特色，有的称呼令人费解。不信你看：

明明是爸爸，却叫“爷”（二声），叔叔和大伯，也叫爷。祖父叫“爷爷”（一声），与爸爸相比，只多了一个字。

明明是奶奶，却叫“妈妈”（二声）。

明明是哥哥，却叫“国国”。

……

这算什么稿儿？刚来寿光时，听到这些称呼，我目瞪口呆，有的称呼感觉好像是串了辈分似的，一时接受不了，时间长了才弄明白是怎么一回事。

这些特殊的方言，也是寿光稿儿的一部分。每一种，都包含着寿光特有的文化内涵和韵味。

例如，“稿儿”这个挂在寿光人口头的词，原意就是农作物的秸秆。寿光在过去是农圣故里，现在又是华夏菜都，全国最大的蔬菜科研与生产基地，寿光人重农务本不离稿儿，真是好稿儿出寿光，寿光出好稿儿。“稿儿”还有一个意思是文字图画的草稿，指事先考虑的计划。寿光人重发展，但更重筹划，打好底稿儿，不草率行事。凡因计划不周、缺乏思考犯错或闹了笑话，长辈的责怪是这样的：“你这是弄得什么稿儿？”意思就是，没有想好了再做，不打稿儿！

寿光方言寿光稿儿，韵味无穷。

寿光印象

寿光作为县名，最早出现在《汉书·地理志》。“北海郡，景帝中元二年（前148）年置。县二十六，其中有寿光县。”

迄今为止，古籍中记载寿光名称的志书有两部：一是明朝嘉靖年间的《青州府志》：“寿光县。本县志，故老相传：人，年长曰寿；土，地平曰光。以境内无山也。”二是康熙年间的《寿光县志》，序中写道：“寿光，青州属邑也。相传人多长年，且其地滨海，弥望皆平田息壤，无绝崖倒壑之观，故名寿光。”

——题记

一

提起我与寿光的缘分，还得从1992年说起。那年夏天，我随爱人从千里之外的河南前往山东婆婆家探亲（当时还未结婚）。当天下午五时许，我们登上了从武昌开往青岛的绿皮火车。经过二十二个小时的漫长旅途，于第二天下午两点多钟，列车才抵达潍坊火车站。

在火车站的广场上，停放着十几辆去往各县市的公共汽车。于是，我们俩顺利地坐上了开往寿光的客车。一个多小时后，我们在寿光汽车站下了车。随之，在汽车站院内找到了一辆去往乡镇的客车。大约半个小时后，我们在乡镇路边下了车，然后，步行到离乡镇五六里路的婆婆家。

第二天一大早，婆婆和我们一起骑着自行车去寿光百货大楼逛街游玩。那时的百货大楼是寿光县唯一的一座综合性商场，大到家具、家电，小到服装、鞋帽及日常用品，应有尽有。婆婆领着我们俩从商场的东头逛到西头，因为我是第一次来寿光，婆婆想让我看看寿光百货大楼的繁华景象，希望我们将来能够回寿光生活。

从一楼到二楼，从家电到百货，商场里的货物琳琅满目。我们边逛边打量。婆婆很大方！从上到下给我买了一身衣服，又给爱人买了一套西服、一双皮鞋。一天逛下来，收获满满！

1993年8月8日，寿光撤县设市。从此，翻开了寿光政治、经济和社会发展的新篇章。

二

当我再次来寿光时，已是2000年的冬天了。这次来寿光不是探亲，而是举家搬迁。春节过后，在表哥的帮助下，我和爱人决定在姥姥家所在的村镇选址开店经商。从此，我们踏上了新的创业征程。

暑假期间，我打算带着四岁的女儿去寿光市里逛逛、玩玩，让孩子开开眼界、长长见识。当女儿听说我要带她去城里玩，高兴地不得了！

那时，乡村通往城里的客车一天往返三四趟，而且，每趟车上都塞得满满的，有时连个下脚的空儿都没有。上车后，我们俩没有找到座位，只好站在过道里。我一手拉着女儿，一手扶着座椅，身体随着车辆的启、停来回晃动，站都站不稳。一个小时后，我们到达了寿光汽车站。

我们首先去了仓圣公园。远远地，我们就看到了许多大型的娱乐设施。见此情景，女儿拉着我的手飞快地向公园跑去。我们一起坐了碰碰车、电动飞机、空中漫步、旋转小木马等。然后，又参观了人工湖、石桥、假山、亭子、荷花池、动物园等特色景点。我们边走边欣赏园中的风景，每到一处我就拿起“傻瓜”牌全自动相机给女儿拍照留念。看到女儿眼里露出的惊喜目光，我感觉这趟寿光之行，值了！

临近中午时分，我们俩玩得又渴又饿，于是，我便带着女儿去吃午饭。看着她吃得开心的样子，我心里甜甜的。

午饭后，我们又逛了很多地方，走在车水马龙的大街上，五花八门的沿街商铺令人眼花缭乱。女儿拉着我的手看看这里，看看那里，像是“刘姥姥进了大观园”，对什么都感到稀奇！

三

2009 年 5 月，寿光市交运汽车站有限公司在市北环路以南、健康街以北、兴隆路以西征地 110 亩，按照国家一级客运站标准建设汽车新站。该建筑宏伟大气，造型别致新颖，站内布局合理，功能细化明确。新汽车站建成后，成了寿光城区西部的标志性建筑。

2012 年 5 月 28 日，新汽车站正式启用。启用后，这里将成为寿光市旅客集散中心和对外交流的枢纽，可以缓解城区的交通压力、提升城市形象、方便城乡居民出行、搞活商贸流通等。

2013 年，寿光市荣获“联合国人居环境奖”称号。这里环境优美，绿化整洁，有干净的街道、漂亮的公园，打造出了“城在园中、园在城中、碧水绿荫、宜居舒适”的城市环境。

2017 年，寿光市荣获“全国文明城市”荣誉称号，连续三年在全国文明城市复审中成绩优异。2021 年，在全国文明城市年度测评中，寿光斩获全国第八名的好成绩。

2022 年 4 月，寿光成功举办了第二十三届中国（寿光）国际蔬菜科技博览会。本届展会采取线下布置、线上参观的形式，开辟直播互动渠道，对菜博会进行全景直播，为世界各地的朋友展现不一样的“云上菜博盛宴”。

“功夫不负有心人”，经过多年的努力，寿光已成功构建了绿色、惠民、便捷、舒适的新寿光。如今，寿光这座城市正以一种魅力向世人展示独特的光辉。

2022 年 9 月

寻找春天

大年初一那天，天气晴朗，风和日丽，室外气温达到了十七八度，温和的阳光照在身上，让人感觉暖暖的。人们穿上过年的新衣，一起来到户外，到植物园里寻找春天。

远远望去，植物园区外的公路旁停满了大大小小的车辆，长长的车队一直排出二三里。路边挂满了喜庆的大红灯笼，彰显节日的气氛。卖风筝的摊位前被围得水泄不通，一群好奇的孩子你一言我一语讨论着风筝的色彩搭配，精心挑选着自己喜爱的风筝，准备与小伙伴们一起比赛，看谁的风筝飞得高。

我们停好车子，随熙熙攘攘的人群走进了植物园。植物园里人来人往，广场上聚满了放风筝的人群。抬头望去，五颜六色的风筝迎风飞舞，各式各样的风筝在空中活灵活现，有雄鹰高飞的，有燕子低飞的，有平稳飞翔的，也有上蹿下跳的……彩色的金鱼迎风而上，如在水中自由自在地游行，让人看得眼花缭乱。

一个年轻的风筝爱好者，边抬头看着风筝，边倒着走，手中的线轮一松一紧地来回晃动，时而放一段线绳，时而又收回一段，不停地调整风筝最佳的飞行状态。

跃跃欲试的小朋友，在大人们的帮助下，把风筝慢慢地放飞，看着自己的风筝越飞越高，他们兴奋得手舞足蹈。此刻，飞上天的好像不是风筝，而是他们的心情，心儿早已随风筝飞上了辽阔的天空。

追随着动听的音乐，我们来到了广场的东北角，走近一看，噢！原来这里是跳广场舞的。舞场上聚满了老老少少，有跳的，有看的，有初学的，有跟着音乐节奏锻炼身体的……在阳光明媚的节日里，人们脱下厚厚的冬装，换上轻薄的春装，跟随音乐跳起来，人人脸上洋溢着幸福的笑容。对于舞者来说，只要有音乐，随时随地都可以尽情展示美妙的舞姿。对于初学者来说，舞姿标准与否并不重要，重要的是跳舞的氛围与心情。站在一旁的观众，拿起手机记录着这欢快时刻，及时分享到朋友圈，向好友们传递着节日的快乐。

三三两两的人群，手牵手漫步在小路上，他们走走停停，一边欣赏风景，一边拍照留念。这时，从北边过来一辆游览车，只见年轻的爸爸妈妈带着两个年幼的孩子共享一辆游览车，悠哉悠哉地在园区内骑行。那个年龄大点儿的孩子，调皮地站在游览车前面的空当处，变着花样逗家人们开心。

活泼的小泰迪在主人的牵引下，不停地东跑西颠，闻闻这里，嗅嗅那里，像是在寻找着什么。它似乎闻到了春天的气息，一边向主人撒娇卖萌，一边想挣脱绳子，在柔软的草坪里撒欢奔跑，无拘无束地追逐打闹。

我们沿着弯弯曲曲的林间小路，穿过一段木长廊，来到了河边。宽阔的河道里没有冰冻，清澈的河水缓缓地流淌着，水声犹如一首动听的音乐，令人陶醉。我站在河边，惊喜地发现对岸的垂柳已由深褐色变成浅浅的鹅黄色，春光已悄然跃上了枝头。在春风的吹拂下，垂柳不停地向人们示意招手，好像在说：春天来了。

在一处偏僻的角落里，只见一位年轻的姑娘欢快地跳起舞来，一招一式跳得有模有样。站在旁边的母亲拿着手机随女儿的舞姿不停地调整着合适的角度，尽量把视频拍得完美一些，达到女儿想要的效果。录完视频后，女儿迫不及待地播放观看，母女俩脸上露出了满意的笑容。

我们边走边观察植物的变化，从深冬里走来的竹林，不畏严寒，勇敢地走向春天，墨绿的枝叶已逐渐变为翠绿。在热情的春风里，竹子舞动着柔软的身姿，向人们频频问好，我忍不住走上前去与它合影留念。

在一片带有围栏的空地里，我发现了一棵含苞欲放的花树。在温暖的阳光下，蠢蠢欲动的花苞正慢慢地向外舒展，为怒放的花期做好准备，努力成为春天的使者。

春天来了！春天来了！

孩子们欢叫着在田野里奔跑，天空中放飞的风筝越来越多，报春的鸟儿在枝头萦绕，河水静静地流向远方。不知不觉间，春天已悄然来临，空气中到处弥漫着春的气息。

当“粉黛”遇上秋

金秋十月，云淡风轻，天空变得深邃而悠远。霜降过后，万物凋零，金黄的树叶纷纷飘落，回馈大地哺育之恩，甘愿化为泥土孕育新的生机。其实，秋天并不是一个失意的季节，落叶归根反而是一种优雅的回归。正当人们叹息秋天的萧瑟时，一种名为粉黛乱子草的植物不畏风霜，成功逆袭，登上秋天的舞台，在属于自己的季节里绽放异彩。

去年秋天，偶然间听说粉黛乱子草入驻弥河。某日，在微信朋友圈看到文友们晒出的粉黛花海照片，顿时眼前一亮！忍不住惊讶道："这是什么花儿？怎么那么美！没想到弥河附近竟然还有这么美的风景！"只见大片的乱子草像一幅粉色的画卷铺展而来，照片中文友或坐或站、或仰头凝望、或低头沉思，如电影中的精彩画面。于是，心起一念，想亲自去现场感受一下粉黛花海的唯美。后来，因事务繁忙一推再推。结果，错过了最佳的观赏期。

粉黛乱子草，又名毛芒乱子草，花期为每年的9-11月份。它名字好听，花开之时景色非常壮观！单看一株并不起眼，而一旦连成片，似彩霞氤氲的铺染，轻柔飘逸，又似云雾缭绕的梦幻，缥缈唯美。

四季更迭，夏去秋来，不知不觉又到了深秋季节。一日下午，秋高气爽，阳光微暖，我和女儿决定去弥河附近的植物园里看粉黛乱子草，以了却我心心念念了一年的愿望。

弥河，古称弥水，位于山东省莱州湾西南岸入海流域，发源于临朐沂山西麓，流经青州、寿光，在寿光市广陵乡南半截河村，分为三股流入渤海。在寿光东城区弥河段共有三座大桥，从南向北依次是：农圣街弥河大桥（王口大桥）、张建桥、金光街大桥，三座大桥的建成既方便了两岸居民往来，又带动了东城新区的经济发展。

闻名遐迩的中国(寿光)国际蔬菜博览会展览馆坐落在弥河东部，从2000年至今，菜博会已成功举办22届，参观的游客来自世界各地。这里又是“农圣”贾思勰的故乡，他的农学著作《齐民要术》被誉为“中国古代农业百科全书”。

寿光植物园又名生态农业观光园，位于东城新区，沿弥河两岸从西南至东北方向延伸。园区以“生态·农业·旅游”为主题，充分利用弥河自然资源，把两岸的风景与蔬菜博览园连接在一起，形成地方的特色景观。

植物园面积较大，南北长七千米左右。来植物园游玩，最佳的游览方式是骑单车或电动车，这样逛起来比较轻松一些。我们俩骑着电动车从植物园东南门入园，沿小广场向北骑行。放眼望去，园区内层林尽染，风景如画。金黄的银杏、火红的枫树、苍翠的松柏、泛白的芦苇、红红的山楂……还有许多知名、不知名的花草稀稀疏疏散落在园中，令人赏心悦目！

三三两两的人群漫步在林间小路上，边走边谈笑风生，很是惬意！甬路旁的廊亭下，有人在那里下象棋，旁边围满了痴迷的观战者。东边的树林里，环卫工人正在忙着清理杂草和树叶。忽然，耳边传来了一阵“噼噼啪啪”的响声，循声望去，看到几个人在广场上练习甩鞭健身运动。

我们边走边欣赏路边的风景，从南到北转了一大圈，也没找到乱子草的踪影。去年，曾听人说过乱子草就在弥河附近，但不知道具体位置在哪儿。于是，我们只好继续向北走，当行至金光街大桥南边时，向西一望，远远地看到了一片紫色的植物。噢，原来是在这里啊！

我们从桥下穿过，右转向东绕了一圈才转到桥上。站在桥上向南眺望，宽阔的弥河两岸丛林密布，景观错落有致；岸边垂柳依依，林中曲径通幽。清澈的河水盈满了河道，经过闸口处的河水如瀑布般流淌，形成一道独特的风景。而后，河水又慢慢地恢复了平静，缓缓流淌。欣赏完弥河的风景后，我们继续行至桥西头，然后，左转穿过马路再转到桥南边。几经周折，才如愿到达粉黛乱子草的景观区域。

桥边的马路旁停满了大大小小的车辆，三五成群的人们满怀喜悦地向粉黛乱子草的方向走去。在我们前面，一位满头金发身穿红裙子的女士牵着一只宠物狗，肩背摄影器材去粉黛网红打卡地拍照。行走间，又看到一对夫妇用童车推着一个两三岁左右的孩子来景区游玩，那位妈妈边走边向咿呀学语的宝宝说着稚嫩逗笑的话语，逗得孩子嘎嘎直笑。看到这温馨的一幕，心里感觉暖暖的！于是，我和女儿三步并作两步，飞快地向乱子草场走去。

只见一大片粉紫色的乱子草如霞似雾，朦胧而柔美。微风吹过，空气中弥漫着清新的气息，令人神清气爽！远看，粉黛花海又呈现一片“粉色雾气”，仙气十足！这片乱子草不仅为秋天增添了一抹亮色，而且，又为弥河增加了新的风景游览区。从此，人们不必远游，在家门口就能看到粉黛花海的美景了。

沿景区弯弯曲曲的小路走近粉黛花海，仿佛置身童话般的世界。瞬间，少女心爆棚，全然忘记了自己的年龄。于是，我便和女儿一起变换着姿势与粉黛花海留下了美丽的倩影合照。

景区里游人如织，人们纷纷在花海间拍照留念，时而又拿出手机录视频，随时记录眼前的美景。这时，在我们前面不远处，一位六十多岁的大姐拿着手机兴致勃勃地忙着录视频，其娴熟动作不亚于年轻人。不一会儿，又看到一位头发花白的老人也拿着手机录视频。由此看来，人们对美好事物的向往都是一样的，爱好不分年龄大小。

与粉黛花海遥相呼应的是一片隆起的“土山坡”，之所以称它为山坡，是因为寿光是平原地区，没有丘陵、山脉。为此，寿光人对大山有着极度的渴望与向往。于是，智慧的园林人就巧妙地设计了这样的“山坡”，以此来弥补没有山脉的缺憾。

远处的“山坡”上树木繁茂，金黄的树林倒映在河面上，与蓝天白云相映成画，把秋天的美景渲染得淋漓尽致。山坡的北边是大片的花圃，里面种植了各种各样的花草。现在虽然是深秋季节，但仍然有鲜花盛开，红的、紫的、白的、蓝色的花朵零零星星散落在园中，为秋天增添了温暖的色彩。

在花圃的边缘处，放置了许多大块的石头，这些形状各异的石头都是从几百里外的大山深处运来的，作为景观石摆放在不同的位置。园林人想借他山之石，赋予弥河之灵气。

从花圃向东走，眼前呈现的是一片蓝色的“海洋”。说是“海洋”，其实是用蓝色颜料涂抹而成。远看，那片蓝色区域像是弥河向外延伸的河岸。炎热的夏季，当河水漫上河岸时，这里又变成了蓝色的水世界，人们可以来这里尽情地嬉戏玩耍。

金光街桥下，人潮涌动，音乐声此起彼伏，有跳广场舞的、有跳交谊舞的，热闹非凡！其中，一位年轻的女士随着动感的舞曲自娱自乐地舞动，根本不介意别人的目光。这时，看到在桥下的中间部位有几个人围在那里，我有些好奇！于是，我们便走了过去。只见一位古稀老人手拿一支特制的毛笔在水泥地面上练习书法。别看老人家貌不惊人，提笔却出手不凡。写起字来如行云流水，字体粗细均匀、刚劲有力！看她投入的神情，感觉她不是在练字，而是在认真地书写一篇佳作。

眼前这热闹的场景，让人羡慕！你看，人家怎么过得那么潇洒？大白天就可以来这里娱乐，不为生活所忧，不为烦恼所困，坦然地享受生活。后又转念一想，也是，如今国家富裕了，老百姓的生活得到了极大的改善，人们不再为穿衣吃饭发愁。实际上这种无忧无虑的生活，才是人生中最好的状态。

夜幕降临，余晖慢慢地沉入天际。顷刻间，桥上的街灯亮了，整座大桥灯火通明，闪烁的灯光犹如天上的繁星。灯光照在波光粼粼的河面上，犹如一朵朵盛开的莲花。粉黛花海在夜色下，显得格外疲惫，终于脱离了喧嚣的人群，独享一下夜的静谧。

一阵秋风吹过，丝丝凉意袭来，枯黄的落叶以高雅的姿态完美谢幕，圆满完成了记载年轮的使命。不觉间，深秋已远，初冬将至。

2021 年 11 月

耕读园记

巨淀湖风景区东南部，一路之隔，有座区中之园，名为巨淀耕读园。

耕读，唱诵了几千年的华夏主旋律，如今农耕早已不是国民生活的基调，但耕读的精神实质，早已融入了民族的灵魂，成为驱动进步的主要动力。

耕读园的名字刚一传入耳中，便如携带天然的磁力，引我前行。

棕褐色的木制园门，像一个木牌坊，古色古香地述说着漫长的耕读岁月。门框镌刻一楹联，上联为：梨花院落溶溶月，下联为：柳絮池塘淡淡风，横批为：巨淀耕读园。

来到院中，首先映入眼帘的是一块造型独特的石头。院子的北边是几间小木屋，除了接待客人，还存放农具等物。南望是一幅原木框泼墨山水画：蔚蓝的天空下，湖光粼粼，芦苇飘荡，一片生机。画面上方一行小字：

耕读传家，诗书继世，千年如斯，一脉相承。

千层芦荡，万顷湖光，我有斯园，在水一方。

继续向南，一个池塘映入眼帘，岸上垂柳依依，塘里泊一艘小木船，静静地享受着秋日的惬意。

塘中荷已老去，只留下几片幼小的荷叶漂浮水中，曲折迂回的小木桥穿过池塘，连接着池塘对面的亭子。石桌、石凳摆在亭子中间，四周围一圈木椅，供游园的客人小憩。

园中布局，耕读相间。走过池塘是一片菜地，大白菜青翠欲滴，这一抹绿色在深秋的苍黄中格外显眼。与白菜相对的是一片番瓜地，番瓜叶已枯黄老去，成熟的番瓜遍地都是。地边一巨石，上写“征和四年，三月，上耕于巨淀”。征和（前192年—前89年），又作延和，是汉武帝的第十个年号，汉朝使用征和这个年号一共四年；上，指的就是汉武帝。

菜地北边，是一片翠竹林，林中隐着两块形状不同的石头。大的像一个石座。园主介绍说：那是汉武帝驾临时坐过的“宝座”。“宝座”左边有一块长条形石块，那是贵妃的“躺椅”；“宝座”正前方是一平整、光滑的石桌，相传，当年来耕地的汉武大帝就在这桌上品茶。

菜地东南，赫然墩着一方形奇石，奇石头部鼓出一个大牛角。园主说：“这是武帝的耕牛所化，与牛头镇很有渊源，是我们的吉祥牛。”说着，顺便还吟诵了句顺口溜：“摸摸牛的头，吃穿不用愁。”借主人吉言，大家纷纷伸手抚摸牛头。

前行中，我们来到了一个小山坡旁，坡上桃林茂密。登上山坡遥望，整个景区就在眼前。

这座小山是用盐碱土堆积而成。此地曾是商朝盐业遗址，距今三千二百多年。那时，巨淀湖一带曾是汪洋大海，卤水资源丰富，当地百姓历来有土法熬盐的传统。2015年3月，在此发掘出古人煮盐遗迹和制盐用的大量盔形陶器片，经专家鉴定，其形成于商朝晚期。

金秋十月，耕读园瓜果飘香。黄澄澄的雪梨挂满枝头，红彤彤的山楂一串串。大枣涨红了脸，在秋风中摇来摇去，成熟的枣儿落得满地都是。大冬瓜在即将老去的叶子中露了出来，身上披着一层白霜。

穿过梨园，来到一座小木屋旁，院里种满了各种蔬菜，萝卜、香菜、大葱、韭菜、辣椒……菜地的北边，植有一道月季花墙，开着不同的颜色，红的、黄的、粉的。虽然是秋季，但月季依然努力地盛开，深深地留恋着曾经给予它生命的母亲。

推开屋门，只见客厅内摆放着两张桌子，一张是书桌，另一张是茶桌。客厅迎门墙上挂着“龙马精神”横匾，东墙上是一幅汉代农耕图，旁边还有一幅原济南军区副司令员、时任清河区司令员的杨国夫与园主曾祖父的合影。

客厅的左边是专门的书房，靠墙的一面放着一个大书柜，里面摆满了书，书柜空格中放着两块古木镇纸，年轮依稀可辨。客厅右边的房间里放着一张书桌，桌子上放着笔墨纸砚，墙上一幅《牛市吉祥图》，画中是一顽童骑在牛背上玩耍。

木屋的东边有一条清澈的小河，河里长满了芦苇。秋天是芦苇花盛开的季节，那毛茸茸的芦苇花，远看一片雪白，近看有奶白色、淡青色。一阵微风吹过，那细如棉絮般的芦苇花，随风飘荡，放眼望去，如同白色的波浪。

园中的一花一草、一木一石，都是主人精心挑选、种植、安放的。每一棵树、每一块石头都有自己的故事，哪怕是一块小小的腐木，在这里都会得到重视。石磨、石槽、古船、牛拉拖排车，这些古老的物件已成为园中的珍品。

绕园林漫步，不知不觉中已是晌午，但我没有丝毫倦意。这，也许就是田园的力量吧。田园是耕读的世界，是天地向人类输送力量的所在，人不能没有田园，如同人不能缺了书。不知起于何时，耕读之乐逐渐变成都市人的一个梦。

记忆里的小桥、流水、荷塘、蛙鸣、杨柳岸、野草坡、杏花雨，是那么美，而身处现代化城市中，我们不敢再忆那湿润的犹如初吻般的气候，不再奢望误入荷花深处，不再幻想赤脚站在潺潺流淌的小河中摸鱼捞虾儿，也不再有春耕、夏种、秋收、冬藏的忙碌与喜悦……

乡土，乡音，乡愁，就这样渐行渐远了吗？

午餐时间到了，园主已提前做好准备，聘请一位本土厨师为客人备餐，就地取材：炒辣子鸡、炖鲢鱼、焖大虾、溜白菜、萝卜叶蘸酱……喝的是自酿的葡萄酒。

此时，没有诵读声，也没有蛙叫蝉鸣，但阵阵鸡鸣不时传入柴门。突然似心扉洞开，我恍然而悟：其实，耕读梦不远，耕读园很近！

哦，这里，真的是耕读园。当然，耕读园不仅在这里。

水上王城

一

2021 年 5 月 22 日下午两点钟，按照邱主任的吩咐，我准时来到双王城经济园区的农村干部学院迎接潍坊市区的会员们，并负责办理他们的报到、入住手续。走进大厅后，我向前台工作人员说明了来由。工作人员递给我一份潍坊市作家协会会员采风名单，上面详细写着会员的名字及联系方式。

高密的李子红、唐晓萍、荆翠三位老师早上八点多钟就从一百三十千米外的高密出发，一直到下午一点多才到达农村干部学院。后来，因学院的充电桩不符合她们车子的型号，无奈，又开车到三十里外的寿光市区汽车站附近给车子充电。然后，又辗转乘公交车返回干部学院。三位老师克服重重困难，按时参加活动的精神，令人敬佩！

文学创作基地负责人邱主任和马老师同时赶到了干部学院，共同迎接会员的到来。下午三时许，昌邑市作协张主席风尘仆仆赶来。紧接着前来报到的是昌乐会员刘晶、时远贵。当我得知他们两个是夫妻时，我笑着对刘晶说："像你们这样的夫妻真是少见，有共同的爱好，多好啊！最起码在兴趣方面没有冲突，你们可以一起学习交流，相互理解支持，可谓是神仙眷侣，真让人羡慕！"刘晶老师谦虚地说："还好吧，正是因为我们俩有共同的爱好，所以才走到了一起。"我们互加了微信后，刘晶老师还赠送我一本带有墨香味的散文集《丁香花开》。

晚餐后，在邱主任的主持下，全体会员在二楼会议室举行座谈交流会，大家各自交流在创作方面的心得体会。首先，大家欣赏了《文旅盛景 水上王城》的宣传片。宣传片介绍了巨淀湖风景区、林海博览园、南水北调水利工程等。随后，由双王城景区负责人李华庆先生致辞，热烈祝贺中国自然资源作家协会文学创作基地在双王城创建，并预祝采风活动圆满成功！

张主席介绍了中国自然资源作家协会的概况。自然资源作协会员来自全国各地，各省设有分会。协会设有作家网站、《大地文学》公众号，还设有“大地文学奖、宝石文学奖”等奖项活动。随着中国自然资源文学创作基地的成立，张主任建议会员们多参加采风活动，多积累素材，以独特的眼光去选材，从文学的角度去构思，用各种体裁记录时代风貌，力争做一个有思想、有责任的文学创作者。

二

5 月 23 日上午八点钟，寿光市作协李副主席和会员们一起来到农村干部学院，与潍坊市区的会员们同乘一辆大巴车前往寇家坞四村博瑞康养中心进行参观学习。

寇家坞村共有六个自然村，其中四个自然村建起了康养中心，成为寿光市新型养老模式的典范。博瑞康养中心位于村庄的中部，房屋由青砖兰瓦建成，砖与砖之间用白水泥嵌缝，怀旧而不失雅致。穿过南北走廊，看到一面与房屋相称的青砖兰瓦影壁墙，上面写着“老有所养，老有所依，老有所乐，老有所安”十六个暖心大字。院子西边是厨房，北边有餐厅、娱乐中心、查体中心，南面是一个小型人工湖，东边有一趟木长廊，专供老人们散步游玩。

康养中心规定：八十岁以上的老人，晚上在家居住，白天去康养中心用餐。空闲时间还可以和伙伴们一起拉呱（聊天）、遛弯、看电视等。老人每顿饭只需花一至两元钱就可以吃饱，减轻了老人的经济负担。餐厅运转所欠缺的资金，由村里土地流转所得的费用进行补充，真正做到了“取之于民，用之于民”。

三

双王城水库位于寇家坞村北部。老水库在1972年动工，由大坝、截渗排水沟、进水闸、放水枢纽组成。2010年8月，在老水库的基础上又进行了扩建。该水库是南水北调东线胶东干线工程的重要调蓄水库，占地面积一万一千多亩，水库大坝轴线总长超过九千米。

我们乘车围绕大坝转了一周。放眼望去，澄蓝的湖水清澈透亮，微波荡漾，湖面上偶尔有水鸭子游过，成群的飞鸟从湖岸飞向湖心，边飞边追逐嬉戏。我本想用手机抓拍一下镜头，但由于车速较快，没来得及拍下飞鸟的倩影。由于天气阴冷，对面的建筑物看起来有些模糊不清，恍惚间，我仿佛看到了矗立在湖中的海市蜃楼……

关于双王城水库，曾经还有一个传说。

说寇家坞村北原有一座美丽的城池，城里有两位王子掌权分而治之，故名：双王城。两位王子由于虚荣心强，相互攀比修筑城池，老百姓既要上缴苛捐杂税，又要去服役。因此，百姓们心怀怨气。

此处地广土沃，水草丰美，再加上风调雨顺，庄稼年年大丰收！俗话说：“近朱者赤，近墨者黑。”老百姓跟着当朝王子也学会了铺张浪费，有的人拿白馍喂狗，有的人拿面饼给孩子当玩具，有的人下雨天拿麦子垫路。老天爷实在看不过眼了，就委派专管人间丰歉的神仙来双王城体察民情，以便酌情处理。

神仙化妆成衣衫褴褛的叫花子，来到双王城“私访”。这里的人虽然富裕，但没有慈悲之心，个个如冷血动物。叫花子转遍了整个村子，也没人给他施舍一点儿干粮。他正欲回宫禀报时，从大户人家里走出来一位姑娘，姑娘见他可怜，就给他拿来一个白馍。老人边吃边说：“这座城里的人，从王子到百姓都变坏了，老天爷要惩罚他们。如果你看到城门口的石狮子红了眼就赶紧跑，但这些话千万不能告诉别人。”说完话，一眨眼的工夫，叫花子就不见了。

一日，姑娘出门倒水，突然看见城门口的石狮子红了眼，她扔下盆子就往外跑，只听背后轰隆一声巨响。顷刻间，城池变成一片汪洋，这就是双王城水库的来历。

后来，在大雾或阴雨天气，有人曾隐约看到古城的轮廓，当然，这只是传说而已。其实，谁也没有真正见过“双王城”再次现身。

四

林海博览园又名滨海湿地公园，总面积一万多亩，国家4级旅游景区，省级森林公园和国家湿地公园。园区有防护林、风景林、荷香园、槐香园、东方不沉湖、宁国寺祈福殿、天然湿地保护区、芙蓉湖高尔夫球场等一系列旅游景点。

我们一行人坐在旅游观光车上，在导游的带领下缓缓前行，置身园中，绿树、花香、水景扑面而来。水上游林海是这里的特色游览项目，坐上竹筏畅游二十里海路，园中的风景尽收眼底。宁国寺的钟声，悠悠地从耳边传向远方，似在吟诵千年的经文。

东方不沉湖，看着并没有什么特别之处。然而，当你看到游客们漂浮在水面上读书、看报，沐浴着阳光而不下沉的时候，你才会感到湖泊的神奇！湖里的水是由地下的卤水形成的，因为湖水含盐量高，所以人们才能漂浮在上面不下沉。不沉湖里的水含有丰富的微量元素和矿物质，人经常浸泡在水里，有利于养生。

“绿水青山，就是金山银山”为了响应习总书记的号召，双王城园区把治理环境放在首位，在发展经济的同时维护好生态环境，遵循“道法自然，大同林海”的原则，从而，达到人与自然的和谐相处。

五

卧铺村与寇家坞村搭界。村里的土地大部分都是盐碱地，地下卤水非常浅，地里除了种棉花，其他的农作物很难生长。近几年来，随着农作物产业结构的调整，卧铺村民率先推出了无土栽培技术，在盐碱地里种起了蔬菜大棚。

正好赶上西红柿上市的季节，我们走进了一个二百多米长的西红柿大棚。只见棚头上放着几桶刚摘下来的西红柿，主人热情地招呼大家尝尝寿北西红柿的口感。随便拿起一个，咬一口，感觉甜甜的，没有一点儿酸味，有种原生态的味道。

大家排着队从棚头走向棚尾，只见一人多高的西红柿秧被吊在铁丝上，一嘟噜一嘟噜的西红柿从下往上交错着肆意生长，青绿的、微微泛红的、半青半红的西红柿挨挨挤挤地挂在枝头上，长势喜人！会员们站在菜畦间与西红柿合影留念。

据棚主介绍，无土栽培大棚主要是防盐碱的。首先从基质来说，基质是用河沙和炉渣按照一定的比例配的，解决了土传病害的问题，像根线虫和其他病害在基质中几乎是不存在的。到了夏天，通过高温闷棚，基质温度能达到四十度以上，所有的虫卵和虫子就被完全杀死了。

其次，无土栽培利用水肥一体化解决了节水的问题。节水再覆膜后，又降低了空气的湿度，减少了菌性的传染，大大降低了用药的数量。这样，既不浪费水也不浪费肥，更不会造成水土污染。

无土栽培大棚引用了雄蜂授粉，雄蜂能在大棚里生存，证明这个环境是纯净的，几乎无农药残留。利用雄蜂授粉后，果实的口感能恢复到原有的风味。

听完菜农的讲解后，我们了解了无土栽培的技术原理。过去，在盐碱地里种菜连想都不敢想。如今，在家门口就能吃到新鲜优质的蔬菜，简直是一种奇迹。

六

巨淀湖位于寿光市西北部，原属牛头镇村，湿地面积两万多亩，是潍坊市最大的天然湿地。马保三领导的著名的“牛头镇起义”就发生在这里，因此，这里也被山东人称为“小延安”。

巨淀湖原名青丘泺，相传齐景公“有马千泗，田于青丘”后，将青丘泺更名为巨淀湖，距今有两千五百多年。《汉书·武帝纪》中有“征和四年，三月，上耕于巨淀”的记载，后经考察，汉武帝当年耕种的地方就在附近的广饶县大码头一带，巨淀湖因此而远近闻名。

2012年，巨淀湖入选全省首批国家湿地旅游示范基地，国家4A级景区，山东省爱国主义教育基地。巨淀湖将红色教育和生态旅游有机结合，吸引了大量的游客。景区设施齐全，有大型游乐场、动物园、水世界、湿地游船等旅游项目，以及马保三故居、牛头镇抗日武装起义陈列馆等红色教育基地。

巨淀湖湿地突出原生态特色，湖水清澈，芦苇满坡，飞鸟翩跹，常驻鸟类有二十多种。为此，景区专门在湖内修建了一座人工“鸟巢”，作为鸟类栖息玩耍的乐园。游客们站在观鸟台上既可以看鸟儿嬉戏，又可以眺望巨淀湖全景。湖中有鲶鱼、草鱼、黑鱼、鲢鱼等十余种野生鱼类；特产有莲藕、鸭蛋、蚂蚱酱等。

寿北人热情好客！每逢邀请朋友来巨淀湖游玩时，总会说：“走，上俺那里吃好稿儿去。”“恁那里有啥好稿儿啊？”“有很多好稿儿啊，就是不知道你愿意吃啥捏？”这里所说的“好稿儿”，就是指巨淀湖的特产。

我们沿木栈道边走边欣赏路边的花花草草，看看这个，闻闻那个，不停询问着花的名字。此刻，我们好像变成了好奇的孩子一般，被大自然的奇花异草吸引住了目光。远处的游船，正从码头向湖中央驶去，所过之处激起了一朵朵浪花。随着游船渐行渐远，慢慢地，湖水又恢复了原有的宁静。

会员们边参观边感叹，没想到寿北盐碱地带，竟然还有这么美的风景！你看，那水天一色碧波荡漾的湖水，与蓝天白云相互映衬，描绘出一幅绚丽的画卷。芦苇随风摇曳，路边花香扑鼻，林中飞鸟成群，行走在原生态的大自然中，我们仿佛走进了世外桃源。

中午时分，会员们聚在餐厅，以茶代酒共祝采风活动圆满成功！

快乐的时光总是短暂的，为期两天的采风活动结束了，会员们聚在一起合影留念，手拉手有说不完的知心话，在依依不舍中，我们挥手告别。

林海邀春

正月十五那天，我和爱人商量，回老家接上婆婆去林海庙会祈福、游玩，我们准备好祈福用的物品后，便驱车前往。

从西南门走进林海博览园，迎面而来的是一片翠绿的竹林。竹叶上覆盖着一层白雪，昨晚的那场及时雪，为元宵节灯会增添了节日的气氛，也应了那句老话“八月十五云遮月，正月十五雪打灯”，预示着一年好收成。

马路两旁的树枝上，挂满了红红的灯笼，装点着初春的林海。湖面上结了一层薄冰，光亮如镜，倒映着岸边的景色，美如画卷。

弯弯曲曲的林间小路上，留下了我们的足迹，一路上欢声笑语、暖意融融。我们母女俩手挽手，拿着自拍杆，到处寻找美景，变换不同的姿势，拍下了一张张温馨的照片。

爱人和婆婆边走边唠着家常，平日里，母子俩难得有这样的机会交流。这次我提议带婆婆出来玩，就是想让她出来散散心，享受天伦之乐。此刻，我看到婆婆脸上露出了久违的笑容。

湖边的柳树旁，一串串五彩缤纷的小风车，拉起了两道围栏，围成了一道靓丽的风景。柳树下、木船边，留下了我们三代人的合影。

金碧辉煌的寺庙门前，人头攒动、锣鼓喧天，唱吕剧的、玩旱船的、踩高跷的，各种传统节目纷纷登场，评委们拍手叫好，观众们掌声此起彼伏、不绝于耳。

公路两旁，摆满了各种美食：糖葫芦、棉花糖、糖人、炸串、馄饨等，叫卖声、嘈杂声、音乐声，连续不断、声声入耳。

寺院里，矗立着一座十多米高的宝塔，一层层的宝塔由宽变窄，一直到塔尖。塔的周围站满了人，不停地向塔内投硬币，投得越高，表明运气越好，有步步高升的寓意。

寺庙内，一尊尊神像形态各异、活灵活现。虔诚的祈福者跪在神前祷告，保佑家人健康、平安、顺利，并送上供品。信仰者手拿香火，站在香炉旁，碎碎念式地祈祷，诉说着各自的心愿，然后，去火炉旁烧纸，以示敬意。

沿路向东走，一片红彤彤的灯笼吸引了我们的视线。一串串红灯排列整齐，横向东西，纵向南北，悬挂在马路上空。两旁的大树根部，也披上了红装，为节日增添了喜庆的色彩。

女儿站在灯笼下，俏皮的表情令我忍俊不禁，我随手拿起相机，拍下了她那天真的一瞬，恍惚间，我看到了春姑娘悄然挤进了相机中。

乍暖还寒，未融化的冰雪在树下躲藏着，无意间，我看到了枝丫上鼓出了一簇簇芽苞，上面裹着一层透亮的冰霜，如同露珠般晶莹剔透。我有些惊讶，惊讶于它的勇敢，不畏严寒，怒放生命，刹那间，我仿佛看见了芽苞在向我微笑。

春意渐浓，我们邀春天一起回家，让春色增光添彩，愿幸福时光如影随形，永驻心间。

我眼中的百货大楼

1995年农历腊月二十，我在单位请假后，随爱人从千里之外的河南来到了山东寿光的农村老家。这次回家，我们俩准备在年前举办结婚典礼仪式。

次日清晨，婆婆早早地叫我们起床吃饭。饭后，她打算带我们俩去寿光百货大楼买衣服及结婚用品。当时，由于交通不便，我们只好骑着自行车前往市区。婆婆家的自行车大都是带横梁的二八式自行车，体型较大，我骑不了那样的车子，只好让爱人载着我。

婆婆那年四十七岁，年轻力壮。平日里出门，她都是自己骑车子，后座上还经常带着货物，骑着丝毫不费力气。那天，婆婆提出自己骑一辆自行车，还热情地邀请我坐她的车子。

我坐在自行车上，悠闲地欣赏着路边的风景，路两边种满了密密麻麻的白杨，一眼望不到头。那时的村道全是土路，刮风时尘土飞扬，眯得人睁不开眼，下雨的时候更是寸步难行。每条村道上都有护路工人负责修修补补，把坑坑洼洼填平。

我们边走边聊，婆婆和我讲述着百货大楼的发展历史和现状。那时的百货公司是国有企业，想进百货大楼工作的人不计其数。如果谁家亲戚在百货大楼上班，说出来那是一种自豪！

20世纪90年代，百货大楼在寿光境内非常有名。方圆几十里，甚至百里之外的老百姓都慕名而来。每逢过年，人们都会领着孩子去百货大楼逛一逛，除了购买必需的年货外，最主要的是带孩子来这里玩玩，让孩子们看看外面的世界。然后，再给孩子买上好吃的、好玩的以及过年的衣服，直到孩子满意为止。毕竟孩子们一年只有一次来寿光玩耍的机会。

一个多小时后，我们终于来到了渴望已久的百货大楼。在大楼南面的看车处，我们把自行车停放在指定的位置上，然后，看车员给了我们两张车牌，有了车牌，就等于给自行车买上了保险，不用担心车子的安全问题了，尽管放心地去逛商场。

百货大楼坐北朝南，上下两层，由东西两栋楼组成。东边是卖家电的，西边是卖百货的。人们可以从东楼进，也可以从西楼进，两栋楼中间部分是相通的，这样，方便顾客出入。

百货大楼门前的广场上人来人往，热闹非凡！楼前摆放了许多临时的摊位，有卖包子的、凉皮的、烤地瓜的，还有卖围巾的、袜子的、儿童服装的……大人们说着、笑着，孩子们唱着，跳着，叫卖声、嘈杂声此起彼伏，不绝于耳。

我们走进一楼大厅，里面宽敞明亮，琳琅满目的物品摆放得整齐有序。售货员穿着统一的工装，面带微笑，口中不停地说着：您好！欢迎光临。看着她们和蔼可亲的面容，心里感觉暖暖的。

婆婆带我们来到了卖手表的柜台前，她示意给我买块手表。柜台里的手表各式各样、品牌不一，有男式的、女式的，有大型的，也有小巧的，让人看得眼花缭乱。为了给婆婆省钱，我故意说自己不习惯戴手表。这时，爱人看出了我的心思，笑着对我说：“我知道你平时很节俭，舍不得给自己买贵重物品。但这次是咱们俩结婚的大喜日子，该买就买，别舍不得了，你看看喜欢哪一块，买就行啊！”站在一旁的婆婆连忙说：“就是啊，买块吧，别不舍得。”

在婆婆的热心劝解下，我看中了一块儿上海牌女式手表，从外观到内质，哪哪都喜欢！一看标价，竟然二百多元！此刻，我心里暗暗嘀咕：“怎么那么贵啊！一块手表，抵我两个月的工资了。”

穿过长廊，我们来到了卖头花的柜台前，货架上挂满了许多精美的头花，有红色的，有粉色的，有单朵的，也有成串的……小小的头花搅乱了我的思绪，让我充满了无数的幻想，想象着在结婚典礼上，戴上这漂亮的头花，打扮成自己想要的模样，那一刻，定会光彩照人！

二十世纪九十年代的婚礼，新娘已经开始时兴盘头。结婚的头天晚上，新娘就去理发店里化妆盘头。为了在婚礼上有个完美形象，盘完头后，怕乱了妆容，不敢躺下睡觉，只好靠在床头上凑合一晚。事后想想，做新娘也挺辛苦的！

沿东边的步行楼梯，我们走进了二楼服装区。各式各样的男装、女装、童装、童鞋一起涌入眼帘，令人眼花缭乱。我们边走边看，想挑选一件颜色靓丽的大衣作为结婚时的服装。突然间，我眼前一亮，一下子看中了一件红色的毛呢大衣。于是，我走上前去，仔细翻看大衣的样式与做工。这时，售货员走过来，笑眯眯地说："妹妹，你好眼光啊！这件大衣是今年刚上市的新款，样式新颖、质量上乘。如果你看中了，先取下来试试吧？""嗯，行啊！拿下来试试吧。"站在一旁的爱人说道。

我穿上红色毛呢大衣，站在镜子前细细打量，感觉这件大衣就像专门为我量身定做的。我穿上大衣后，神采飞扬，焕发出青春的活力！

我虽然看中了这件毛呢大衣，一看价格三百多元，觉得有些贵，便犹豫了起来。这时，婆婆看出了端倪，二话没说，立马付钱买了下来。

我们又来到了男式西服专柜，准备给爱人挑选一套西装。当初，我们俩认识时，他在部队当兵，平时都是穿军装。今天，第一次见他穿西装，感觉很帅气！一改往日的穿衣风格，呈现出稳重、成熟的另一面。

就这样，我们俩结婚时的衣服、鞋子以及其他的结婚用品，全部在百货大楼购买齐全。我们三个在商场里整整逛了一天，连中午饭也没顾上吃，回到家时，天已经黑了。

时光飞逝，一晃二十多年过去了。如今，百货大楼已更名为"全福元商业集团"。在改革开放的大潮中，全福元商业集团与时俱进、勇于创新，在市场磨砺中发展壮大，由一家国有百货商店发展成为跨地区、多业态的综合性现代化商业集团。

全福元商业集团下属机构有：全福元购物中心、全福元家电城、东城全福元、洛城全福元、全福元家居商城等专业卖场。

从西城到东城，从市区到农村，全福元商业集团拥有几十家直营连锁超市，有口皆碑，深受广大市民和老百姓的青睐，现已被评为山东省百货行业百强企业，成为城市中的时尚消费新坐标。

走进仓颉故里

文祖仓颉，故里寿光。寿光有仓颉墓、仓颉石室、仓颉藏书台等遗迹。据宋代郑樵《通志》记载："仓颉石室记二十八字，在北海（寿光）仓颉墓中，土人呼为藏书室。周时无人识，至秦李斯识其八字，曰'上天作命，皇辟迭王。'汉叔孙通识十三字，孔子至齐亦尝访焉。"因孔子的"问经"和"尝访"，寿光至今流传着"仓颉造字圣人猜"的传说。

1991 年，以纪念造字圣人仓颉为主题的集娱乐、休闲于一体的综合性开放式公园在寿光落成。

——题记

提起去仓圣公园游玩之事，还得从 2001 年说起。那年春天，是我们全家搬迁到寿光的第一年，随后，女儿便在村里的幼儿园入学。暑假期间，我打算带孩子去仓圣公园游玩一番。

一天，我早早地把女儿叫起来，吃饭、梳洗打扮，收拾停当后，我俩便站在门前的公路旁等候去往寿光的客车。在等车的过程中，女儿在我身边又唱又跳的，那个高兴劲儿甭提了！大约半个小时后，客车缓缓地从北边驶来，我招手示意停车，车子停稳后，我们俩便上车找个临窗的位子坐了下来。

汽车奔驰在宽阔的马路上，路边的田野、村庄、树木在眼前一晃而过。女儿趴在车窗前，目不转睛地看着窗外的风景，一会儿问问这，一会儿问问那，对什么都感到好奇。她的问题不断地随窗外的风景而起。一路上，我们俩在一问一答的对话中度过了一个多小时的乘车时光。

汽车到站后，我牵着女儿的手，沿街边的人行道来到了仓圣公园。由于第一次来这里游玩，我们不知道大门在哪里，只看到人们从公园东北角的小广场附近进进出出，由此，我判断这里的公园不收门票。

穿过小广场，我们从木栅栏入口处走进了公园，首先映入眼帘的是一个大型游乐场，里面有：碰碰车、小火车、飞机、蹦蹦床、旋转小木马、太空漫步等许多娱乐设施。看到这里，女儿惊呼道："哇！这么多好玩的！妈妈，我想坐这个，我也想坐那个。"女儿不停地和我说着。于是，我先让女儿坐了小火车，玩了蹦蹦床，然后，我又陪她去坐小飞机。那天，与其说是我陪孩子坐飞机，倒不如说是孩子陪我坐飞机，因为这也是我第一次坐小飞机。

我俩刚坐上小飞机时，我的心就开始怦怦怦地跳起来了。等飞机慢慢开动起飞后，我双手抱着女儿，吓得不敢睁眼，只感觉飞机一高一低来回旋转，接下来，风声、惊叫声、欢呼声此起彼伏。我虽然心里很害怕，但依然镇静地对女儿说："没事，别害怕！有妈妈在呢。我们只坐几分钟的时间，一会儿就到点了。"此刻，我觉得坐飞机不是享受，而是一种煎熬。好不容易才熬到规定的时间，等飞机安全着陆后，我才拍着胸口，长长地出了一口气。

穿过一片树林，我们继续向西走。远远地，就看到一个大型的人工湖。女儿看到湖里有船时，便甩开我的手向湖边跑去，见状，我赶紧一路小跑追了过去。湖内区域宽广，湖水清澈见底，湖边的垂柳、凉亭、假山、竹林、小桥等景色十分清晰地倒映在水中，与蓝天白云相映成画，宛如世外桃源一般，令人心驰向往！

湖内最好玩的项目就是划船了，只见一艘艘造型别致的小船在湖中荡来荡去，人们悠闲地坐在船舱内，边蹬滑轮，边谈笑风生，悠哉乐哉！在湖中心，有几只白天鹅在水中玩耍，它们时而闲游，时而潜入水中，时而拍打翅膀，时而追逐嬉戏。面对游来游去的小船，它们仿佛视而不见。

沿湖边东侧的林荫小路向南走，绕过人工湖的南侧，继续向西走。弯弯曲曲的小路南侧是大片的竹林，北侧是一座高大的由土石混合物堆砌而成的假山，假山上有一座凉亭，凉亭周围是茂密的树林，沿林间小路可以到凉亭上登高望远，或乘凉歇息。

假山西边有一处院落，院落里有一座木房子，木房子典雅别致、门窗雕花，门楣上方写着“仓颉纪念堂”五个大字。仓颉，何许人也？经了解得知：仓颉，原名侯冈，名颉，号史皇氏，相传此人是史官，汉字的创造者，被后人尊称为中华文字始祖。传说，仓颉以山川日月、飞禽走兽的形象造出了字。后来，仓颉又把造出的象形字刻在龟壳的方格子里，用绳子穿起来制成甲骨文。

走进仓颉纪念堂，可以看到仓颉塑像、仓颉造字传说壁画。塑像为凝神沉思状，像后有一神龛，神龛外围是寿光仓颉墓旧景，墓前有一草一石两个亭子，且左右对峙。仓圣堂壁画由“北壁释圣篇”“西壁造字篇”“东壁献书篇”三大部分组成，各个部分采用通景式结构相连，并以山川日月贯穿其中，以象征中华文字源远流长，仓颉造字功昭日月之意。

据史书记载，寿光有仓颉祠、仓颉石室、仓颉藏书台、孔子问经庙、仓颉双井、仓颉墓等文物古迹遗址。改革开放以来，寿光先后建成了仓圣公园、启秘台、仓颉纪念堂、仓颉纪念馆、仓颉书院等建筑。

盛夏时节，树木茂盛，绿草如茵，木房子周围有竹林、垂柳、池塘、木制长廊、空心石头及无规则踏步石桥等多处风景。池塘里荷叶田田，荷花满池，那些粉的、白的、黄的、淡绿的、白里透红的荷花在碧绿的莲叶间显得分外妖娆！那些小家碧玉般的菡萏像娇羞的少女袅袅婷婷地依偎在青翠欲滴的荷叶丛中，那满脸绯红清秀雅洁的面容，让人心生欢喜，爱慕不已。我喜欢莲的清纯脱俗，更喜欢它“出淤泥而不染，濯清涟而不妖”的圣洁高雅的品质。

越过荷花池向西走，南边是一片翠绿的竹林，北边是一片茂密的树林，路两旁还种植着一些知名不知名的花花草草。人们行走其间，闻花香、听鸟鸣，感受着大自然带来的清新气息，令人心旷神怡！

穿过大片的树林，来到了位于公园西南角的动物园。动物园里有猴子、孔雀、火鸡、画眉、金丝鸟等野生动物。我们先参观了那些珍奇异鸟，然后，沿水泥台阶登上猴山的围栏旁。猴山上有十几只可爱的猴子，有的静坐，有的玩耍，有的捡拾游客们投来的食物。猴子们边吃边流露出古怪的表情，像是在品尝食物的味道。那群灵动活泼的猴子变着花样做出各种搞笑的动作，逗得孩子们捧腹大笑。

从动物园往回返的路上，我带着女儿去公园北边的小广场上瞻仰了雷锋塑像。我向女儿讲述了雷锋叔叔热心助人的光荣事迹，并告诉孩子帮助别人是一种美德。

从游乐场太空漫步的轨道旁，沿林间曲径通幽的小路走向竹林深处，然后，我们又在公园的东南角处转悠了一大圈，才绕到古色古香的东大门附近。“噢，原来公园的大门口在这里呀！怪不得我们没找到呢。”我边走边和女儿说道。我们来到大门口东侧，抬头看到大门楼上方写着“仓圣公园”四个大字。公园名称之所以取“仓圣”二字，是缘于仓颉造字的功绩，后世尊称他为“仓圣”。

公园大门口西侧有一座十几米高的仓颉塑像，高大威武的文祖仓颉目视远方遥望苍穹，像在探索，又像在思考，他的目光中蕴含着无数大自然的奥妙，令人遐想无限。

2007年，民间文学《仓颉造字的传说》被列入潍坊市第一批市级非物质文化遗产名录。2014年，“仓颉·寿光与中华文明起源”研讨会在寿光召开，来自国内外的五十余名专家学者围绕仓颉遗迹、仓颉造字传说、仓颉记载、仓颉书等专题进行研讨。

2017年，寿光市荣获“全国文明城市”荣誉称号，连续三年在全国文明城市复审中成绩优异。2021年，全国文明城市年度测评中，寿光斩获第八名的好成绩。同年11月，《仓颉造字的传说》入选山东省第五批省级非物质文化遗产代表性项目名录。

步入新时代，“仓颉文化”在寿光有了时代气息。自去年以来，位于东城新区的屯西新村建成了全国首个仓颉汉字艺术馆，该馆以汉字起源与演变为主线，通过甲骨、陶罐、竹简、木牍、帛书、青铜器、拓片等器物上的文字，展示汉字的美妙和博大。在这里，众多学子通过文物、诗歌、字典和“非遗”等多种形式，解读博大精深的汉字演变史，领略源远流长的中国传统文化。

2022 年 6 月

◎ 第五辑

村南旧事

▼

无疑，这是一个有特殊记忆的部落，她的记忆已经给千万人输送了向上的力量，而且还给很多代后人输送力量。在我重拾这记忆的片段感受此乡的情怀时，我愈加明白每一个人的乡土，每一方的记忆，都有可能导致奇迹创生的力量。

他乡·故乡

2000 年 12 月，我随爱人从千里之外的河南来到了闻名遐迩的蔬菜之乡——山东寿光。在表哥的帮助下，我们选择了在离家不远的牛头镇村进行自主创业，经营建材。

牛头镇村位于寿光市西北部，由七个自然村组成，常住人口八千余人。村北的巨淀湖湿地，是潍坊市最大的自然湿地。马保三领导的著名的“牛头镇起义”就发生在这里，因此这里又被山东人称为“小延安”。

我初来乍到，人生地不熟，再加上方言差异很大，与别人交流时，只能听个“一知半解”，有时，为了一句话还得琢磨半天。再加上村里生活的各种不便，心理上时不时生出他乡谋生的苍凉感。

记得第一次出门赶集，是跟着邻居家姐姐去的，因为，当时不知道集街在哪里。村里赶集的地方是在一条公路上，是临时性的集贸市场。而且，还只能赶上午半天，中午集就散了。那天，姐姐带着我从南到北转了一圈，就当认认路。当时，集街上就一家杂货商店，而且货物也不全。让我记忆深刻的是，买菜时忘记买鸡蛋了，结果，五天（五天一次集）没有鸡蛋吃。

村子里的路，除了南北那条大街是柏油路面，其他的街道、胡同全是土路。晴天时，尘土飞扬，睁不开眼；下雨时，一走一脚泥，别说农用车、自行车了，连人都很难走出胡同。路不好走，也就算了，环境也很差。那时，没有固定的垃圾点，到处都是垃圾，间杂动物的粪便。冬天还好说，特别是夏天，臭烘烘的，苍蝇蚊子满天飞。而且，街道上也乱糟糟的，房前屋后堆满了棉花秆及腐烂的杂草。

那时，村里的住户基本都用上自来水了，但是，村外的住户以及路两边的商户，仍然喝不上水。我只好用自行车带着五十斤水的塑料鼓子去村里边讨水喝。为了节约用水，有时，一鼓子水能喝一个星期。洗涮用水，是用自吸泵抽出的地下咸水。

2005年10月，党的十六届六中全会第三次提出了建设社会主义新农村的号召。在村委的支持下，村里掀起了盖新屋的高潮，村民们争先恐后地盖新屋，每年新增二百多户。

村委会规定：新盖房屋统一规划，每四口屋为一个方，每个方之间留一条三米宽的胡同，方便村民出入。房屋的长度、宽度、高度都有标准尺寸，盖屋时，要严格按照标准尺寸执行，不准超高、超宽。

新屋设计，无论外观还是内部构造都有很大的改善。原来的老屋设有五个小间，现在的新屋设有：卧室、客厅、餐厅、厨房、卫生间，融入了现代化元素，俨然依照楼房的构造设计。破旧低矮的茅草屋摇身一变，成了宽敞明亮的大瓦房。

每当我走进村里，看到新屋外墙上粘贴的瓷砖时，心里有种亲切的感觉！因为大部分村民家的瓷砖，都是我们亲自运送的，瓷砖上不仅有我们的汗水，更重要的是融入了我们的情感。

2011年12月，寿光市成立了双王城生态经济园区。同年，市委、市政府邀请国内知名设计公司对牛头镇村辖区内的万亩巨淀湖进行总体规划，打造巨淀湖风景区。按照“生态、旅游、文化”的发展定位，创建国家级旅游度假村和5A级景区标准，成为全国“美丽乡村”的试点。景区设有游乐场、月亮湾沙滩、水上运动、射击等项目。寿光市农村干部学院在景区落成。

2014年，巨淀湖风景区全面建成国家4A级景区，成为山东省首批生态旅游文明示范村。

景区建成后，牛头镇村的环境有了日新月异的变化。首先，村里实行五化制（硬化、亮化、绿化、净化、美化），为建设“美丽乡村”，实施了村容、村貌整治。村里的土路彻底得到了改善，大街小巷全部用水泥硬化了路面。路两边的水沟也重新修整了一遍，上面用水泥板盖住，遮住了污水，净化了空气。胡同里全部用红砖铺路，解决了村民下雨天出门难的问题。

村里的各个路段上，每隔百十米放一个垃圾桶。日常垃圾及时入箱，大型垃圾车每天两次回收垃圾，每条路上配有专人打扫卫生。

道路两旁规划了景观带，村外南北街的大路旁，种有玉兰、西府海棠、国槐、法国梧桐等树木；村里的绿化带，种有四季常青的绿植、紫色的雏菊、五颜六色的月季等。

2015 年，全村通上了天然气，村民每月只需在固定的日子充气即可，彻底解决了柴草乱堆乱放的问题。每个村委大门口外，安装了一套净水系统，平时里，村民只需拿着水卡，就能喝到干净的纯净水。

随着经济的发展，牛头镇村陆陆续续入驻了三四家大型超市。超市里货物齐全、应有尽有：新鲜蔬菜、瓜果李桃、牛奶、鸡蛋、玩具、零食……

2016 年，党总支村委在村南头新建了两栋六层高的居民楼。在村里工作、经商的小青年们也住上了城里人才有的楼房。2019 年，村里又建成了两栋现代化电梯洋房。这样，既解决了青年们的住房问题，又保护了原来的村容村貌，牛头镇村被评为山东省第一批省级传统村落。

街道宽了、路灯亮了、胡同整洁了、环境变美了……走在大街上，感觉天蓝云白、空气清新。偶尔，驻足闻一闻花香，听几声鸟鸣。孩子们在娱乐广场上玩耍，老人们坐在一起喝茶、聊天、下象棋，一幅欢乐祥和的景象。

时光荏苒，一晃二十年过去了。我与这里的花草树木、人文景观有了深厚的感情！此时，我再也没有了身在异乡的感觉，如同土生土长的牛头镇村人，早已把这里当成了自己的故乡。

牛头镇村的那片芦苇坡

刚开始与牛头镇人交流时，他们口中的方言与称呼，我只能听个一知半解。最让我不解的是，牛头镇竟然把分村以“连”相称，把一村称作“一连”，二村称作“二连”，以此类推。我有些疑惑，于是，就问起了在本村七连居住的小姨。小姨告诉我：以前，曾经听老人们提起过牛头镇为什么把村以“连”命名，这事说起来话长，还得从抗日战争时期说起。

1937年，日本鬼子进村扫荡，烧杀抢掠无恶不作，老百姓整天提心吊胆地过日子。为此，寿光县出现了一批抗战人士组织领导寿光县牛头镇抗日武装起义，成立八路军鲁东抗日游击第八支队。其中，六连的马保三带领“八支队”利用芦苇荡的有利地形与日军巧妙地周旋。最终，消灭了猖狂的敌人，缴获了大量的枪支弹药，取得了阶段性的胜利！从此，马保三的英雄事迹在群众中广为流传，一直延续至今。为了纪念抗战胜利，牛头镇村就把属下的七个分村以“连”命名，让子孙后代铭记历史，缅怀先烈。

1993年12月，“牛头镇抗日武装起义纪念碑”在巨淀湖畔落成。纪念碑高达二十七点五米，巍然矗立的纪念碑像一座灯塔指引着后人前进的方向。同时，也表达了寿光人民抗战胜利的心声。

2002年夏日的一天，我骑自行车带着五岁的女儿，去十几里外的芦苇荡瞻仰“牛头镇抗日武装起义纪念碑”，聆听英雄的事迹。我们母女俩穿过村庄，来到了七连西北角上的一条石子路上，这条路是通往纪念碑的必经之路。出了村庄，路两边有几个方方正正的大鱼塘，鱼塘附近有四家“渔家乐”饭店，店里的招牌菜大多是洼里的鱼、虾、泥鳅、黄鳝、蚂蚱、咸鸭蛋、蚂蚱酱以及莲藕之类的土特产。为此，好客的牛头镇人经常热情地邀请朋友们来乡下做客。

沿石子路向西大约五千米处，右转向北拐，依然是细碎的砂石路。路两边种植了高大粗壮的柳树，从树的轮廓来看，这些老柳树有些年头了。柳树的东边是大片的棉花地和个人承包的梨园；西边是一望无际的芦苇坡。初次来到这里，感觉很荒凉。

盛夏季节，由于雨水丰沛，密密匝匝的芦苇盘根错节地挤在一起，密不透风。放眼望去，郁郁葱葱的芦苇仿佛是一片绿色的海洋。走近芦苇旁，一股清新的气息扑面而来。芦苇丛里鸟儿成群，不时地传来一阵阵鸟鸣声。突然，一只蚂蚱从眼前飞过，我赶紧上前去追，它飞飞停停，忽高忽低，我费了九牛二虎之力才逮住了一只绿色的大怪子（蚂蚱，也叫蹬倒山）。见此情景，女儿兴奋地说："妈妈，你真厉害！竟然能追上大怪子。"我笑了笑说："如果我不跑快点儿，那它不就飞喽。"说话间，我随手薅了一根稗子草把大怪子串起来，递给了女儿。

我们继续往前走，大约行至三千米处，左转向西。远远地，我们就看到了一座高高的纪念碑矗立在那里。我们边走边欣赏道路两旁的风景，只见一个个长方形的池塘整整齐齐地排列在一起，搭眼一看就知道这些池塘显然是人工处理过的，池塘周围干净整洁，池水清澈见底。据村里人讲："这是寿光的一个老板来这里承包的池塘，里面养的全是淡水虾，听说老板养虾发了财。"因这里环境优美，空气清新，很多人想来牛头镇投资，这里是牛头镇村的风水宝地。远处是一片片杨树林，林间树木密集，枝叶繁茂。林中的草地上盛开着许多鲜艳的野花儿，芬芳馥郁，清新宜人！

不知不觉，我们来到了纪念碑前的空地上，抬头仰望，金光闪闪的纪念碑高耸入云，在广袤的原野上，格外引人注目。我们停下自行车拾级而上，走到纪念碑跟前，我仔细地阅读了一遍碑文，碑文上记录了：抗日英雄马保三领导的"八支队"与敌军作战的英勇事迹。"八支队"抗日武装起义，在中国共产党的领导下抗击日本侵略军的英雄壮举，在山东抗战史上写下了光辉的一页，为发扬革命传统，立碑永志。读后，我绘声绘色地给女儿讲解了抗日英雄在芦苇荡里与敌人斗智斗勇的故事，孩子听得很入迷。

纪念碑的南边是“八支队抗日武装起义纪念馆”。纪念馆坐北朝南，一排青砖兰瓦的房子独坐在院内，三面是青砖围起的院墙，院墙上面盖着一溜小兰瓦。这样，既与北屋相辅相成，又防止雨水冲刷。在院子的西南方向有两扇黑漆漆的木门，显得庄重而严肃。茂密的树林笼罩着小院，院内肃穆清净。纪念馆内摆放着抗日武装起义时的实物和图片，展示出我党为组建抗日武装八支队，从筹划到起义整个战斗历程及八支队在抗日战争中浴血奋战、前仆后继，成为不可战胜的一支武装力量的历程。为了弘扬革命精神，每年清明节，牛头镇小学及中学的同学们都会在老师的带领下到纪念馆缅怀先烈、接受红色教育。

纪念碑的北边是个大敞院，几排红瓦房错落有致地坐落在敞院里。敞院里环境优美，房前垂柳依依，屋后树木高大粗壮。每栋房前都有一个用红砖砌成的花池子，花池里种植了各种花草，院内四季如春，鸟语花香。这里与芦苇荡仅有一湖之隔，素有“世外桃源”之称。最初，这个院子是用来供看护纪念馆和接待参观游人的工作人员居住的地方。

在纪念碑西侧有个几十米宽的人工湖，湖水清澈见底，鱼儿成群。这时，只见一位戴着苇笠的渔翁划着小船缓缓而来，他时而撒网，时而收网。然后，他把网中的大鱼留下，小鱼又重新放回湖里。湖西岸有一座高高的山坡，说是山坡，其实是个大土坡，土坡上树林茂密，杂草丛生。这个土坡就是当年打日军时，老百姓为了掩护抗日队伍挖的战壕，它见证了芦苇荡烽火连天的战事。

我们站在岸边，望着对岸的山坡，想渡船过去一看究竟，无奈，当时没有载客的船只，我们只好作罢。女儿好奇地问我：“妈妈，山那边有什么呀？”我笑着说：“山那边是大片的芦苇坡呀，之前，听你老姥姥说过，你老姥爷年轻的时候，就去很远的地方看洼，洼里长着许多芦苇。由于路途很远，你老姥爷十天半月才回家拿一次干粮，去的时候就用独轮车推着水和干粮，回来时就捎来一车子干木材，好让你老姥姥烧火做饭用。”“噢，老姥爷去看洼的地方那么远啊！”女儿惊讶地说道。

在纪念碑的东北方向五里路左右的地方，是牛头镇村的草场。每年冬天，大队里就组织人员集体去洼里割苇草。然后，用农用拖拉机挂着个五六米长的铁拖盘子把苇草从洼里拉回草场。接着在草场等候的人们把苇草垛起来，盘成大草培（草垛）。这样，即使风吹日晒雨淋，里面的苇草也不容易沤烂了。盘完培后，各个连里就派人轮流值班，预防火灾的发生。

芦苇质地细腻，用途广泛。新鲜芦苇嫩心可直接食用。苇叶可以包粽子。苇杆可作造纸和人造棉的材料，还可编席、筐、篮、炊具等，手工、机制的苇箔板可作上等的建筑材料，如：农村盖房或建设大型的养殖场都可以用。芦根可入药，具有清热生津、止血解毒等功效。这些天然生成的芦苇，每年给牛头镇村带来了不菲的收入。大队里就把这部分收入用于植树造林、绿化环境、修桥铺路、翻修校舍等，造福百姓。

从前，那个偏僻荒凉的村庄不见了。如今，牛头镇村已华丽转身，成了风景优美的旅游村及红色文化教育基地，成为全国“美丽乡村”的典范。

村南旧事

说起牛头镇与台头镇的渊源，还得从明清时期说起。民国元年后，台头属寿光第六区。到了民国三十七年，台头又隶属寿光县临湖区。1958 年 2 月，台头撤区，设立台头乡。同年 9 月，台头乡与东庄乡合并为台头公社。1984 年，台头公社分为牛头镇和台头镇。

牛头镇由太平村、纪家桥子村及牛头村的七个分村组成，共有一万余人，耕地一万两千亩。当地的农产品有绿苹果、绿叶菜、南美梨、青豆、香瓜等。村北的巨淀湖湿地是潍坊市最大的天然湿地，湖内盛产芦苇、鱼虾、莲藕等特产。

一

20 世纪 50 年代初期，村南是一片低洼的盐碱地，荒坡里长满了杂草和芦苇。每当夏季汛期来临时，村南一片汪洋，大片的芦苇在混浊的河水里挣扎、摇曳，人们靠划船出行来运送粮食和蔬菜艰难度日。等汛期过后，这里杂草丛生、疮痍满目，有股阴森的气息。于是，人们便在村南拉起了一道墙，名为“围子墙”。这道墙一是防止河水侵入，二是起挡“煞”作用。

在围子墙东南角有一处凸起的高地，据老人们讲，这片区域原来是扔夭折孩子的地方。那个年代，因为贫穷饥饿、医药短缺、医疗水平低下等原因，导致频频出现新生儿夭折现象。

到了 20 世纪 50 年代末期，台头乡成立公社后，牛头村开始在围子墙以南建造房屋，于是，食堂、水塔、磨坊、油坊等配套设施应运而生。大集体时代，全村的社员们一起去北坡的荒滩里挑沟挖渠、兴修水利。中午，为了节约时间，妇女们便挑着担子，推着独轮车去工地送饭。社员们吃完饭后，稍事休息，便又热火朝天地干了起来。

1984年，牛头镇成为独立的乡镇后，镇委、镇政府、医院、学校、信用社、变电所、派出所、税务所、粮管所等机构先后在村南头落成。随后，镇委、镇政府又先后在村南筹建了油站、炮点、农资站、拖拉机站、机械加工厂等便民利农机构。

以围子墙为起点，第一处是农资站。农资站院子较大，面积两亩左右。除了靠路边的一排沿街房外，院内的大片区域都是存放农资的地方，在院子的东北角处有三间茅草屋，是给看管货物的人提供的住所。

农资站南邻是木匠铺子。木匠铺子的大门口盖了两间耳屋，这个耳屋是专门给看大门的人住的。院子的北边有一排红瓦房，里面存放着大量的原木料，厂房的东边有几间小屋子，里面放些工具或杂物。大集体时，队长挑选几名手艺精湛的木匠专门给生产队里加工门窗、过木（过梁）、檩条等建筑物品。生产队解散后，原来在这里干活儿的那几个人又合伙承包了木匠铺子，他们依然给村民们做门窗、过木和家具。

与木匠铺子一墙之隔的是拖拉机站，这里原是生产队里的牛屋，自从土地承包到户后，才改为拖拉机站的。拖拉机站院子很大，面积有四五亩地，院子的北边有十几间红砖红瓦房，东边有五间东屋。大门设在院子的西北角处，门口外面有一座水泥搭建的小桥，桥两侧分别有两个半米高的水泥护栏。小桥的南侧有七八间沿街房，房前有片茂密的杨树林。盛夏时节，草木葳蕤，知了高歌。白天，人们常在树下歇脚、乘凉、打扑克、玩耍；夜晚，孩子们拿着手电筒去树林里找仙家（知了猴），一束束光在树林里晃动，孩子们上下寻找爬往树梢的仙家，生怕有漏网之鱼。

穿过一条土路，向南二十米就是粮管所了。那时的粮管所是公家单位"铁饭碗"，在老百姓眼中，在粮管所工作的人员享受的都是国家级干部待遇。粮管所分为南北两个院，北院是粮仓，南院是办公室和职工宿舍。先说北院吧，院子的北边是一排高大宽敞的粮仓，之所以说它高大，是因为粮仓的进深宽、房屋高、墙体厚，屋跟脚足有一米半高，而且，屋跟脚全是用条石块堆砌而成的，这些都足以说明它的高大宽敞，坚固耐用。院子的东边有一排东屋；西边有一排带出厦的沿街房，大门设在沿街房的南侧，正好处于南北两院的中间位置。

再说说南院，大门的南侧是一排北屋，这排屋是粮所的办公区域，院子的西边有四间沿街房，虽说是沿街房，但屋门却是朝东边院子里开的。办公室的东南角有两间厨房，供职工们就餐。厨房东边是两间水泥浇筑的平房车库，便于工作人员存放车辆。车库东边是个大型变压器，专供粮所用电。变压器北边十几米处有一排职工宿舍和所长家属院。这排房屋每两间或三间隔开一个单独的院落，每个院落对面都有一个独立的厨房，厨房内设施齐全。

交公粮的年代，是粮管所最红火的时候。那时，农民觉悟高，自觉性强。每到麦收的季节，家家户户都积极地用小推车或地排子拉着刚打下的新麦子，排着长队去粮管所交公粮，生怕落在别人后面。

粮管所南邻就是公社的大食堂了，食堂分为南北两个大院，南院是厨房，北院是吃饭的地方。那年月，社员们一起上坡干活儿，一起碾场打麦，一起去食堂吃饭，这就是人们口中所说的“吃食堂”。

在食堂的西南方向有个炮点，说是炮点，其实就两台大炮。这个地处偏远的炮点直接由市气象局管理。看守大炮的人员是本村村民，守炮员几十年如一日，默默无闻地坚守在炮台旁，忠于职守，尽职尽责。雨季来临时是炮手最忙碌的时候，只要接到上级命令，哪怕是下冰雹，也要去户外开动大炮驱散乌云，避免密集的雹子毁坏农作物。你千万别小看了这个不起眼的炮点，它掌控着方圆百余里农作物的命运，保护着老百姓的财产安全。

炮点南邻就是牛头镇中学所在地了，该村不仅有中学，还有小学和幼儿园，这三所学校均属于公立学校。不过，小学和幼儿园都设在村子的东北方向，正好与西南方向的中学呈斜对角。小学、幼儿园收录的是太平村、纪家桥子村及本村的孩子，中学收录的则是方圆十里八村的孩子，覆盖范围较广。

二

2001年2月，牛头镇撤镇改村，并为台头镇。“无巧不成书”也正是那年的二月，我们选择来到牛头镇创业，恰与牛头镇行政意义上的镇级管理机构“擦肩而过”。从此，牛头镇又回归到了普通的乡村。

自从牛头镇回归乡村后，原来的镇委、镇政府、食堂、磨坊、医院、粮管所、拖拉机站、木匠铺子等原有房屋都陆续对外出租或出售，于是，各个院落都换了新的主人。农资站租给了一个收破烂的，由于生意不大好，后来，又改行经营农资了。

木匠铺子租给了一个私营纸箱厂(为了便于表述，就叫它A厂吧)。起初，A厂是两个人合伙开的，几年后，不知什么原因，其中一个人退股了。就在这时，三个东北籍的老板趁势加入了A厂，并签订了五年的合同，于是，A厂有了四大股东。在四大股东中，有三位是女股东，一位男股东。那位男股东不参与生产，只参与宣传、联系客户。三位女股东各司其职，一个管采购生产，一个管经营销售，一个管物质存放，四人齐心协力把A厂生意做强、做大。

A厂重组后，新股东又把南邻的拖拉机站承包了过来，把两个院子合并一起，拆掉原来的旧屋，重新在院子的东边和南边分别建起了两排宽敞明亮的大厂房，然后，又重新上了一套先进的生产线设备。在蔬菜销售旺季的大环境下，A厂的生意相当红火！再加上几个股东人心齐、人脉广、资源丰富、销售渠道多，因此，A厂的生意越来越好！

与A厂一路之隔的是另一家纸箱厂，我们称它为B厂吧。B厂没有合作伙伴，一个人单干。采购、生产、销售都由老板八面玲珑一手抓，老板是个很有能力的创业者。几年后，由于经营不善，B厂外欠账直接把厂子拖垮了，再加上几个外省的欠账大户也跑路了。最后，B厂由于资金短缺，只好停产歇业，另寻出路。

在B厂南边五十米处是第三家纸箱厂，这个厂子是从别处搬过来的，我们称它为C厂吧。C厂的原址在村子的北部，由于深处闹市区，再加上厂里的院子较小，于是，老板又在村南头买了这处院落。这处院落的前身是一家汽车加工型材厂，该厂初开时，生意兴隆，后来，由于大气候原因，生意直线下滑，最终，老板无奈地转行了。

C厂从村北搬过来后，又重新把厂房修葺了一番。C厂的两个合伙人是亲戚关系，二人都是实干家。都说“生意好做，伙计难噶”，于是，两人本着“亲是亲，财畔要分清”的原则，把账钱都理顺，公开账目，省得起误会和冲突。如果两人因经济起纠纷的话，那以后连亲戚就没法处了。

他们两人分工明确，一人管采购生产，一人管销售回账，两人配合默契，相互信任，相互支持，不计较个人得失，强力打造自己的品牌。“功夫不负有心人”，经过几年的摸索总结，最终，两人在激烈的竞争中成为行业的佼佼者，长久立于不败之地。

三

2011年12月，寿光市成立了双王城生态经济园区。随后，牛头镇村再次从台头镇撤出划给了双王城园区管理。从此，牛头镇村在市委、市政府及双王城园区的领导下，紧跟时代步伐，迈开大步踏上了新征程。

2014年，村北的巨淀湖风景区全面建成国家4A级景区，成为山东省首批生态旅游文明示范村。同年10月，牛头镇村又被评为第一批省级传统村落。从此“传统村落”便赋予了牛头镇村更加深远的意义。

2015年3月，村委在牛头中学院内的东北角新建了一栋五层高的教学楼，作为小学生新校区。学校建成后，小学一至六年级的孩子们从低矮的红瓦房搬进了宽敞明亮的教学楼，并和大哥哥、大姐姐们一起学习、就餐、跑步、做操锻炼身体。

2016年，村委决定在村南头原食堂大院所在地新建两栋六层高的居民楼和两栋两层半高的沿街门面房。在村里工作、经商的青年们也住上了和城里人一样的楼房，真正实现了“城乡一体化”，缩减了城乡之间的差距。

2018年，村里建成了两栋六层高的现代化电梯洋房和两栋三层高的沿街门面房，为在家乡创业的青年们解决了住房问题。洋房还未交付，村民们便纷纷前来咨询、订购。一些本打算去城里买房的青年，后来也改变了主意，决定在村里购置楼房，参与农耕，种植蔬菜大棚，实现致富梦想。

同年3月，在村南头的原农资站院内盖起了一座现代化高标准的扶贫车间，为村里的闲散劳动力解决了就业难的问题，并带动贫困户脱贫致富。从此，村里的低收入人群也过上了富裕的生活。

时光如白驹过隙，一晃就是数年。村南的这片土地如一本厚重的史书，记载着岁月曾经留下的痕迹。一路走来，有困苦，有悲伤，有欢笑，有惊喜，也有奇迹。不觉间，从这里走出的青年已满头华发，青春韶华随之付与流光。

沧海变桑田，荒滩创奇迹。如今，这片肥沃的土地如一幅美丽的画卷在寿北辽阔的大地上徐徐铺展开来，吸引了四面八方的游客前来观光旅游度假。晃眼间，这里已成为人们为之向往的原生态自然风光宜居村庄及红色文化教育基地。

2022年6月

惜土如金

土地是人类赖以生存的基本资源，人们学会了敬畏土地，感恩大自然赐予的宝贵财富。为此，人类才得以长期继续在土地上生存和发展。

——题记

牛头镇人多地广，土地面积分布至方圆几十里外。大集体时期，生产队里常年出工去北坡里开荒挖渠、治理荒滩。那年月，干活儿全靠人力，劳动工具就是常用的铁锨、扁担、独轮车等家什。北坡里的众多荒滩和沟渠全是社员们一锨一挑一推车开挖出来的，人们常年在荒滩上穿梭往来，其辛苦程度和劳动强度可想而知。

20 世纪 80 年代初期，农村实行了家庭联产承包责任制后，农民依法取得了土地的经营权。刚分地那阵儿，各个生产队先把良田和薄田划分为一二三等级，然后，再逐户逐人分得不同等级的土地。

村子里的土地南至太平村、纪家桥子村，北至寇家坞引黄济青干渠南岸，东与郎家营为邻，西至万亩湿地的洼底。从分布状况来看，村子的土地南窄北宽，东西长度相差无几。以村庄为中心，各自向东西出发，最远的地大约有十几里的路程。

村子东北方向的那片土地，由于贫瘠荒凉，再加之地形地貌等原因，遂得地名“秃龙”。在那个出门靠步行的年代，人们天不亮就上坡干活儿。刚出门时，天空中还高高地挂着月亮，星星依然不知疲倦地眨着眼睛。于是，人们便借着朦胧的月光，深一脚浅一脚地向“秃龙”方向走去。等走到地头时，东方才刚刚露出一丝鱼肚白。

村子西边洼底的那片机耕地离村庄也有十多里的路程，之所以称它为“洼底”，是因为那片土地没有村庄可依，只好以“洼”来命名。洼，就是百姓口中的荒凉盐碱地。机耕地北边是一望无际的芦苇坡，这片芦苇坡的前身是连着渤海莱州湾畔小清河岸边的盐碱滩涂地。过去的盐碱地全都“靠天吃饭”，大片土地几乎是撂荒的状态。“夏天水汪汪，冬天白茫茫，旱了收蚂蚱，涝了收蛤蟆”，这是当地百姓对盐碱地的形象描述。

“洼底”的那片盐碱地，如果种常规的玉米、小麦等农作物的话，产量很低，根本没有多少经济价值。于是，老百姓因地制宜，在这里种上了耐碱又耐旱的棉花。每到棉花收获的季节，人们就带着干粮和水上坡拾棉花。晌午，人们便在地头上找个阴凉地歇歇，然后，吃点儿干粮，喝点儿凉水，就算是一顿午饭了。吃完饭后，休息片刻，又顶着烈日下地干活儿了。傍晚时分，当夕阳离地平线还有一段距离时，人们就开始往家走了。等走到家时，月亮已悄悄地爬上了树梢。就是这样的自然条件，老百姓依然耕种着这些薄田，有的人还在机耕地附近开挖出星星点点的荒地。哪怕有一寸土地，也要开荒种粮，播下希望。

村北的芦苇坡周边有无数条沟渠，这些沟渠都是村里的老人们靠锨挖、肩挑、车推而成的灌溉渠。每年冬季，村委都会出资从上游水库里买大量的水用来灌溉田地、充盈大片的芦苇坡。第二年春天，滋润了一冬的干枯芦苇茬又重新发芽，焕发出勃勃生机。

常言说：“一方水土养一方人”。芦苇坡附近的沟渠里生长着许多鲢鱼、鲫鱼、草鱼、黑鱼、鳝鱼、泥鳅、龙虾、龟类等野生鱼类。村里爱好捕鱼的人们常年在沟渠里下着地笼、粘网等捕鱼工具，然后，静等坐收渔利。第二天一大早，人们天不亮就赶往村外的沟渠里提笼、收网，每次都有不同的收获。

村子四周分布着许多大小不一的池塘，这些池塘都是个人从村委处承包的沟渠或堆满淤泥的湾崖，自己又雇用挖掘机开挖、清理出方方正正的池塘。然后，在池塘里种藕、养鱼、养鸭、养虾等。

夏季来临的时候，我们时常去池塘边看荷花。远远望去，一池池碧绿的荷叶铺满了池塘，微风吹过，荷叶随风起伏，犹如一波波浪花向岸边涌来。走近荷塘时，才发现参差不齐的荷叶千姿百态，有的铺开如圆盘，有的半卷半舒，有的刚刚露出尖尖荷芽。蜻蜓飞来了，落在荷尖上，轻嗅荷叶的清香。三五成群的鱼儿在荷叶下游来游去，追逐嬉戏，悠闲而惬意。

随着时代的发展，现在的年轻人不愿意种地了，多数人选择进城务工或外出打工。然而，一直不离不弃守在农村的中老年人依然深爱着自己的土地，他们惜土如金，把每一寸土地都合理地开发利用起来，从不舍得让土地闲置或荒芜。

进入 21 世纪后，头脑灵活且有长远眼光的村民们开始以土地作为长期的投资目标。他们率先承包了几十亩、上百亩，甚至几百亩的土地，用来种植玉米、麦子、谷类、棉花等农作物。

随着农业机械产品不断更新换代，日常的耕犁耙种、浇地、打药、收割等农事，使用的全部是现代化农业机械，如用飞机打药、喷灌式灌溉农田，大型收割机等农具，方便快捷效率高，彻底解放了农村的劳动力。

现在的农民再也不是过去的“泥腿子”了，他们开着私家车上坡干活儿，把种地当成了一种自由而稳定的职业，迅速成为新时代农业开拓者的楷模。

俺们村

俺们村位于山东省寿光市西北部，距离市区十七千米。村里共有十四个姓氏，其中马氏占大多数，是山东最大的马氏自然村。据马氏族谱记载：始祖马智，在明朝洪武年间，由山西洪洞县迁至山东寿光巨淀湖东南立村，以姓氏命名马家寨，后又传说“邙牛阵”，遂更名牛头镇。

俺们村其实是我的第二故乡。我与牛头镇村的缘分，还得从1994年说起：那年8月，我第一次随爱人来到牛头镇村，看望爱人的姥姥。七十多岁的姥姥看我们来了，高兴得不得了！拉着我的手问长问短。姥姥瘦高的个子，留一头齐耳短发，用黑卡子固定耳朵两边的乱发，衣服穿得干净、整洁。听婆婆说，姥姥每天挪动着小脚去邻居家串门，直接不着家。三个舅舅及妗子们都热情地喊我们去他们家里吃饭。姥姥一家人热情好客，让我感觉心里暖暖的。从那一刻起，我对牛头镇村就产生了好感。

2000年12月，我随爱人从千里之外的河南来到了牛头镇村，打算来这里创业。其实，来牛头镇村之前，我也是事先考察过的。首先，这个村庄大，人口多，消费能力强，比较适合经商。其次，就是孩子的上学问题，从幼儿园、小学到初中九年义务教育都不成问题。于是，次年二月，我们就决定在牛头镇村定居下来。

为了丰富村民们的精神生活，七个分村相继新建了娱乐广场。广场上不仅安装了各种各样的健身器材，而且还搭建了木质凉棚，凉棚下面放置了两排木椅，便于人们休息。盛夏的夜晚，老年人在凉亭下乘凉、拉呱；孩子们在广场上嬉戏玩耍；年轻人在广场上跳舞。

跳舞的队伍分为三支，其中，三村广场上是跳健美操的；四村广场上是跳婚庆舞的；村委总支门前的广场上是跳现代流行舞的。这样一来，人们就可以自由选择自己喜欢的舞蹈锻炼身体了。

为了保持传统村落的旧貌，村委还收集了老百姓久存不用的劳动工具拿到广场上展示。例如：独轮车、石碾子、粪篮子以及耩地用的“耧”等农具。当人们看到原来的老物件时，忍不住感叹道：“现代的科技真是发达啊！你看，种地都是机械化了，收麦子、收棒子用的都是大型收割机。收割的麦子摊在公路上晾一天——有时候——甚至晾半天就可以卖了。收回来的玉米棒子，棒子皮都不用扒，拉回来就是光秃秃的棒槌子。倒在公路上的棒子只需晾晒几天，就可以用打棒子机脱成棒粒子了。然后，再晾晒两三天就直接卖了，也不用往家里存了。现在麦收、秋收老百姓再也不发愁了。”

为了解决老百姓的吃水问题，村委总支在各分村办公室外的大门口处安装了纯净水净化器。经过过滤后的纯净水，清澈透明，口感绵柔，有种甜丝丝的口感。村里每个家庭发一张水卡，村民们可以免费去接水，用来烧水、做饭。另外，村里还开通了天然气，解决了村民烧火做饭的问题。

麦收过后，村里又进一步开始治理环境了。首先，从清理污水沟开始，用小型挖掘机顺着原来的污水沟进行拓宽和深挖。原有的污水沟都是土沟，而且还是敞口的，直接影响村容村貌。村里的水沟全部挖完后，工人们开始在沟两边支模板，然后，用商砼直接进行浇灌，经人工摊平后，每天洒水进行养护，十天左右就可以起模板了。两边的立板砌好后，再用专用的打沟机，把水泥混合物顺着沟底慢慢铺平。等凝固期过后，重新在水沟上面支模板，以同样的方式打盖板，打盖板时，必须在每家每户门前留一个倒水口。这样，即方便住户倒水，又利于胡同里向外排水。关于施工方面，技术人员考虑得非常周到全面。另外，凡是挨着公路的人家，院墙外的空地上全部用混凝土抹平地面，便于村民们晾晒粮食。

为了村容村貌的整体美观，村委会决定把沿街房屋的墙体重新粉刷一遍。粉刷墙体分为两部分，上部主体颜色为淡黄色，下部为灰色。灰色底台下面，六十厘米高的底座上还设计了长方形图案，这些图案远看好像用蘑菇石瓷砖贴上去似的。图案上面还有一道七公分宽的玫瑰红腰线。两种颜色对比起来，立体效果特别明显。墙体上面“灰”与“黄”的搭配，引申为“飞黄腾达”。祝愿我们的祖国繁荣昌盛、国富民强，人民过上幸福、安定的生活。

沿街的墙体全部粉刷完成后，村委会又聘请专业墙体绘画师给墙面做美化。绘画师根据墙面的长短高矮量身定做墙体画面。然后，用五颜六色的染料绘出一幅幅美丽的画卷。画卷里展现的是灰瓦白墙式的古朴村落，远看有青山，近看有绿水；天上有飞鸟，水里有鱼虾；房前有花草，屋后有树木。一幅幅生动形象的画卷徐徐展现在眼前，令人啧啧称赞！

除改善排污、粉刷墙面、美化墙体外，村委还把沿街门面上的广告牌进行统一更换。原来尺码不同、颜色不同的广告牌由专业人员进行拆除。然后，再按照统一尺寸、统一颜色免费给商户们更换新的广告牌。

国庆节前夕，牛头镇村委又在旧村碑的原址重新修缮了新的村碑。新村碑设计风格采用了古典与现代元素的结合，外观设计为灰瓦白墙的“人”字形屋山墙的侧影。红色的“牛头镇村”四个大字赫然醒目。村碑上面一对造型独特的翘角犹如两只锋利的牛角，有了这头守护村庄的“神牛”，老百姓心里踏实多了。

常言道：“要想富，先修路。”路是连接外界的纽带。近年来，牛头镇村又新增了两条“重量级”的道路。首先，在村庄的西北部修建了一条大西环省道；另一条国家级的荣乌高速也从村北经过。荣乌高速是连接山东省荣成市和内蒙古乌海市的公路，全长一千八百二十千米，已于2018年12月全线贯通。最令人可喜的是，荣乌高速竟然在牛头镇村开通了“寿光北站出入口”，为巨淀湖风景区的交通提供了便利条件。全国各地的游客来巨淀湖景区游玩时，就可以在景区附近下高速了。这样一来，既方便了游客，又带动了牛头镇村经济发展。

如今，俺们村街道宽了、路灯亮了、胡同整洁了、环境变美了。自从步入了小康社会后，老百姓的物质生活提高了；住房条件改善了；出门有便利的交通工具；娃娃们上学可以享受九年义务教育；就医看病有新农合报销；六十岁以上的老人每月有固定的养老金。人们吃不愁，穿不愁，美好的生活比蜜甜！不知不觉，俺们村已发展成为人们向往的宜居村庄。

2021 年 10 月

赶年集

冬渐远，春将至。温和的阳光透过楼宇间的缝隙斜照在院子里，驱走了冰冷的寒气，让人感觉暖暖的。两只喜鹊喳喳喳叫个不停，它们欢快地从这个枝头跳到那个枝头，相互追逐着嬉戏玩耍。

农历腊月二十五是我们村镇赶集的日子，这个集从实际意义上来说，是农历年的最后一个集。因为大年三十那个集，基本上没人赶了，人们都忙着过年呢。所以，这个集对老百姓来说很重要，人们抓紧时间购买自己需要的年货。每逢这集，我就会不由得想起带着女儿一起赶年集时的情景。

吃过早饭，我骑上自行车带着女儿向村子里的集市走去。集市上人很多，推着车子根本走不动，我只好把自行车放在路边，拉着女儿涌进人群。集市呈南北走向，我和女儿商量着我们从南往北走，边走边买。女儿觉得我说得有道理，便同意了我的建议。

村南头是卖蔬菜的。路两旁早已摆满了各种各样的蔬菜，有辣椒、西红柿、芹菜、菠菜、韭菜、绿豆瓣等，这些蔬菜大部分来自冬暖式大棚。大棚里温暖如春，一年四季都有新鲜的蔬菜。冬天的萝卜、白菜、大葱、山药等，这些能长时间储存的蔬菜，一般都是老百姓自己种植的露天无公害蔬菜。

集市上人头攒动，我们跟随人群慢慢挪动，叫卖声、讨价声连成一片。五颜六色的氢气球吸引着孩子们的目光，惹得孩子们缠着大人前去购买。如果大人不给买，调皮的孩子就会当场使出“杀手锏”——蹲在地上大哭不止。见此情景，大人们便遂了孩子的心愿。简陋的草苫子上插满了晶莹剔透的冰糖葫芦，有山楂的、橘子的、山药豆的，馋得孩子们直流口水。每当这时，大人们都会给孩子买上两串，让孩子解解馋。

女儿一手拿着气球，一手拿着冰糖葫芦，跟在我身后边走边吃。一圈菜市逛下来，我们买了满满两大兜子蔬菜。如果再继续逛的话，可能就拿不动了。于是，我决定先回家放下东西，接着再来赶第二趟。

第二趟赶集，我们改变了路线，从村子的中间部分进入集市。这趟购买的年货有生鸡、带鱼、猪肉、猪皮和猪蹄等。山东人过年有吃虎头鸡的习俗，用虎头鸡来招待客人，表示对客人的尊重。虎头鸡是寿光的传统特色菜，其中王高镇的虎头鸡最为有名。它的制作最早起源于清朝，到现在有几百年的历史了。

虎头鸡的制作方法如下：选一只现杀的蛋鸡或者黑腿大公鸡。首先把它洗净，剁成均匀的小块儿，然后，用盐、姜、葱、酱油、料酒等佐料进行腌制。腌制三四个小时后，把鸡块裹上一层面粉，再沾满鸡蛋液，放进油锅里炸，炸至金黄后，捞出备用。吃的时候用锅炖，先把水烧开，再把炸好的虎头鸡倒进锅里，放上八角、花椒、葱、姜、桂皮、干红辣椒等材料炖煮，先大火后小火。大约半个小时后，再放上事先准备好的山药段一起炖，等山药炖熟后，喷香的虎头鸡就做好了。

第三趟上集时，已经临近中午了，女儿终于盼到买春联和鞭炮了。于是，我们向卖春联的方向走去。远远望去，高高挂起的大红灯笼，在阳光下闪闪发光。临时搭建的展示棚内挂起了一排排喜庆的春联，人们围上前去，仔细挑选着心仪的春联。除了春联，山东人还有贴“过门钱”的习俗。门笺，俗称“过门钱”，有着悠久的民族传统和浓郁的地方特色。在古代，民间有用幡胜表达人们意愿的风俗，最初见于《后汉书·礼仪志》。南宋时期，人们开始把幡胜悬于门首，为新岁吉兆。清初，改为“除夕贴挂钱”，与现在流行的门笺很相似。从幡胜到门笺，从丝绢到五色纸，门笺走过了千年的漫长道路，流传至今寓意深远。

“过门钱”分为两大类。第一类，由花卉、鸟、龙、凤等纹样组成；

第二类，由图案（福）字衬托出吉祥的文字，如“欢度新春、吉庆有余”等。

女儿小时候特别喜欢鞭炮，每次买鞭炮时，她就开心得不得了。除了买几挂长鞭炮外，我还给孩子买了她喜欢的摔炮、烟花棒、蹿天猴、花蝴蝶、青蛙跳等烟花。摔炮，就是砂炮，一摔就炸的小爆竹。烟花棒是一种缠绕在细棒上的小型烟花。燃放时，手持棒柄，点燃另一头，点燃后，棒条上嗤嗤地冒火花。每当这时，站在一旁的我，就鼓励女儿把烟花棒挥起来，挥成一个大圆圈。远远看去，像个移动的风火轮，电光四射。

每年的腊月二十五集，人们一直赶到傍晚才结束。我们母女俩也时常会赶上大半天，有时忙得连中午饭也顾不上吃。但，我们无任何怨言，累并快乐着！

时光飞逝，转眼间，我已走到了知天命之年。如今，女儿长大了！她因忙于工作，很少有时间陪我一起赶年集了。每每想起往日的年集，心中便涌起一股暖流。

又是一年杨絮飞

“桃花开，杏花败，李子开花撵上来。”这是儿时的一首童谣。每当春暖花开的季节，各种花儿在阳光雨露的滋润下生根、发芽、开花、结果。那些白的、粉的、黄的花儿踊跃跳上枝头，竞相开放。勤劳的蜜蜂在花丛中穿梭往来，汲天地之灵气，万物之精华。

你看，那一树一树粉白相间的海棠花在枝头妖娆，散发出迷人的芳香。过往的行人忍不住驻足观赏。人们站在树下，深吸一口气，可以闻到弥漫在空气中的馨香，顿时神清气爽！爱花的人士拿起手机变换着姿势拍摄，尽兴之余，还不忘与海棠花儿来个亲密接触。

在西府海棠北边的工地上，工人们正忙碌着干活儿，一阵嘭嘭嘭钉木板的声音，刺刺啦啦锯钢筋的声音，吱吱扭扭塔吊作业的声音，接连不断地充斥在耳边，与花开静悄悄的声音形成了鲜明的对比。正在施工的是乡镇的粮管所大院，大院外面有一片杨树林，这片杨树林是粮管所职工亲自栽种的小树苗，它见证着粮管所的发展与繁荣。

20 世纪 80 年代，随着土地家庭联产承包责任制的推行，农村生产力得到了极大限度的释放，粮食生产能力迅速提高，产量一年上一个新台阶。国家为保护农民种粮的积极性，除了征收订购任务和农业税征实外，对多余的粮食实行保护价收购，最大限度地满足了农民的售粮愿望。于是，各乡镇建立了粮管所。

我们所在的粮管所大院是个四合院，坐北朝南的粮仓有二十余间，坐东朝西的有十余间。院子中间有三个水泥大货台，作为暂时存放粮食的地方，东西朝向并排有两个货台，南北朝向有一个货台。大院的东南边是家属院，除了一排红瓦房外，还有各家各户相对应的厨房。西南边是一排办公房，设有专门的食堂和厨师，共有职工十余人。院子的西边有十多间带出厦的沿街房，朝道（大路）开门，便于对外出租。

乡镇粮管所的建成，给农民交公粮提供了便利的条件。每到麦收季节，农民起早贪黑地进行抢收抢种，生怕因天气误了农事。新麦子下来后，为了尽快地完成缴公粮（指缴纳农业税）的任务，大家争先恐后地排队缴粮。缴粮时，大部分都是全家人出动，用架子车拉着满满一车子麦子，天不亮就出发，从家里捎上干粮和水，中午在那里凑合着吃一顿。如果当天能顺利缴上粮，那算是好的。有时，还要在大马路上过一夜，困了就趴在麦袋子上睡一会儿，跟着队伍随时向前挪动，恐怕落在后面。好不容易排到了过磅的位置，验收员还得先验货，用专门的“空心铁钎”测量麦子的干湿度，如果达不到规定的标准，再拉回去晾晒。然后，重新排队验收，直至合格为止。缴公粮的年代，农民的积极性很高，大家都主动地按时保质保量的上缴公粮，大力支援国家经济建设。

2006年，为了减轻农民的负担，国家取消了农业税，农民不再向国家上缴公粮了。于是，各乡镇的粮管所闲置了下来。为了更好地保护粮库，市粮食局决定把空置的粮库租出去，除了收租外，更重要的是让租户对租赁房屋每年进行定期的维护。得知粮管所对外出租的消息，我们便租下了粮管所的门面房及部分仓库用于经商。从此，我们便与这片杨树林结下了不解之缘，每天与之朝夕相处。

炎热的夏季，郁郁葱葱的杨树林为我们遮挡着毒辣的太阳，路上的行人也时常坐在树底下乘凉。我在两棵树之间为孩子准备了一个秋千，让女儿在树荫下玩耍。温顺的“胖仔”（狗）趴在旁边，两只灵动的大眼睛随女儿的秋千来回转动，萌萌的表情，甚是可爱！

每天上学从这里路过的孩子们，随手从树上摘下一大把杨树叶子，用线绳穿起来当毽子踢，有的还把带叶子的细枝条编成一个圆圈戴在头上遮太阳，还有个别调皮的男同学从地上拾起被风吹落的杨絮子当毛毛虫来吓唬女同学，每当这时，胆小的孩子们就会被吓得哇哇大叫。

我们租住的门面房后院有一片空地。闲暇时光，我从杂乱的砖头瓦块中开辟出了一块长方形的菜地。然后，用铁锨把土翻出、晾干、整平，等待明年春天育苗种菜。

“谷雨前后，种瓜点豆。”每当谷雨季节，我就去集市上买些辣椒苗、茄子苗栽在事先打理好的菜垅里，然后，再买些空心菜种子、向日葵种子和去年留下的倭瓜种子，一起撒在埴软的土壤里。大约半个月后，在我的精心浇灌下，栽种的辣椒苗、茄子苗逐渐返青成活，撒下的菜种子也慢慢地从土壤里拱了出来，露出淡黄色的嫩芽。一段时间后，嫩芽渐渐长大变绿，菜地一派生机盎然的景象。

第二年，我在菜地边上发现了两棵小桃树苗，并且，这两棵桃树苗分别生长在货台的两边，一棵在南，一棵在北，我亲切地称它们为“姐妹树”。为此，我欣喜地对先生说：“你看，去年我把吃过的桃核扔在那里，没想到今年自然长出了两棵小桃苗，真好啊！以后我们有桃吃了。”听罢，先生笑着说：“这么小两棵苗，什么时候才能吃上桃啊？”听到这里，我忍不住冒出了一句：“俗话说得好，有孩儿，不愁长！既然能长出桃树来，还愁吃不到桃子？你就瞧好吧！”

人们常说“桃三杏四”，意思是桃树三年挂果，杏树四年结果。在盼望之余，我经常给两棵小桃树锄草、浇水、施肥、修剪枝条，精心呵护它们。除了种菜，我还养了一只扁嘴鹅、一只老黄鸡、一只贵妃鸡，再加上一只“胖仔”犬。在我的一番“折腾”下，后院竟然变成了小小的养殖园了。

岁月匆匆，转眼三年过去了。此时，那两棵小桃树已长成了大树。花期过后，枝干上竟然冒出了许多密密麻麻的小桃子。为此，我还高兴了好一阵子，盼了许久，终于盼到桃树挂果了，心里有一种成就感！在挂果之前，很多人都对我说：“自然长出的桃树必须经过嫁接后，才能挂果。”当时，我还有些迷茫，也曾努力嫁接过部分枝条，但均以失败告终。于是，我抱着“死马当作活马医”的态度慢慢等待，终于“守得花开见果实”。在未嫁接的情况下，两棵桃树竟然意外地结出了累累硕果。

更让人惊喜的是，北边的那棵桃树结的是油桃，第一年结出的桃子又大又甜，很是喜人！油桃属于早熟果，在麦收季节成熟。南边的那棵桃树，结的是毛桃。虽然是同时开花结果，但因品种不同，毛桃成熟期在中秋节前后，比油桃晚熟三个多月。

也许这是天意吧！两棵桃树，两种结果，就如人生一样。起初，人们都是站在同一起跑线上，结果却大相径庭。万事万物都有其规律，都有它存在的道理，凡事不必较真，顺其自然，“尽人事，听天命”即可。

冬去春来，又是一年杨絮飞。原来的粮管所大院，如今已盖起了两栋现代化电梯洋房。院外那片茂密的杨树林也不见了，水泥浇筑的三层半高的门面楼房主体已完工，明年六月份正式交房。未来，这里将逐渐发展成居民区及繁华的商业区。从此，乡镇粮管所走出了人们的视线，永久地载入史册。

雪落无声，雪有趣

今年的雪比往年来得更早一些，秋叶还未落尽，冬雪已如期而至。立冬那天，在寒风的渲染下，冰冷的秋雨渐渐地凝成雪花飘落下来。飞舞的雪花如蝴蝶般轻盈地落在房顶上、树林间、草坪里、公路上……瞬间，整个大地变成了银白的世界，宛若仙境一般。

大约两个小时后，纷纷扬扬的雪花就给大地披上了厚厚的银装，金黄的银杏叶随雪花一起坠落下来，汇成了一幅唯美的画卷，这样的景色以往是很少见的。屋外，风越刮越猛，我坐在书房，听到竹林里发出“沙沙”的响声，正当我凝神静听时，忽然，一个孩子的笑声吸引了我。

我赶紧走到窗前，循声望去，只见一个五六岁的小女孩和她的妈妈在雪地里玩耍，孩子在前面跑，妈妈在后面追。小女孩边跑边大声地叫着:“妈妈，妈妈，快来追我呀。”孩子的妈妈假装快跑去追，可怎么也追不上，逗得孩子“咯咯咯”直笑，她们身后留下了一串串大大小小不规则的脚印。恍惚间，我仿佛看到女儿在雪地里奔跑的场景……

2001 年冬，是我们一家人在牛头镇粮管所度过的第一个冬天。初来乍到，感觉这里特别冷。在我们家乡，冬天不生炉子就可以轻松过冬。而来到山东后，必须用炭炉子取暖才能勉强过冬。

立冬节气刚过，我和爱人就早早地用塑料纸把窗户钉上，以免从窗缝里透风撒气。然后，再把炭炉子架起来，提前做好过冬准备。

一日傍晚，天阴沉沉的，西北风刮得树枝呼呼作响。不一会儿，天空中飘起了零星的雪花。于是，我们赶紧点上炉子，驱走屋里的寒气。夜深了，只听见窗户上的塑料纸呼嗒呼嗒响个不停，侧耳聆听也感知不到飘雪的声音。我猜想，可能是雪停了吧。

第二天一大早，我推门一看，哇！好大的雪呀！放眼望去，公路上白茫茫一片，两旁的树木像哨兵一样直挺挺地站在那里，任凭风雪肆虐。车子缓缓地在积雪上行驶，车后留下了两条深深的车印。平日里骑行的人们，也不敢冒险骑车了，只好徒步出门。

女儿起床后，惊喜地发现地上堆满了厚厚的积雪，于是高兴地问我："妈妈，昨天晚上我怎么没听到下雪的声音啊？"我笑了笑说："因为雪花怕惊扰你的美梦啊，所以，才悄悄地落下。如果你想听到它的声音，就去雪地里走一走，就能知道它是什么声音了。""真的吗？妈妈"女儿天真地问我。"真的，不信你去试试。"于是，女儿便独自走进了雪地，边走边聆听雪的声音。一个来回走下来后，女儿开心地对我说："妈妈，我听到雪的声音了，它在我脚下发出'嘎吱嘎吱'的响声。""对啊！这就是雪的声音。宝贝，你真棒！"

早饭过后，女儿让我和她一起堆雪人，于是，我先用铁锨把雪拢到一起，接着，堆成雪人的形状。然后，用毛笔蘸上墨水给雪人画上眼睛，用一截胡萝卜当鼻子，再用树枝给它画上一个嘴巴。这样，一个可爱的雪人就算完成了。过了一会儿，女儿自己跑到屋里，把她的棉帽子和红围巾拿出来给雪人戴上。哎！你还别说，雪人经过一番打扮后，显得俏皮又可爱！这时，女儿围着雪人左看看右看看，直到她满意后，才让我给她和雪人拍照。

拍完照后，女儿又要和我一起打雪仗。于是，我们俩各站一边，每人先用手攥几个雪团，准备"战斗"。为了哄女儿开心，我先让她扔雪团，当雪团飞来时，我故意不躲闪，让雪团砸中我，显示出她的威力。果然不出我所料，当雪团砸中我时，她感觉自己特别厉害，开心得不得了！接下来，在来来往往掷雪球的过程中，有时也难免砸中她。过了一会儿，她在那头哇哇地哭了起来，见状，我赶紧走过去问她怎么了？她边哭边说："你砸疼我了。"于是，我假装生气地说："刚才你也砸疼我了，我就没哭，是你愿意玩打雪仗的，即使砸疼了也不应该哭。如果你再哭，我就不和你玩了。”听完我的话，女儿破涕为笑，讨好地说：“妈妈，我不哭了，咱不玩打雪仗了，去玩拉雪橇吧？”“嗯，好吧。”我偷偷地笑了起来。

为了拉着女儿在雪地里玩耍，我自制了一个简易的“雪橇”，把一个长方形的板凳倒过来，让它四条腿朝天，然后，再把绳子拴在板凳腿的横撑子上，这样，一个简易的雪橇就完成了。

我们俩来到院子里，在水泥货台的南边找了一段有坡度的路面准备滑。我让女儿坐在雪橇上，然后，我把绳子套在腰间拉着她在雪地里走。第一遍拉的时候比较费劲，拉过几次等地面的雪压实后，拉起来就很轻松了。女儿坐在雪橇上高兴得不得了！我拉着她在雪地里快速地奔跑，惹得她咯咯直笑，还不住地喊着：“妈妈，加油！妈妈，加油！”这时，从路上经过的人们看到我们母女俩玩得那么开心，情不自禁地露出了羡慕的眼神。

“丁零零”一阵电话铃声唤回了我的思绪。窗外，白茫茫的一片，雪花依旧飞扬。远处的丘陵、房屋、树木、田野模糊得已辨不清轮廓，整个世界仿佛又回到了原始的混沌状态。

牛头镇的女人

都说“女人能顶半边天”，的确如此。每个女人在家庭中扮演着多重角色，肩负起家庭的重任，既要上孝公婆，下抚子女，又要工作赚钱养家；在爱人眼中，既上得了厅堂，又下得了厨房；既主内，又主外，家庭工作两不误；身兼数职，八面玲珑。不知不觉，便活成了“女汉子”的形象。

提起“女汉子”一词，我便想到了牛头镇的女人。牛头镇的女人在赚钱养家方面和男人们有得一拼。她们会种棚、会种棉花、会割菠菜、会开车，能干建筑、能进工厂，样样在行。看到这里，也许你会说：“牛头镇的女人那么能啊！”那可不，你要不相信，就听我来给你数算数算。

干建筑的女人

2000年冬，我随爱人来到山东寿光。在表哥的帮助下，我们选择了离家不远的牛头镇村自主创业，经营建材。从此，我与牛头镇村结下了不解之缘。

由于业务关系，我们经常和干建筑的人打交道。慢慢地，我对农村建筑队有了深入细致的了解。每年一开春，干建筑的人们就像上了发条似的开始转动起来。早上，天刚蒙蒙亮他们就开始干活儿了，中午回家吃饭，中间休息一个半小时，晚上一直干到天黑才散工。在农村，干建筑是个长趟活儿，一年四季不住歇，从阴历二月开始，一直干到腊月上冻了才停工。

建筑队里有男工，也有女工。男工分为建筑把头（工头）、一把刀、二把刀、小工（打杂的）；女工没有技术，只干些出力的笨活儿，比如搬砖、推灰、给师傅递东西等杂活儿。别小看这些零七八碎的小活儿，很累人。就拿推灰来说吧，一般情况下，村里盖屋户所用的建筑材料大都放在公路上，一是卸货方便，二是胡同里很窄，大货车进不去。因此，从公路上往屋场里推灰距离就很远了，再加上每天往返无数次，既费时又费力。

在建筑队里，小工权当一块砖，哪里需要哪里搬，大工一句话，小工跑断腿。大工干得都是技术活儿，比如砌墙、上楼板、上苇箔板、铺瓦、抹墙面、贴地板砖、盖古式门楼等。小工干得都是体力活儿，一会儿搬砖，一会儿运瓦，一会儿推灰，一会儿割瓷瓦，没有歇息的空。一天下来，累得腰酸腿疼的。每个建筑队都有一两个这样的小工，因为女人干活儿细心，所以有些细碎的活儿还是适合女工干。

在买瓷砖的人中，我认识了四村的一对夫妇，丈夫是把头，领着十几个人的小建筑队给农户盖屋，老婆跟着干小工，算是夫妻搭档一起创业吧。既然自己当老板了，工地上的活儿老婆更上心了，凡是她能干动的活儿，啥也干啊。干建筑都是按天记工，省下一个工，就等于少开一个人的工钱，为此，老板娘干得更起劲了。平日里，只要是老婆跟着干活儿，丈夫肯定多挣钱，因为老婆既是干活儿的又是监工的。所以，干活儿的人们就不好意思偷懒了。

“近朱者赤，近墨者黑。”这是我来山东后最深的感受。来山东之前，我在娘家从来没干过重活儿。自从来到牛头镇后，我就像变了个人似的，整天和爱人一起抬水泥、搬瓷砖，活脱脱变成了女汉子。刚来牛头镇时，邻居们都认为我是从城里来的，肯定干不了重活儿，言外之意就是说我不像个干活儿的。后来，我以实际行动颠覆了她们的认知，就连婆婆也对我刮目相看，逢人便夸我贤惠、能干。从此，我也变成了牛头镇的女人。

门店刚开业那阵儿，我和爱人抬水泥时，累得直不起腰。锻炼一段时间后，再抬水泥时，我就感觉轻松多了。后来，干得时间长了，我们俩都练出劲儿了，一气抬个两三吨水泥，那都不是事儿。

起初，农村时兴的是50×50厘米的地面砖。慢慢地，又时兴了60×60厘米的。自打2010年开始，才时兴80×80厘米的地面砖。每当我们给客户送地面砖时，我都是和爱人一起搬。他搬得快，我搬得慢。有时，他搬两箱，我才搬一箱。虽然我搬得慢一些，但总能给爱人减轻一些负担。我心里总是想，我多搬一箱，他就可以少搬一箱。

农村盖屋时，经常用水泥厦板当檐板、楼梯、盖板之类的，用途比较广泛。水泥厦板宽五十厘米，厚五厘米，长度有好几个尺寸，有50×50厘米的、80×80厘米的、一米的、一米二的、一米三的、一米半的、一米八的、两米的等多种尺寸。厦板的重量大约每米在百十斤左右，这样一来，两米长的厦板就意味着有二百多斤的重量。每次我们给客户送厦板时，都是我们两个自己往车上抬。就这二百多斤的厦板，我也能咬牙坚持帮爱人抬到车上，然后，再为客户送货上门。这时，也许你会说，你一定是个大胖子吧，要不然怎么会有那么大的劲儿呢？其实，我的体重才一百零几斤。

平日里，我们送货上门也就罢了，就连给我们送瓷砖、厦板的货车来时，我们俩也得亲自参与卸车。每辆货车标载大约十二三吨，每次四个人卸货也得两个小时左右。并且，瓷砖和厦板全是重载，死沉死沉的，卸一车货能让人累得不得了。

记得有一次，青州的老板来送厦板时，我们四个一起卸车，我和老板从车上往下递着，爱人和司机在下面接着。正当我们卸到半途中，也不知怎么搞的，我的小拇指一下子挤到车帮上了，小拇指呼呼地淌血。爱人见状，撂下抬厦板的钢筋棍，开起货车，拉着我就往卫生室跑，到了卫生室让医生赶紧给我处理包扎伤口。回来后，他们仨把剩下的那半车厦板卸了下来，也不让我卸了。

割菠菜的女人

牛头镇有一种职业叫割（方言 gā）菠菜。割菠菜是个长期的营生。每年的阳历九月份开始，就陆陆续续有割菠菜的了，一直割到次年的五月份才结束。一年割九个月的菠菜，六七八三个月歇伏（天）。菠菜分为露天菠菜和大棚菠菜两种，露天菠菜又称秋菠菜，生长期大约为三十五天。大棚菠菜包括冬菠菜和春菠菜，生长期大约为四十五天。前三个月割露天菠菜，后面割的就是冬菠菜和春菠菜了。

牛头镇割菠菜的队伍庞大，光车辆就有六七十辆，每个老板雇工二十余人。割菠菜的人员年龄跨度大，上到七十岁的老人，下到三四十岁的中年人。割菠菜的人住的有远有近，近的有本村的，有附近村的，远的有青州的济台的稻田的广饶的等。

冬天是割菠菜的旺季。每天早上七点钟，割菠菜的人就在指定的路口集合，然后用车拉着出门干活儿。中午，老板就去附近的村庄或超市买些热馒头、炒菜或是咸菜，外加一塑料沽子热水，大家一起在棚里吃午饭。大家为了赶活儿，吃完饭麻利地接着下手干活儿。大家之所以干得那么有劲儿，是因为老板每天给每人分任务，一人一畦子菠菜，自己割，自己捆，自己装筐，自己往车上搬，基本上都是单干。如果一个人搬不动筐，那就两个人合伙抬，这样干活儿还轻快点儿。

老板分任务的目的，就是促使大家快干活儿，别偷懒，早干完早利索。大家干同样的活儿，如果你落在后面，人家就得帮你去干。时间久了，老板就该给你脸色看了。为此，大家都是争先恐后地干，生怕落在别人后面。割完菠菜后，老板拉着菠菜去寿光菜市场发菜。

收菠菜的老板们大多数是固定客户，每天都向自己的供货商报当天的菜价，一是及时掌握行情，二是避免价格争论。供货商每天去菜场送菠菜时，直接过磅就行了，无需再谈论价格。如果发菜顺利的话，一般是七八点钟到家，有时也到十来点，但这样的情况不多，只是偶尔一次。

刚时兴割菠菜那会儿，大家都是坐着拉菠菜的车来来回回去干活儿。记得有一年下大雪时，有一辆发菠菜的车在摸黑回家的路上，由于路面湿滑导致刹车失灵，与迎面而来的大货车撞在了一起，导致多人受伤。还有一次，也是在下雪回来的路上，割菠菜的车又出了事故。由于雪大司机看不清路面，割菠菜的货车一下子翻到沟里了，导致多人擦伤，其中一位年龄稍大点儿的老人还摔坏了股骨头。

从那以后，交管部门就不让货车拉人了，查到就扣分罚款，严重的还要吊销驾照。这样一来，一辆货车就得跟一辆拉人的车了。于是，割菠菜的老板们就开始买面包车专门拉人。为了节约开支（雇司机），割菠菜的老板娘们都开始考驾照。后来，牛头镇割菠菜拉人的车都换成了女司机。

纸箱厂的女人

牛头镇共有三个纸箱厂，一个在村南头三号路南边，另外两个都在我们门店附近。每天早上，我都能看到两个纸箱厂的工人过来过去地晒箱子，送箱子的车辆也天天忙着送货，三个纸箱厂的生意都很好。纸箱厂生意如此兴隆，得益于寿光蔬菜市场的带动，大部分纸箱都用来包装新鲜蔬菜。寿光蔬菜声名远扬，每天都有大量的蔬菜运往全国各地，并远销日本、韩国、俄罗斯等国家，深受世界各国消费者的喜爱。

在纸箱厂干活儿的大多是女人们，厂里的女工比男工多。因为纸箱厂的活儿繁杂又细碎，比较适合女人们干。每天早上一上班，工人们就从仓库里搬出未晾晒的湿纸箱子，先装到托盘上，然后，再用拖拉机拉到公路上晾晒。晾晒时，先一个一个把折叠的纸箱子撑开，然后，再整齐地摆放到公路两旁。赶中午下班之前，再把纸箱子翻一遍。下午两三点钟就开始收箱子了，先一个一个把箱子收起来，接着，十个打成一捆，然后，再扛到托盘上，拉回厂里入库。

纸箱厂的工人们每天都在倒腾着晾晒箱子。这样的工作看似轻松，实际上很累。一天下来，工人们累得腰酸腿疼的。晒箱子和收箱子都是按个计工，每天自己计工，晚上下班时，再给会计报账。

平日里，纸箱厂根据客户的要求不定期地生产各种型号的纸箱，客户需要什么，就生产什么。生产纸箱时，需要的工人比较多，如果没有特殊情况就不准请假。车间里有烧锅炉的、有上浆的、有运纸的、有接箱子的、有钉箱子的、有运箱子的……工序比较烦琐。车间里每开一次大线，工人们就得晒好几天箱子。

纸箱厂里管仓库的是个东北女人，我一直是叫她小王。在小王来之前，她丈夫先来纸箱厂做保管员。后来，她丈夫感觉这个活儿比较轻快，为了让小王来山东常住，就把纸箱厂保管员的工作让给了小王，他自己上寿光菜市场干活儿去了。

小王丈夫第一次回家探亲时，就和小王说："你都不知道牛头镇的女人有多能干！一个女人在纸箱厂干活儿，每个月能拿四五千块钱的工资。她们不讲吃，不讲穿，只知道闷头干活儿，挣钱给儿子买楼结婚用。"小王听后，有点儿不相信，觉得丈夫有点儿夸大其词。等她来到牛头镇后，亲眼看到纸箱厂女人们干活儿的"虎"劲儿，才相信了丈夫的话。

小王来到牛头镇后，和我们住在一个大院里。一来二往的，我们俩便熟络了起来。有空的时候，我俩经常在一起聊天。记得有一次，我和小王聊天时，她对我说："哎呀，妈呀！山东的娘们咋这么能干啊！每天扛那么多的纸箱子也不嫌累，各人干得还很有劲儿。平时，只要是家里没有特殊情况的，每个月大部分人都能干满勤，直接不掉工。"

在我们家乡，女人们不大干重活儿，大多是男人们下地干活儿或外出打工，老婆们一般是在家看孩子、收拾家。有空的时候，大家就聚在一起唠嗑、打扑克。自从来到山东后，我真是长见识了！直接服了牛头镇的老婆们了，一群女汉子。

我笔下的这些能吃苦耐劳的女人，其实只是牛头镇女人的部分代表。当然了，还有许许多多各行各业的女强人，她们在不同领域发挥着自己的优势，用勤劳和智慧创造财富，尽自己的微薄之力为国家、集体、家庭奉献一份光和热，成为新时代的楷模。

2021 年 12 月

村北有个美丽的湖

提起我与牛头镇的渊源，还得从1994年说起。那年夏天，我随爱人从河南去山东探望未曾谋面的公婆。次日，婆婆便带着我俩前往八里外的牛头镇村看望八十多岁的姥姥。从此，我与牛头镇村结下了不解之缘。

——题记

巨淀湖历史悠久，《汉书·武帝》中有“征和四年，三月，上耕于钜定”的记载。后经考察论证，汉武帝当年耕种的地方就在巨淀湖一带，因此，巨淀湖因其而远近闻名。

关于巨淀湖的名称，有几种说法。历史上称作钜定湖、距淀湖、青丘泺、清水泊等。现在，当地人称作“洼”“八卦阵”。巨淀湖原有水域面积五万余亩，南北长约十千米，东西宽约七千米。后来，经过历史变迁和良田改造，如今缩减到一万两千亩。湖内物产丰饶，盛产芦苇、鱼、虾、蟹等，在过去有“鱼米之乡”之称。巨淀湖特产有蚂蚱酱、白莲藕、鸭蛋等。

盛夏季节，密密匝匝的芦苇盘根错节地挤在一起，密不透风。放眼望去，一望无际的芦苇荡仿佛是一片绿色的海洋。风起的时候，连绵起伏的芦苇荡犹如一波波翻滚的海浪，场面壮观。走近芦苇荡，一股清新的气息扑面而来，沁人心脾。芦苇丛里鸟儿成群，不时传来清脆的鸟鸣声。一阵微风吹过，苇叶沙沙作响，那美妙的声响犹如天籁之音，婉转悠扬。

巨淀湖周边的盐碱地里生长着许多野菜。立春过后，隐藏在地下的种子或根系类植物，在春雨的滋润下，开始发芽、吐绿，焕发出勃勃生机。农村流行着一句谚语：“二月的茵陈，三月的蒿。”起初，我不明白其中的缘由，同样的植物在不同的时间，为什么称呼就变了呢？为此，我问过村里的老人，老人们说：“茵陈是多年生草本植物，它的根系过冬不死，来年则因根而生，故名茵陈。茵陈是一种草药，阴历二月份采集的刚冒芽的茵陈药效最大，等到三月份茵陈长成蒿子时，药效就差点事儿了。”噢，原来是这样啊！

每年的阴历二月间，我都会骑着车子去村北的盐碱地里剜茵陈。剜茵陈是个细致活儿，首先，你得找到它的“根据地”，不是每个地方都长茵陈的。在剜茵陈的过程中，你必须猫下腰去干枯的草丛里扒拉，因为刚长出的茵陈颜色微微发白，藏在草丛里不易被发觉。等你一棵一棵把茵陈放到篮子里时，才发现发白的茵陈里暗藏着绿意，凑近去闻一下，有股浓浓的泥土气息。

黄须菜，又名皇席菜，大多生长在田埂上、沟渠边、草丛里，只要是碱性土壤就是它成长的沃土。黄须菜是一种能食用的绿色蔬菜，营养丰富，味微咸，性微寒，具有祛风除湿、消肿止痛、清肠排毒等功效。黄须菜可以凉拌、热炒、包饺子、做汤等。

行走在巨淀湖湿地，虽然有种荒凉的感觉，但能真切地感受到大自然的空阔与辽远。一眼望不到边的盐碱地里长满了绿油油的黄须菜和卤蓬，在湿地温润的环境中，盐碱地像铺上了一层绿色的地毯，一直延伸到远处。霜降过后，黄须菜由绿变黄，由黄变红，直至绿色的地毯变成了红艳艳的地毯。这红艳艳的色彩，可以与枫叶流丹媲美，在西斜的晚霞映照下，与蓝天白云、苍翠芦苇、清澈湖水绘成了一幅美丽的画卷，让人流连忘返。

2011 年 12 月，寿光市委、市政府以习主席提出的“绿水青山就是金山银山”的发展理念为准则，对牛头镇村辖区内的万亩巨淀湖进行了总体规划，按照以“生态、旅游、文化”的发展定位，创建国家级旅游景区。景区内设有大型游乐场，还有水上运动、射击、划船等项目。景区外设有：大型停车场（免费）、巨淀湖少海酒楼、地方特色小吃等服务项目。牛头镇抗日武装起义陈列馆、农村干部学院相继在景区落成。

2012年，巨淀湖入选山东省首批湖泊保护名录。2014年，巨淀湖风景区全面建成国家4A级旅游景区，成为山东省首批生态旅游文明示范村。同年10月，牛头镇村入选为山东省第一批省级传统村落。

景区的建成，迎来了四面八方的游客。当慕名而来的游客们行至巨淀湖景区东边的大路口时，首先映入眼帘的是宽阔的公路和优美的风景，公路两旁垂柳依依，鸟语花香；北边是大片的树林，树林里种植着许多果树，如苹果树、梨树、枣树、山楂树、沙果树等。秋高气爽的季节，当游客们漫步于林荫小路上，随手可摘到成熟的果实。

经过一段长长的林荫大道，来到了巨淀湖景区的大门外。景区外有两排木质的小房子，别具一格的木房子与周围的风景相互映衬，形成一道独特的风景线。木房子的北边是个人工湖，湖岸上长满了芦苇，其间还夹杂着稀疏的菖蒲和野花。湖内有野生的鱼、虾、泥鳅等。

走进景区，迎面而来的是一组巨大的汉武帝躬耕雕像画卷，画卷里活灵活现的人物是用石头雕刻而成的。整体来看，画卷上呈现的是汉武帝与随臣进田扶犁、与民同耕时热火朝天的劳动场面，体现了君爱民、民拥君的社会和谐之风。

从躬耕雕像两侧的石铺路向西走，高高耸立在眼前的是“牛头镇抗日武装起义纪念碑”的原址所在地。纪念碑东边是个宽阔的小广场，方便游客们前来瞻仰革命圣地、体悟红色文化；广场两边是枝繁叶茂的树林景观带。纪念碑西边是个天然的湖泊，湖泊内有高高隆起的土坡、茂密的树林，站在土坡上可以看到远处的芦苇坡。

从纪念碑东侧右转向北走大约五十米处，路边的一块巨石上刻着“巨淀湖”三个大字。石头两旁分别种着一棵低矮的松柏，寓意深远。顺着那条路继续向北走，呈现在眼前的就是水波敛滟的巨淀湖了。巨淀湖呈东西走向，自东向西行至尽头时，又向西南方向延伸而去，大片水域绕景区半周。站在湖边向远处眺望，清澈的湖水碧波荡漾，湖内分布着形态各异的芦苇丛，蓝天白云倒映在水中，宛若仙境一般。湖内有水鸟、鹭鸟、野鸭子等生物。游客们可以环湖步行，也可以乘游轮参观湖内风光。

沿环湖木栈道向西走，一路上绿意蔓延、花香四溢。微风吹过，一阵清脆的铃声从远处传来。抬头望去，只见左前方一个四四方方的铁架子上挂满了无数串圆柱状的风铃，一串串银色的风铃，在太阳下闪闪发光。从湖边吹来的风，像一双无形的手拨动着风铃，弹奏出独有的乐曲，“叮当叮当”的铃声伴随着游客们的笑声愈传愈远。

大约行至一千米处，有一条通往西北方向的木栈道，这条曲径通幽的木栈道直达湖中心。木栈道两旁是碧绿的芦苇和澄清的湖水。人们置身于大自然中，呼吸着新鲜空气，欣赏着碧波蓝天、鸟儿翻飞的原生态风光，突然有种豁然开朗的感觉。那些在生活、工作中积压的烦恼，顷刻间烟消云散，脸上露出了久违的笑容。

正在行走间，眼前出现了一座拱形的桥梁。这座庞大的人工桥横跨在两片芦苇荡之间，游轮可以从桥下通过。远望，这座桥像是凌驾于湖上的“仙桥”，站在桥上，可以近距离欣赏湖内的风光，立于湖内的凉亭、水车、茅草屋近在咫尺。此刻，我突然想起了现代诗人卞之琳在《断章》中的诗句：“你站在桥上看风景，看风景的人在别处看你。”诗句虽简短，但有极强的画面感与空间感，其意境深邃而悠远。

跨过那座桥，再转两个弯，就来到了湖中最醒目的观鸟台了。观鸟台是一个用金属材料组装而成的建筑物，笼顶及笼身全是镂空状，里面设有楼梯，沿楼梯拾级而上可以爬到观鸟台的顶端。站在观鸟台上隔栏眺望，湖内的风光一览无余，远处的树林、燕翔岛、艺术中心、休闲会所、码头、游乐场尽收眼底。正当我出神凝望时，只见一群鸟儿从芦苇丛里飞出来，在湖面上追逐嬉戏，它们时而翩跹盘旋，时而溜进芦苇丛，时而扎入湖底，这里成了鸟类的天堂。湖内常驻鸟类有二十余种。每年的秋末冬初，迁徙的鸟儿成群结队来巨淀湖休养生息。于是，这里又成了候鸟的驿站。

沿观鸟台那条道原路返回，再次回到环湖木栈道上。然后，顺着木栈道向东南方向去往游乐场。游乐场内设施齐全，有摩天轮、过山车、海盗船、大摆锤、高空飞翔、水世界、欢乐海洋岛、旋转小木马、空中漫步等娱乐项目。只要你够胆大，就可以体验一把心跳的感觉。

沿着去水世界那条路，往西南方向走是个偌大的动物园。动物园占地面积八十亩，是寿光市境内唯一的动物园。动物园里引进有东北虎、非洲狮、狗熊、羊驼、黑天鹅、丹顶鹤、孔雀、狒狒、小熊猫等四十余种珍稀动物。

山东寿光农村干部学院坐落在巨淀湖东畔，占地面积一百七十亩。学院内建有：接待中心、综合楼、教学楼、餐饮楼、公寓楼等六座主体建筑，功能齐全，设施先进。该学院是一处针对农业农村干部、农村实用人才的培训基地，以服务乡村为己任，致力于培养懂农业、爱农村、爱农民的“三农”干部队伍。学院自 2017 年建校以来，共承接各类培训班二百余期，培训学员达两万多人次，在社会上产生了良好的反响。

2019 年 12 月，中国（寿光）双王城海盐文化节启动仪式及“双王城”杯第三届大地文学奖颁奖暨自然资源文学创作论坛在农村干部学院举行，获奖及参会人员来自全国各地，会议场面盛况空前。

时光飞逝，岁月不居，一晃千年的时光过去了。如今，村北的巨淀湖景区已声名远扬，它以原生态的自然风光迎来了五湖四海的游客。过去那个偏僻荒凉的村庄现已华丽转身变成了风景优美的旅游村及红色文化教育基地，成为全国“美丽乡村”的典范。

2022 年 2 月

从盐碱滩到绿色氧吧

牛头镇村位于山东省寿光市西北部，由七个分村组成。村北的巨淀湖湿地，是潍坊市最大的天然湿地。

刚来牛头镇时，这里给我的第一印象就是荒凉偏僻，贫穷落后。村中的房屋大多数是二十世纪六七十年代建造的茅草屋，房屋的结构是土坯墙，茅草顶，院落是篱笆墙外带树枝扎起的栅栏门，这些就是当地民居的特征。村子里的路除了南北主街是沥青公路外，其他的都是土路。

村北的大片土地都是盐碱地，不适宜种玉米、小麦，再加上地下全是卤水，没法灌溉田地，因此，盐碱地里唯一能种的就是棉花，而且，棉花的产量也不高。除了种植棉花外，其他的沟沟坎坎长的全是卤蓬、黄须菜以及齐腰深的野草和蒿子，夏季的盐碱坡成了一片荒芜的滩涂地，无人问津。冬季，一望无际的荒草坡又变成了光秃秃的盐碱滩，咸涩的海风夹杂着沙尘狼烟四起，宛如沙漠般空旷辽阔，且荒无人烟。

2011 年 12 月，寿光市成立了双王城生态经济园区。同年，市委、市政府对牛头镇村辖区内的万亩巨淀湖进行了总体规划，按照以“生态、旅游、文化”的发展定位，创建国家级旅游景区。

2012 年 11 月，在京召开党的十八大会议之后，习近平总书记赴地方考察时强调，造林绿化是功在当代，利在千秋的事业，要一年接着一年干，一代接着一代干，要撸起袖子加油干。为此，牛头镇村委积极响应国家的号召，开始在北坡的盐碱滩上植树造林、绿化环境。

每年春季，牛头镇村委会出资购买树苗，发放到各个分村，然后，再由各村委干部亲自带头与村民们一起栽树，实行分坡、包片的方式按计划种植，并逐年增加造林绿化面积。

每年的植树节，牛头镇村委会号召村里的小学、中学生及老师们统一去北坡的盐碱滩里栽树，让孩子们亲自动手挖树坑、栽树苗、浇水等，并借此机会培养孩子们热爱劳动、美化环境的意识。

2014年，巨淀湖景区全面建成国家4A级旅游景区，成为山东省首批生态旅游文明示范村。同年10月，牛头镇村入选为山东省第一批省级传统村落。随着巨淀湖景区知名度不断地提高，前来观光的游客越来越多。当慕名而来的游客们行至巨淀湖景区东边的大路口时，首先，映入眼帘的是宽阔的公路和优美的风景，公路两旁垂柳依依，鸟语花香；北边是大片的树林，树林里种植着各种果树。秋高气爽的季节，游客们漫步于林荫小路，随手可摘到甜甜的果实。

俗话说："十年树木，百里成林。"经过十余年坚持不懈的努力，从前荒芜的盐碱滩，如今变成了绿色的天然氧吧。清晨，当第一缕阳光照耀大地的时候，村民们迎着晨曦来到巨淀湖畔的公路上跑步、晨练、唱歌、跳舞、闻花香、听鸟鸣，呼吸新鲜空气，很是惬意！

回望过去，这十年的变化真得很大！

2022年3月

走进古村那条街

前段日子，听说村里的那条通往“大西环”的街道变成了青砖灰瓦的古街了，我有些诧异！好好的红砖红瓦房怎么突然就变成了清一色的古街呢？于是，我打算抽空去那条街一探究竟。

一

6 月 27 日早上，天刚蒙蒙亮就开始下雨了，一直到上午的十点钟左右，雨才逐渐停了下来。经过几个小时的雨水冲刷，路边的花草、树木及田野里的庄稼变得格外通透清爽，空气中弥漫着新鲜的泥土气息。虽然雨停了，但仍然有大片的乌云在头顶涌动，看来雨水还没有真正结束。

趁着雨天清闲，我决定骑电车前往那条新修的古街走一走转一转，想看看那条街究竟变成了什么样。人们口中的“古街”位于村子的北部，街道两旁原有小学、幼儿园、大队部（村委）、超市、药店、医院等建筑。后来，小学搬到村南头去了，与牛头中学相邻。

那条穿村而过的街道，从东到西贯穿着五连（村）、六连、七连三个村子。与其说是一条街，倒不如说是一条普通的村道，道路两旁除了零零星星的店铺外，大部分都是住家户。那条街四通八达，东连新修的环村公路，西接贯通南北的“大西环”，北通荣乌高速公路，南至“三号路”省道，交通十分便利。

从村南到村北，大约有三里的路程，当我行至村北的大型超市后，再左转向西。我边骑行边参观，只见临街两旁的房屋全都变成了统一的青灰色调。以前，露着砖墙的老屋，红砖红瓦的新屋，新盖的琉璃瓦大门口，其外墙上都贴着不同规格、不同色彩的蘑菇石、白长条砖或方砖等。现在，都统一用颜料喷成青灰色的瓦，灰白相间的墙体。从整体上看，整条街道流露出浓重的古色古香的韵味，彰显出古村落的悠远意境。

二

我骑着电车继续向西走，当我走到马保三故居的胡同口时，忍不住停下了脚步，因为我发现这里的胡同和原来的有些不大一样了。原来的胡同是泥胡同，一到阴天下雨的时候，一走一脚泥。现在的胡同全部用兰砖铺设而成，而且胡同里拾掇得干净整洁，没有乱七八糟的柴火、杂物及杂草。见此情景，我便把车子停放在路边，步行向胡同里走去。

初入胡同，首先映入眼帘的是钉在东西两山墙上的几幅引人注目的简介，于是，我赶紧走上前去看看上面写的是什么。简介共由五个部分组成："八支队"成立的过程、荡气回肠的历史壮歌、闻名遐迩的"师长胡同"、习总书记的题词及原济南军区杨国夫中将看望老房东时的温暖场景回顾，并附有当年的合照。

"八支队"成立的过程。1937 年 11 月，中共寿光县委在牛头镇召开扩大会议，研究武装起义的时间和地点。会上推举马保三为起义部队总指挥，部队番号为"国民革命军第八路军鲁东游击队第八支队"。同年 12 月 29 日，各路抗日武装齐集牛头镇，正式宣布抗日起义。

荡气回肠的历史壮歌。当年，在这条胡同，中共寿光县委的同志们聚首马保三家，决定发动武装起义，高高擎起了昌潍抗日第一面大旗。在这条胡同，渤海军区司令员杨国夫常驻马敬堂家，夙夜在公，运筹帷幄，书写了所向披靡的名将传奇。还是在这条胡同，寿光县抗日民主政府宣告成立。自此，抗日烽火愈燃愈旺，锄奸反霸斗争高潮迭起……

抗日战争时期，在这条胡同，在牛头镇，在整个寿光大地，千千万万革命群众以毁家纾难的博大胸怀，矢志不渝紧跟中国共产党，踊跃参军参战，积极拥军支前，以大无畏的精神谱写了一曲荡气回肠的时代壮歌。

闻名遐迩的“师长胡同”及杨国夫中将看望老房东的事件回顾。1975年3月，原济南军区副司令员杨国夫中将专程到牛头镇看望当年的老房东马敬堂及其他老同志。中共昌潍地委书记孙志瑗、寿光县委书记卢星文等陪同。为此，孙志瑗书记亲切地称这条胡同为“师长胡同”。别小看这条长不足八十米、宽不到三米的胡同，不仅走出了大名鼎鼎的抗战英雄马保三，还出了马秀山、马林才、马林玉、马家祥四位师（厅）级干部，另有四位县级干部和一名革命烈士。近百年来，这条胡同一直是牛头镇人民的光荣与骄傲。

南胡同口的两面墙上除了这四幅简介外，还有两幅习总书记的题词。习总书记讲：“红色基因就是要传承。中华民族从站起来、富起来到强起来，经历了多少坎坷，创造了多少奇迹，要让后代牢记，我们要不忘初心，永远不可迷失了方向和道路。”“伟大革命精神跨越时空、永不过时。”“要自觉接受红色传统教育，常学常新，不断感悟，巩固和升华理想信念。”

当我行至胡同的中间地段时，东边有一座古朴的院落，院落夹杂在民居间，院外幽静古老的气氛使人仿佛置身于久远的年代中。透过院墙，看到郁郁葱葱的竹林和树木已超过墙头数米，给人一种幽深静谧的感觉。院内房屋的长度、宽度与普通民居是一样的标准，既不超长，也不超宽。如果不是院墙外标注着房屋简介，人们根本发现不了它的特别之处。

这处院落与马保三故居仅有一户之隔，据《寿光县志》记载：该院落建于清光绪七年（1881），属于私人住宅。抗日战争时期，宅主马敬堂为积极支持革命斗争，把自家的庭院腾出来让八路军渤海军区司令员杨国夫、中共县委书记张文韬、县抗日民主政府县长王云生、清东独立团团长赵寄舟等人在这里办公。

院中的房屋坐北朝南，以青灰色为主题风格，“人”字形屋山墙上端南北两侧各自扣压了一趟阴瓦，阴瓦的末端用翘角和榫卯分别做了一个飞檐造型，蕴含着古朴的气息。古院落为西南门走向，古式门楼全部用青砖兰瓦砌成，两个门垛子又用白水泥嵌缝做成长方形条状图案，黑漆的木门四周镶着几道红边，显得庄重而典雅。

三

1993 年 12 月，“牛头镇抗日武装起义纪念碑”在巨淀湖畔落成。纪念碑高达二十七点五米，巍然耸立的纪念碑像一座灯塔指引着后人前进的方向。同时，也表达了寿光人民抗战胜利的心声。纪念碑文概要如下：一九三七年，七七事变爆发后，日军大举侵华，老百姓生活在水深火热之中。中华儿女义愤填膺，奋起抗战救亡寿光。各地抗日力量蓬勃发展，国民革命军第八路军鲁东抗日游击队第八支队宣告成立，马保三任指挥……抗战卫士屡战屡捷，在山东抗战史上写下光辉的一页。为发扬革命传统，争取更大光荣，爰立碑永志。

当我行至北胡同口时，我再次围着马保三故居从外围参观了一番（故居平日不对外开放），故居的整座院落均以青砖兰瓦为主色调。2011 年，故居修缮正房时，又重建了南屋及东、西厢房。大门楼用青砖、阴瓦、筒瓦、毛头、滴水、翘角等做成古式门楼，门楼上方用阴瓦交错扣压成一趟镂空状屋脊，两头用山尖勾头做成别致的造型。门楼的四角顶端处各挑起一个翘角，其造型独特，具有古色古香的韵味。

古朴的大门楼被雨水冲刷得格外干净明亮，黑漆的木门上贴着一副红色的对联，上面写着：“英雄门第，光荣人家”的字样。从对联的鲜红程度来看，估计这里的工作人员每隔一段时间就会更换一次对联，让子孙后代感知到党和政府对先辈的重视与关怀。

在文章即将落笔之时，我似乎明白了“古村”那条街的含意。人们要用实际行动弘扬红色革命文化精神，让革命先烈的英雄事迹在群众中广为流传，让子孙后代铭记历史，缅怀先烈，继承和发扬先辈们胸怀家国的优良传统。

2022 年 6 月

七个“康养中心”

自党的十八大以来，为了进一步妥善解决农村的养老问题，牛头镇村委积极响应党和政府的号召，在各分村筹建了康养中心。从此，村里的老人们真正过上了“老有所养，老有所依，老有所乐，老有所安”的幸福生活。

——题记

2021年3月，寿光市双王城经济发展中心为深化拓展新时代文明建设，结合党史学习教育“我为群众办实事”的实践活动，从解决农村老年人养老问题开始入手，全心全意为老百姓谋幸福，探索“居家养老、集中供餐”的养老模式，解决老年人“吃饭难”的问题。

为积极响应政府号召，牛头镇村委总支部立即召开各分村中层领导干部会议，着重强调今年的工作重点，把建设“康养中心”工作放在首位，把利民政策落到实处。各分村抓紧时间选址及策划招标方案，尽快顺利开工。

4月初，“康养中心”工程公开招标会议在各分村举行。首先，乙方（承包方）要向甲方（分村村委）缴纳二十万元押金，然后，才有资格进行竞标。经过几轮竞争后，最终，以最低价格确定承包方。承包方中标后，要严格按照合同上的标准进行施工，严禁偷工减料，保证按时交工。

牛头镇村共新建七个康养中心。每个分村的康养中心大部分都建在各村委办公室附近，一是交通便利，二是方便群众办理日常事务。

康养中心因村庄整体规划有限，只能按照规划标准建设。整体规划的标准是每四口屋为一个方，每口屋东西长十四米，南北宽十八米，新盖房屋不能超高、超宽，每个方之间必须留有至少三米宽的胡同，便于村民出行。

半个月后，各分村的建筑队紧锣密鼓地按原计划开工了。标书上除了按整体规划的标准外，对内部装饰及门窗也有严格的标准。比如内墙用 30×60 厘米规格的卫生瓷全屋粘贴，连屋顶也不例外，地面用 80×80 厘米的抛光砖进行铺设。门窗使用的是“断桥铝”材质，断桥铝保温隔热性好，强度高，不变形，抗磨耐用，属于环保型建筑材料。

牛头镇七个分村都设有娱乐广场。因地理位置特殊，四村的娱乐广场相比其他几个村的广场要大一些，因此，四村在广场的外观设计上有较大的优势。由于四村康养中心门口正好对着一条南北大道，为此，村委在康养中心门前设计了一道带有窗格花的屏障（就是老百姓口中的影壁墙）。屏障的南面立有八个带花纹的圆形石盘，上面刻着“不忘初心，牢记使命”八个大字，时刻提醒党员干部以身作则、严于律己，实实在在地为老百姓办实事。

康养中心紧挨着娱乐广场，广场上有各种各样的健身器材。广场的东南部搭建了两个长方形走廊，两个走廊连在一起呈“L”型，故命名为“连心廊”。连心廊整体结构为原木材质，两边设有休息椅，供人们在此休息、玩耍。廊檐周围刻有镂空花纹，上面用蓝色琉璃瓦封顶。在“连心廊”门户的上面，安放了一对“二龙戏珠”作为镇村之宝。

在“连心廊”的东南角处，新建了一处牛头镇村碑。村碑的整体外形为屋山墙的侧影；山尖和山墙都是黑色的镂空造型；屋梢和山墙外围用红色衬托；腰线以下的底座部分是灰白相间的长方形条格。在屋山墙上面，红色的“牛头镇村”四个大字赫然醒目。红、黑、灰三种颜色融合在一起，彰显出古色古香的韵味。

康养中心整体工程完工后，村委总支部统一为康养中心添置了锅碗瓢盆、桌椅板凳等物品。此时，万事俱备只欠“资金”了。为破解资金难题，双王城园区帮扶牛头镇村实行“五个一点”策略，即“上级政府扶持一点，党委奖扶帮助一点，村里自筹解决一点，社会捐助贡献一点，个人自费承担一点。”经过多方筹资，保证了康养中心长效健康平稳的运转。

康养中心由寿光市全福元商业集团提供日常用的油盐酱醋、面粉及菜品。负责送货的工作人员每天配送一次新鲜蔬菜，其他物品可以定期配送，但必须保证质量。所有的菜品先送到村委总支部院内的“中央厨房”，然后，由各分村村委派一名工作人员进行食品加工并起监管作用。“中央厨房”每天有固定的菜谱，工作人员必须按照菜谱进行烹炒煎炸，不得随意更改菜谱。

在“中央厨房”上班的工作人员，每天早上七点半准时上岗。他们换上工作服后，开始忙活着蒸馒头、炸鸡、炸鱼、洗菜、切菜、炒菜、熬汤等一系列的日常工作。然后，再根据各村的人数进行分饭，把做好的饭菜装在事先准备好的铁桶里，每天上午十点半和下午四点半，各分村的负责人骑着电动三轮车准时来这里领饭。他们把饭菜运送到各自的康养中心后，再一盘一碗地给老人们分饭。

康养中心规定：村里凡是七十岁以上的老人都可以去康养中心吃饭，每天中午和晚上定时供餐。老人每天只需花一至两元钱就能吃饱，既省钱又省力。成立康养中心对老人们来说是一大福音，再也不用愁吃饭的问题了。当老人们吃到可口的饭菜时，心里甭提多高兴了！逢人便说：“还是党的政策好啊！做梦也想不到还有这么好的事，每天有热乎的饭菜吃，每月有固定的养老金，看病就医有新农合报销。现在吃不愁、穿不愁，真是幸福啊！”老人们每天去康养中心吃饭、拉呱、娱乐、锻炼，人人脸上笑开颜，个个心里乐开花，精神状态比以前好多了。

农历九月九重阳节那天，秋高气爽，云淡风轻，和煦的阳光照在身上暖洋洋的。在这个喜庆的日子里，双王城园区在牛头镇四分村康养中心的广场上举行了寿光市新时代文明实践“幸福食堂”推进会暨牛头镇村康养中心启动仪式。

村民们听说四村广场上要演节目了，大家纷纷前来观看。在节目演出之前，寿光市委宣传部为牛头镇村捐助了部分图书，本村的爱心人士捐助了孝老基金，现场还有许多村民积极捐款。捐款活动结束后，村委工作人员把捐款名单张贴在四村康养中心门前，对捐款人表达深深的谢意。

寿光市融媒中心文艺团及本村文化艺术爱好者开展了文化义演活动。唱歌、跳舞、笛子独奏、模特展示等节目接连上演，精彩不断。观众连连叫好，掌声此起彼伏。寿光市的书画爱好者在广场上现场为老人们画画、赠福字，祝愿老人“福如东海，寿比南山”。村干部还为八十岁以上的老人送上重阳节祝福和节日礼物。

“今天是个好日子！心想的事儿都能成，今天是个好日子！打开了家门咱迎春风……”一阵甜美的歌声从广场上传来。人们唱啊、跳啊、笑啊，孩子们在广场上嬉戏玩耍，老人们坐在那里观看节目，一片欢乐祥和的景象。

康养中心的建成标志着“新型养老模式”政策正式在农村落地实施运行，从而解决了农村老人的“做饭难”“吃饭愁”的问题。如今，村里的老人真正过上了“老有所养、老有所依、老有所乐、老有所安”的幸福生活，老人们终于梦想成真了。

2021 年 10 月

巨淀湖支流的河水变清了

自古以来，河流与村庄有着密不可分的关系，因河流的滋润，村民才得以繁衍生息；因村庄的守护，河水才变得更加鲜活生动。

——题记

河流与巨淀湖的渊源

渤海莱州湾属沿海平原地区，古代的这里曾有无数个湖泊、沼泽，其中，以巨淀湖面积最大。过去，巨淀湖由淄河、跃龙河、张僧河、织女河、王钦河、阳河等河流汇聚而成，属于季节性河流。

起初，巨淀湖湖面浩渺，面积约五万余亩。春秋战国时期，称为“少海”，又称清水泊。后来，经过历史变迁和良田改造，湖域面积逐渐缩减至一万两千亩。

巨淀湖历史悠久。“桃花盛开三月三，武帝躬耕于岭南。微风习习尚觉寒，湖中荡来打鱼船。”这首朗朗上口的民谣，一直传唱至今。

张僧河的由来

关于张僧河，民国《寿光县志》中这样记载：张僧河无远源，一由城隍荟萃之水，北流经城区岳家庄、叶护（今野虎），北益区王胡城抵达张僧疃。一由北洛沙埠屯、临泽沟之水汇合。过去，张僧疃与孙家岭地势高，弥水溢出不能宣泄，老百姓望水兴叹，不知如何是好。据说，有位姓张的僧人云游四海经过这里时，看到这里田地渍涝，百姓们愁容满面。于是，他给当地的百姓绘制了一幅挖沟修河的图纸，让这里的田地旱涝保收。众人根据张僧留下的图纸挖掘了一条河，这条河从东南方向的弥河引入，向西北方向注入巨淀湖。为了纪念那位好心人，故给这条河取名“张僧河”。自此，河水由邵家岭迂回曲折向西，流经西王高朱家庄子，经而向西北方向流经袁家桥，汇入跃龙河后，注入巨淀湖。

跃龙河的传说

在青州市东北部与寿光交界处，有一条小河名曰跃龙河。跃龙河发源于口埠村北，弯弯曲曲向北流淌，经里爽折入寿光境内，九曲十八弯后流入巨淀湖。

关于跃龙河，有个神奇的传说：在远古时期的洪荒年代，神州大地上洪水泛滥，一片汪洋。据说，有一年夏天，在里爽以南的坡野中，有一奇人。该人“褐发赤目、铜首铁额，食沙石，只吟不语”。他的出现引得众先民前来围观。刹那间，狂风骤起，天昏地暗，电闪雷鸣，暴雨倾盆。只见这位奇人挺身腾空而起，摇身变作一条巨蟒，在空中游弋起来。眨眼间，又落地紧贴地面朝渤海方向游去，地面所经之处蜿蜒曲折出现一条河流……

如今，那条神奇的跃龙河就在牛头镇村的东边，与村子里的住户仅有几米远的距离。那条自南向北的跃龙河在牛头镇村境内临村处共有大大小小五座桥，其中有三座桥是村民们上坡的交通要道，它们分别位于村南、村中、村北三个位置。其他的两座小桥，分别在村子的最南头和最北头。

村南那座桥是前些年修“三号路”时与公路一起重新修建的。村北那座桥是2020年重新修建的，该桥原来是砖石混合桥，因年久失修，承重能力明显减弱。为此，村委出资把老桥拆掉，重新修建了一条又宽又长的石头桥。新桥美观大方又结实，受到百姓们的称赞。2022 年春，村委又出资把位于村中段的那座旧桥重新翻建了一遍。新桥整体结构全部用混凝土浇筑而成，桥两侧围栏用铁栏杆做成。新桥与旧桥相比，既轻便又美观。

每年秋冬季节，村委都会出资从上游水库里买水往巨淀湖芦苇坡里放，以此来滋润干涸的芦苇及北坡里无机井浇灌的大片盐碱地。每到上游放水的时候，跃龙河里的水呼呼地往北淌，丰盈的河水灌满了北坡的无数条沟渠。临近河道的老百姓借此机会用小型抽水机灌溉干旱的土地，以确保田地的墒情，为明年春耕做好充分的准备。

六月的一天，我骑着电车去跃龙河道旁游玩，看看新修的环村公路，去田野里欣赏一下乡村的自然风光。我边走边细心观察，只见跃龙河里长满了密密匝匝的芦苇和菖蒲，还有一些野花野草。在较宽阔的水域地带，河里的“水拖车“（一种水虫名）以及游来游去的鱼虾吸引了我的视线，于是我停下车子近前观看。这时，只听到“呼啦啦”一阵声响，起初我还以为是鱼蹦出了水面呢，结果走近一看，原来是一群水鸭子在水中嬉戏玩耍，见有人来了，它们急忙四处逃散。见状，我赶紧拿起手机拍下那精彩的一幕。其中，有一只黑色的水鸭子根本无视我的存在，悠哉悠哉地向荷花深处游去。

在北桥头的东边，竖着一红一蓝两块牌子。蓝牌子正面写着：

寿光市永甫沟管理范围划界公告。经寿光市人民政府批准，永甫沟河道管理范围划界工作已经实施完成。根据《中华人民共和国河道管理条例》法律法规规定，有关事项公告如下：

禁止在河道内倾倒垃圾、渣土，以免影响河道的正常流通。

禁止在河道内设置拦河渔具。

禁止在河道内排放污染水体的物质。禁止在河道内清洗装贮过油类或有污染物体的容器。

禁止在河道内非法取土、爆破、钻探、挖贮鱼塘。

任何单位和个人不得破坏、侵占、毁损堤防、水闸、护岸、抽水泵等防洪工程和防汛设备等物料。

蓝牌子的背面写着：水法规宣传标语的各项条款。牌子右下角的落款单位是：寿光市人民政府。日期为：二零二零年九月。

红牌子上面写着：寿光市镇级河湖（永甫沟）河长公示牌。公示牌上有：镇级河长、村级河长、河湖警长、民间河长、义务河长、企业河长等负责人的名字及各人管辖的河段。河道管理的总体目标是：不断推进“安全、生态、文化、智慧、法治”河道建设，持续改善河湖水环境、水生态、水景观，加快实现“水清、河畅、岸绿、最美、人和”目标，建成具有鸢都特色的美丽幸福河湖。

看完这两则公告，我有些纳闷，这条河明明是跃龙河，为什么牌子上写着永甫沟，这是怎么回事呢？

东大河与老高桥

东大河位于牛头镇村的东部，离村子有三四里的路程，东与郎家营为邻，南与太平村搭界。东大河南起太平桥，由南向北后转至西北方向，流入巨淀湖。

东大河是一条人工河道。据村里老人们讲：大集体时期，生产队里常年出工去北坡里开荒挖渠、治理荒滩。那年月，干活儿全靠人力，劳动工具就是常用的铁锨、扁担、独轮车等家什。东大河及北坡里的众多荒滩、沟渠全是社员们一锨一挑一推车开挖出来的。人们常年在荒滩上穿梭往来，其辛苦和劳动强度可想而知。

东大河挖掘完工后，为了便于社员们上坡干活儿，大家共同商议选了一处地势较高的位置，修建了一座桥，取名“老高桥”。老高桥的桥身全部由石块堆砌而成，桥下面安放了几个厚重的石墩，以免桥身被洪水冲毁。前几年，我去郎家营时，曾经走过这座石桥，所以，印象较深。

东大河前些年因疏于管理，河里的淤泥逐渐增多，水位也明显下降。河里的水源又因流入工业废水而遭到污染，河水变成了红色，散发出一股恶臭的味道，河里的鱼虾全死了。沿河两岸的庄稼因河水污染而无法浇灌，粮食大幅度减产，村民们苦不堪言。

2018 年，村委出资雇佣大型挖掘机开始对东大河河道进行全面整治，深挖河道，拓宽河岸，把河里的淤泥全部甩到河西岸，在农田与河堤之间，垫起了一座高高的大坝，防止河水倒灌田地。东大河重新修整后，河道变深了，河堤变宽了，河里的水位逐渐升高了。河水清澈见底，水里的鱼虾又重新活跃起来了，岸边长满了芦苇、菖蒲、黄须菜等绿色植物。

2021 年春，寿光市水利局投资、青岛瑞源工程集团有限公司承接该工程重建了老高桥，并在桥南、桥西两侧各建了一大两小节水闸。在桥北边又盖了三间看护水闸的值班室，重新上了一套变压器设备。从此，老高桥旧貌换新颜。

2021 年 7 月 10 日那天，天阴沉沉的，气象台预报上午九点有雨。早上七点多，我想趁着天气凉快，到东大河走走逛逛，看看东大河与老高桥的新面貌。在骑行的过程中，看到田野里的玉米苗青翠旺盛、长势喜人。公路两旁的水沟里长满了一人多高的芦苇和菖蒲。村民们还在沟边种植了大豆、玉米、绿豆、向日葵等农作物。

从村子向东走，远远地就看到了老高桥上新建了一座高大的建筑物。我走到桥跟前，迫不及待地下车观看、拍照。在桥西头，有两座用水泥浇筑而成的、大小不一的立柱和预制板，外貌酷似高架桥。两座长方形建筑物上面配有五个电机之类的装置。

正当我专心拍照时，突然有个声音传来：“你是来拍照的吗？”我听到问话后，急忙从沟底爬上公路，四处望了望，原来有位老人在桥头上坐着，旁边还停着一辆电动三轮车。见状，我快步走上前去和老人搭话，老人见我走了过去，赶紧站了起来。这位老人身材高大，满面红光，精神矍铄，看上去也有七十来岁。我还没走到老人跟前，就热情地问道：“大叔，您在这里住着看桥吗？”“我不在这里住，我今天是来这里值班的。”“值班？这里还需要每天来人值班啊？”“对啊，大队里（村委）安排每个连（分村）轮流派人来这里值班，怕有人搞破坏。”“哦，是这样啊。”

“大叔，我想问一下，这条河的源头来自哪里呀？”“它的源头来自弥河，原来，这条河叫东大河，现在改名叫张僧河了。”“哦，张僧河不是与西边的跃龙河通着吗？怎么又与东大河相通了呢？”大叔见我疑惑不解，忙解释道:“原先，张僧河的水都是从跃龙河走的，近年来，由于跃龙河上游部分河段被填平堵截了，所以从前年开始，张僧河又从西王高朱家庄子向北改通河道，经太平桥向北流入东大河了。”“哦，怪不得我在西边桥头上看到公告牌上写着‘永甫沟管理范围划界公告’，原来，那个公告牌上的时间就是跃龙河改为永甫沟的书面依据呀。”

“大叔，这条河向北是流向巨淀湖的吗？”我继续好奇地问道。“不是，这条河向北直接流向小清河了，小清河是黄河流域山东省中部渤海水系河流，源起济南市泉群，全长二百多千米，是一条防洪除涝、灌溉、航运综合利用河道。”“哦，我还以为是流向巨淀湖了呢，原来是流向小清河了呀。”

“大叔，西边那两个小水闸是干什么用的？”我也不管老人烦不烦，仍然继续问道。“那两个小水闸是往巨淀湖放水的，你看，南面不远处有个豁口，从这个豁口里出水，经过小涵洞后，再把水闸提起来，这样，河里的水就从西边的‘人’字形沟渠里向西或向北流入巨淀湖了。”“哦，是这样啊！那每年秋冬季节上游水库放水的时候，我看跃龙河里的水也是满满的，那是打哪儿过来的水啊？”“那里的水就是从小水闸向西流过去的，村外的那些沟渠基本都是连着的，只要是上游放水，所有沟渠里的水都是满满的”“哦，明白了。”这时，我终于可以如释重负地长出一口气了。

我和老人攀谈之后，才开始关注那座大水闸，该水闸呈东西方向横跨东大河，其水域宽四十五米，南北长三千六百米（牛头镇辖区段），水深一点五米。桥洞底部有六根用混凝土浇筑的立柱做支撑。桥东头是一间两层高的楼梯房，二楼是一排狭长的节水闸电机房，水闸房南北共有二十个小窗户。站在水闸房里，可以登高望远，眺望目之所及之处。

大水闸北侧是新修的桥梁，这座新桥与原来的老石桥相比构造简单，与普通的桥没什么区别，只是在桥两侧放置了两个实心的水泥护栏。如今的老高桥最大的亮点就是这一大两小的节水闸了。有了这组先进的节水闸，老百姓再也不用愁灌溉的问题了，真是一项上好的利民工程。

在桥头的西侧，立有一块石牌，上面写着：寿光市弥河、中水引水渠节制闸。石碑竣工时间是：二零二一年七月。在桥东侧的铝合金栏杆旁，立着一块醒目的深蓝色牌子，上面写着：预防未成年人溺水公示牌。牌子的第一行写着水域名称：张僧河。

老人静静地站在桥头望着远方，像是在思考着什么。他时不时地给我说一些关于这条河的信息，正当我和老人说着话，突然，天空中下起了小雨。见状，老人急忙对我说："不行，我没拿雨披，我得赶紧走了。"说完，他骑着电动三轮车飞也似的向村子的方向跑去。老人走后，我依然在那里观看、拍照，等我反应过来后，我下意识地向西望了望，竟然看不到老人的背影。恍惚间，我感觉那位老人像"神仙"一样，消失在路的尽头……

我顺着河堤向北走去，只见河面宽阔，河水清澈，河两岸绿草如茵。远远望去，东大河犹如一条蜿蜒曲折的玉带环绕在村庄的周围。有了这条河的守护，广袤的寿北大地上变得物产富饶、鱼虾肥美、瓜果飘香、莲藕满塘、空气清新、环境优美。这条美丽的小河与巨淀湖景区遥相呼应，绘成了一幅富有诗意的宛如江南水乡般的唯美画卷。

2022 年 7 月

巨淀湖畔飘起了鲜红的旗帜

牛头镇村设有村委和七个分村委。村委会成员有村党支部委员会、村民委员会，简称为“村两委”。每个村委会分别设在各分村的中心位置，便于村民们办理日常业务。

2017 年 4 月，村里又进行了新一轮的村两委选举工作。七个分村的党员和村民代表，通过“两推一选”的方式选举产生了新一届村党支部，并通过村民代表投票选举的方式成立了村务议事会。选举过程公开、透明、民主、和谐，选举结果得到了村民们的广泛支持和认同。

在这次选举中，原五分村的妇女主任朱萍当选为村委妇联主任。朱萍走马上任后，积极按照上级的要求入户调查，切实地了解村民的生活状况。通过走访，她看到许多家庭生活确实困难，于是，她下决心一定要帮助贫困户脱贫致富。

走访结束后，村两委成员召开会议，决定成立红柳草编合作社，并让朱萍负责这项工作。同年 6 月，在寿光市双王城园区党工委扶贫干部的积极引导下，朱萍和七个分村的妇女主任及部分志愿者共同捐款，自愿成立了“红柳扶贫志愿队”。10 月 30 日，寿光市双王城生态经济园区牛头镇村“扶贫车间”正式挂牌成立，并成为潍坊市第一家村级志愿队。同时，牛头镇村成为寿光市志愿扶贫新时代文明实践基地。

红柳草编合作社设在村委大院的南排红瓦房里。开业那天，院子里挤满了人。在屋子中间，老师现场讲解编织的方法，并手把手地给大伙儿指导。其他的工作人员也忙着给学员们发框架，拿篾条，忙得不亦乐乎！

学习草编技术的大多数是中老年人，他们有的因为年老体衰干不了重活儿，有的因为接送孙子孙女上学不能定点打工，有的因为身体残疾没有挣钱的门路，常年赋闲在家。红柳草编合作社的成立，给村民们带来了福音。

刚开始时，大伙儿集中在村委大院里学习编织技术。等业务熟练后，各人就可以拿回家编了。每隔三五天，合作社的负责人就统一验货、收货、登记，然后根据编织的数量发放工钱。每当这时，老人们总是笑呵呵地说："还是党的政策好啊！你看，在家门口就能挣钱了，多好啊！"

2018 年 3 月，在市委、市政府和双王城生态经济园区及牛头镇村委的共同努力下，众筹资金四百多万元，在村南头盖了一座现代化标准扶贫车间。扶贫车间有红柳草编、校服、拖鞋等项目。红柳草编远销美国、韩国、意大利等国家。扶贫车间通过"志愿服务＋就业带动＋产业扶贫"和"车间工作＋居家就业"的双模式，努力打通精准扶贫"最后一公里"。

红柳志愿队经常走街串巷做公益活动，如打扫街道卫生、拔草、铲除小广告、清理垃圾等义务劳动。街头巷尾到处都是她们流动的身影，为此，村民们称她们为新时代的"雷锋"。

牛头中学位于村子的南部，学校东边紧邻贯通南北的村级公路。每逢星期五放学的时候，公路两旁停满了前来接孩子的电动车、三轮车、私家车，造成了严重的交通堵塞。每当这时，志愿者们自发地去学校路口维持秩序，把乱停乱放的车子摆放整齐，引导孩子们排队等候，并把孩子们安全送上车。直到孩子们全部走完后，志愿者们才放心地离开。

秋收过后，身穿红马甲的志愿者们骑着电动车去田野里巡逻。在微风的吹拂下，"红柳志愿队"的旗帜迎风招展，格外地引人注目！她们在田间边走边用喇叭吆喝着："村民们注意了哈，禁止燃烧秸秆，保护环境，人人有责。"村民们听到宣传后，直接把棒子秸打到地里进行秸秆还田了。这样，既增加了底肥，又减少了空气污染。

为了丰富群众的文化生活，朱萍又带头成立了红柳舞蹈队。每当村里举办大型活动或市里文化巡演队伍下乡演出时，红柳舞蹈队的队员们就登台演出，为村民们带来动感的舞蹈，丰富群众的精神生活。

为扎实做好新时代文明实践活动，弘扬中华民族敬老爱老的传统美德。每年中秋节，红柳志愿队的志愿者们在村委为老人们举办“爱心饺子宴”活动。各分村的妇女主任邀请老人们齐聚一堂，吃饺子、拉家常、看演出，现场欢声笑语、其乐融融。

红柳志愿队以“奉献、友爱、互助、进步”为精神指导，用实际行动带领贫困户脱贫致富，实实在在地为村民们排忧解难。她们心怀大爱，无私奉献，在帮扶济贫、孝老爱幼、爱护环境、服务大众、传播文明、促进和谐等方面发挥了重要的作用。红柳志愿队如一面旗帜，高高飘扬在巨淀湖畔的上空。在阳光的照耀下，更加鲜艳夺目！

2022 年 9 月 22 日

◎第六辑 于时光深处，细数流年

▼

在时光的隧道里，他乡涌动着故乡的气息，故乡飘溢着他乡的味道。静下心来，侧耳倾听，仔细品味，有你的世界，总有一些故事不同凡响。于是，这些故事就悄悄潜入梦中，逐渐让你的世界与众不同。

有你，才心安

牛头镇地域辽阔，人杰地灵；村民淳朴，待人热情。村北的巨淀湖湿地物产丰富，鱼虾肥美；万亩芦苇荡风景宜人，蔚为壮观。

一

我们租住的沿街房紧挨着南北贯通的公路，自然没有属于自己的院落，由于屋内空间有限，我们只好把部分货物存放在屋外。由此，我又担心货物被盗，便向朋友讨了一只小狗来看家护院。

那只小狗刚来时，才满月没几天，走路还颤颤巍巍的，看到它可爱的样子，我便对它更加的疼爱与怜惜。平日里，我除了给它喂些水和食物外，偶尔还给它喂些喝剩下的牛奶。为了便于称呼，我给它起名叫虎虎。

炎热的夏季，门前的杨树林枝叶繁茂、绿荫如盖，为我们遮挡着毒辣的阳光。我和女儿时常在树下乘凉、荡秋千、找知了猴、逗虎虎玩耍。到了晚上，我就把虎虎放在屋里，害怕被别人偷去。虎虎爱干净，从来不招人嫌弃，它养成了每天去屋外方便的习惯。

隆冬的一个早晨，天刚蒙蒙亮，虎虎就开始扒门了，于是，我赶紧起床把它放了出去，随后我又锁上门躺下了。大约有十来分钟的工夫，我听到公路上“嗤”的一个紧急刹车声，接着，又听到“吱”的一声狗叫。这时，我猛然意识到：“坏了，虎虎让偷狗的闹（偷）去了。”于是，我赶紧开门去找。结果，我看见一辆闪着灯光的车子向村外逃去。

一个月后，同样的事件又在邻居家上演了一遍。那是一个中午，十一点半左右，邻居家的姐姐正在厨房里做饭。那会儿，正好有个客户来我家买东西，我正在屋外给客户介绍商品。这时，只见一辆轿车径直开到姐姐家的大门里面，接着，从车上下来两个人，打开后备厢，两人快速地抬起一只刚从外面趺趺撞撞跑回院中的大肥狗猛地塞进后备厢（估计那只狗才吃了迷昏药），然后，两人开车绝尘而去。

我和那个客户看到这一幕，惊得目瞪口呆！等我反应过来告诉姐姐时，那辆车早已逃出了二三里路，再去追已经来不及了。此时，站在路边的姐姐气愤地说："你看多气人，这些闹狗的人也太猖狂了吧！光天化日之下竟敢上门来偷狗，简直无法无天了。"

二

牛头镇村人多地广，自然资源丰富。巨淀湖湿地周边分布着大大小小有上百条沟渠，沟渠里长满了菖蒲、蒿子、茅草、芦苇等野生植物，引来了许多水鸟、野鸭子来沟渠里觅食。湿地内栖息着二十多种野生鸟类，有的鸟是冬去春归的候鸟，有的鸟常年在这里繁衍生息。

炎炎烈日，酷暑难耐。机灵的鸟儿躲藏在芦苇丛或杂草间，等天气凉爽的时候，再成群结队地出来觅食。它们时而飞向田野，时而飞进芦苇丛，时而落在电线杆上，在广阔的天地里自由自在地呼朋唤友、追逐嬉戏。

傍晚时分，我带着女儿去田野里散步。远远地，我看见几只燕子扑棱着翅膀想飞却飞不起来。"咦！这是咋回事啊？"我在心里暗自嘀咕道。于是，我赶紧对女儿说："你看，前面有几只燕子，咱们去看看去。"等我们走到跟前时，才发现那几只燕子旁边放着一张大网，虽然下网的人没在这里，但我已经明白了他的用意，原来这几只燕子是拴在这里当托的。

见此情景，五岁的女儿不解地问道：“妈妈，燕子怎么不飞呀？”我回答：“它也想飞呀，可是捉鸟的坏人用绳子把它拴起来，它飞不动了。”然后，女儿又焦急地问我：“妈妈，那该怎么办啊？”“不用担心，如果警察叔叔发现他在这里捕燕子，就会把他抓起来。”女儿听我这么一说，才同意离开这里。

回家的路上，我又和女儿说了一些关于鸟类的话题，比如鸟儿是人类的朋友，我们一定要好好善待它；鸟儿可以吃虫子，保护庄稼；猫头鹰是“扑鼠能手”，它吃掉了田鼠，田鼠就不会毁坏粮食；啄木鸟是“森林的大夫”，它吃掉虫子后，可以给树木治病等。女儿听后，似懂非懂地点了点头。

关于捕鸟这个事，以前我也曾听别人说过，村里有个别法盲、利欲熏心的人常去北坡里的沟渠旁、池塘边、芦苇荡附近拉网接线、投毒、下夹子，偷偷摸摸捕些野生鸟类、水鸭子、野兔等之类的动物，严重破坏了自然生态平衡，影响极其恶劣。

三

2011 年 12 月，寿光市市委、市政府邀请国内知名设计公司对牛头镇村辖区内的万亩巨淀湖进行总体规划，打造巨淀湖风景区。景区建成后，双王城生态经济园区成立了治安小组，实行“一村一辅”的警务制度，深化乡村平安建设，推动了新时代的乡村振兴。驻村辅警每年多次开展法制教育宣传，悬挂法制宣传横幅。通过广泛的普法宣传，村民们知法、懂法、依法办事或依法维权的法律意识普遍增强了。

驻村的联防队员除了进行普法宣传教育外，还严格落实放哨巡逻制度，加大力度巡查，确保村内不发生严重的盗窃、打架斗殴等恶性违法犯罪案件，为村民们创造一个良好的社会环境。

经过一段时间的普法宣传后，效果十分显著，村里的确没有打架斗殴的现象了，原来遇事头脑发热、莽撞行事拼拳头的日子过去了。现在是法制社会，就是有天大的委屈也有讲理的地方，村委会、村总支部、派出所、司法部门、公安机关等机构都可以为百姓解决实际难题，并做到公平、公正、依法办事、以理服人、和平解决问题，最大限度地让当事人满意。

驻村联防队员在普法宣传的过程中，不仅给村民们普及了《中华人民共和国野生动物保护法》的条款条例，并结合当地现有的野生动物，详细地给村民们讲解了哪些是国家一二三级保护动物及稀有鸟类品种。联防队员还向村民们发出了《保护鸟类倡议书》，并提醒大家保护鸟类，人人有责，爱护鸟类就是爱护我们自己的家园。

自从村民们学习了《中华人民共和国野生动物保护法》的相关法律后，才明白捕捉野生鸟类是违法行为，如果被有关部门查处后，轻则罚款，重则还要追究法律责任。从那以后，不论是村里还是村外，再也没有出现拉网接线、下夹子的行为了。

2018年1月，为积极响应寿光市委、市政府综合治理工作要求，全心全意为老百姓办实事，双王城生态经济园区与移动公司合作，在村里搭建了安全视频监控建设联网应用，并在村里的各个交通道口、主要街道、重点区域安上了高清监控摄像头，实现了治安动态监控无盲区、无死角状态，进一步提升监控效能，健全立体化治安防控体系。

这个神奇的“天眼”着实威力不小，不管你是偷鸡还是摸狗的，也不管你是深夜还是凌晨，只要你伸手，只要你违法，那必定逃不过“天眼”。高清监控的普及大大提升了村民们的获得感、幸福感、安全感。哎，你还别说，自从村里安装了监控摄像头后，闹狗的盗贼竟然销声匿迹了。

阳春三月，百花盛开。清晨，一阵清脆的鸟鸣声从田野里传来，随后，一只黑白相间长尾巴的喜鹊站在房前的屋檐上喳喳喳地叫了几声，又扑棱起翅膀飞走了。一群麻雀从远处飞来，落在水塔上、房顶上、瓦砾间、树枝上。它们忽起忽落，一边飞一边叽叽喳喳地讨论着什么。两只燕子不辞劳苦地飞来飞去，衔来泥和干草，在屋檐下筑巢，共同迎接新生命的到来。

初夏时节，草木葳蕤。人们走在大街上，感觉天蓝云白、空气清新，偶尔驻足闻一闻花香，听几声鸟鸣。孩子们在广场上玩耍，老人们坐在一起喝茶、聊天、下象棋，人们脸上洋溢着幸福的笑容，村子里到处呈现出欢乐祥和的景象。

节俭是美德

古人云:“一粥一饭，当思来处不易；半丝半缕，恒念物力维艰。”勤俭节约是中华民族的传统美德，我们必须始终弘扬传承。厉行节约，反对浪费，不仅是口号，更应是行动。

——题记

“掉落（la）粑，长不大；不剩饭，好娃娃。”儿时的这首简洁明了的歌谣时常在耳边响起。父亲用淳朴的话语教导我们要爱惜粮食，养成节约的习惯。那时，虽然不懂节俭是美德的道理，但父亲的话依然牢牢地记在心间。

20 世纪 70 年代初期，村里的土地全部归生产队所有，社员们靠挣工分换取粮食维持生活。那年月，每家每户的粮食都很短缺，大部分家庭都过着旧粮接不上新粮的日子。每年青黄不接的时候，人们只好去田埂边、河滩里、沟渠旁挖野菜充饥。

每到麦收的季节，大人们就起早贪黑地去地里割麦子，生怕遇上恶劣天气，耽搁了收割的最佳时节。当生产队里拉麦子的牛车从村里经过时，我和几个小伙伴就悄悄地跟在牛车后边，捡拾掉在地上的麦秸或是麦穗头。满载而归的牛车从路边的大树底下经过时，蓬乱的树枝上难免会挂上些麦秸子。于是，我们就拿着木棍或竹竿把它们从树上够下来，作为我们的“战利品”。那时，小小年纪的我们就懂得爱惜粮食，珍惜大人们用辛苦和汗水换来的劳动果实。

上小学时，我们在语文课本里学习了唐朝诗人李绅的《悯农》

二首，其中那首妇孺皆知的“锄禾日当午，汗滴禾下土。谁知盘中餐，粒粒皆辛苦”的诗歌被人们广为吟诵，并细细品味诗歌中所蕴含的寓意，让同学们懂得农民伯伯种田的辛苦及粮食的来之不易。

每年的九至十月是大豆成熟的季节。每到秋季，学校就组织同学们去地里拾豆粒，举办勤工俭学活动。那时候，学校里的课外活动少，同学们能和老师一起去地里拾豆粒也是一件开心的事情。在老师的鼓励下，同学们争先恐后地到处跑着拾豆粒，干劲儿十足！等活动结束时，大家聚在一起，看看谁拾的豆粒最多，拾得多的孩子会得到老师的表扬。那时，老师的一个表扬，足够让同学们兴奋好一阵子。

1985 年秋，在大哥的帮助下，我从农村转到县城里去读中学。进城后，我随大哥大嫂一家人搬到了北关蔬菜队居住。那里的人们大多以卖菜为生，每人几分薄田也只够维持正常的生活开支，日子过得紧紧巴巴的。

刚去北关时，那里没有安装自来水管，人们都去菜地附近的深井里挑水吃，一根扁担，两只水桶，成为人们挑水的必备工具。后来，部分宽裕的住户在自家的庭院里打了一眼压水井，方便自己用水。自从压水井打好后，我们不再去井里挑水吃，而是去邻居姐姐家压水吃。

夏日的一天，我在井边压水时，看见姐姐在北屋的走廊下簸大米。姐姐边簸边挑拣里面的谷壳、沙粒等杂物，挑拣干净后，才能保证吃饭时沙粒不硌牙。等姐姐挑拣完大米里的杂物正准备起身时，突然发现地上掉了少许大米粒。这时，我看到姐姐蹲在地上一粒一粒地把大米拾起来，重新放到簸箕里，然后，才走进厨房淘米做饭。多年后，姐姐在走廊下捡米的那一幕，依然在我的脑海里挥之不去。

“不当家不知柴米贵”，这是我成家后最深的感受。以前在娘家的时候，家里的吃、穿、用啥也不用操心，都是父亲一手操办的。出嫁后，才明白当家真是不容易啊！柴米油盐酱醋茶，哪样不得自己操心？家里的大事小事样样挂在心上，节约用水、节约用电、节约用气（液化气）、开源节流、勤俭持家、人情往来等，慢慢地成了生活的主题。

自从有了孩子后，我便树立起了“节约粮食，从娃娃抓起”的观念。每当女儿碗里剩下饭时，我就给她唱那首“掉落粑，长不大；不剩饭，好娃娃”的歌谣。哎，你还别说，自从女儿听了那首歌谣后，再也没有出现剩饭的现象。每次吃完饭后，她还认真地问我：“妈妈，是不是我把碗里的饭吃干净了，我就长大了？”“对啊，你把饭吃干净后，不仅可以慢慢地长大，而且还证明你是个节约粮食的好孩子。”女儿听完我的话，开心地点了点头，然后，笑着跑到院子里和小朋友们一起玩去了。

步入21世纪后，年轻一代似乎把节约粮食的传统美德抛到了九霄云外。某日，在电视上看到一则消息，据说我们每年浪费的粮食可供两亿人吃一年，这组庞大的数字，着实让人感到触目惊心！

2020年8月，习总书记专门对餐饮浪费行为做出了重要指示，提倡“厉行节约，反对浪费”的社会风尚，并再次强调：不论我们国家发展到什么水平，不论人民生活改善到什么地步，艰苦奋斗、勤俭节约的思想永远不能丢。我们应该时刻保持危机意识，继承和发扬光荣传统，自觉养成勤俭节约的好习惯。

如今，各式各样的餐饮业已把习总书记的“厉行节约，反对浪费”的重要指示提上了日程，并用实际行动践行着诺言。现在，无论你走进小餐馆、大饭店、自助餐厅或是星级酒店等公共餐厅，店内都明显标注着“民以食为天，食以俭为先”“小餐桌，大文明”“倡导节约，文明用餐”“清盘行动，一扫而光”等脍炙人口的宣传语。由此看来，人们对“节约粮食光荣，浪费粮食可耻”有了全新的认识。

“吃不了，兜着走”，这句看似有些幽默的话语，却包含着一种自律的行为。如果人人都能做到合理用餐，点菜适度，剩菜打包，不铺张浪费等，人们也就明白了“俭以养德”的道理。这样，我们才真正继承了勤俭节约的优良传统，守住了中华民族的根和魂。

巧遇母亲节

今年的母亲节与婆婆的七十大寿正好是同一天，这样的巧合，真是不多见。

平日里忙于生计，难得回家探望二老，这次趁着婆婆生日，想回家看看，正巧那天又是母亲节，乐得我合不拢嘴，给婆婆买上礼物，能够表达双重含义，何乐而不为？

婆婆生于1949年，细细想来，婆婆是个幸运的人，不受敌人的侵略，不在枪林弹雨中奔跑，幸福地生活在新中国的和平年代里。

婆婆兄弟姐妹六个，在家排行老二，上面有个哥哥。那个年代，由于家庭条件差，加上农村人思想落后，老人们普遍认为女娃读书无用，就不让婆婆念书，成天让她下地干活儿。后来，婆婆在扫盲班里，才认识了自己的名字。

婆婆有两个儿子，没有闺女，一辈子稀罕闺女，看见人家闺女逢年过节回家看娘，羡慕得不得了。常对我念叨自己没福气，没有闺女的命。

当年，本村的一户人家，一连生了几个闺女，为了再生个儿子，想把出生不久的女儿送出去。那天，趁着天不亮，那家人就悄悄把孩子放到婆婆家门口，想让婆婆收养。婆婆看见孩子后满心欢喜，可是她的两个儿子坚决不让，说抱养的孩子不亲，长大了还是人家的孩子，你是白忙活。结果婆婆空欢喜一场，无奈，只好把孩子给人家送了回去。

打那以后，我知道了婆婆的心事，暗下决心，在未来的日子里好好孝敬婆婆，虽然身为儿媳，也尽量弥补婆婆没有女儿的心结。

平日里，我隔三岔五地给婆婆打电话，嘘寒问暖。节假日，我们和小叔子两家人，带上礼品、美食，回家看望二老。团聚后，我和弟媳两人对婆婆问长问短，像闺女一样贴心。乐得婆婆喜笑颜开，逢人便说：“俺的两个儿媳妇都很通情达理，从不惹我生气，不是闺女胜似闺女，这是我的福分，知足了。”

生活中遇到不开心的事，婆婆总是打电话向我倾诉。连公公惹她生气了，也向我诉苦，我知道她年龄大了，脾气像孩子一样倔强。于是，就在电话中哄她，说公公对你的态度不好，那是他的不对，我打电话说说他，以后让他对你态度好点儿，不再惹你生气。一番哄话下来，婆婆愁云消散。

由于婆婆识字少，基于对我的信任，每次去银行存养老钱也都叫上我。一次，银行的工作人员误认为我是婆婆的女儿，我说是儿媳时，她们露出惊讶的目光，说道：“有些婆婆藏还来不及，还能让儿媳陪着来存钱？真是少见。你们婆媳相处得如同母女，真让人羡慕！”

明天就是母亲节了，我准备去昨天刚开业的服装店里，为婆婆选上两件合适的衣服，在这个特殊的节日里，让婆婆享受到来自女儿般的关怀。

作家班学习的日子

2019 年 7 月 16 日，山东省作协与山东省文学院联合，在寿光市双王城生态经济园区农村干部学院举办山东省第二十五届（乡村振兴）作家班，进行为期三天的培训学习，我有幸成为该班的一名学员。

农村干部学院位于巨淀湖风景区东部，成立于 2017 年，是在山东省委组织部支持下创办的专门针对农村干部进行培训的专业机构。

炎炎烈日，骄阳似火。下午三时许，五位省院领导不畏酷暑，驱车赶到培训地点双王城农村干部学院。寿光市作协主席李桂华握着张院长的手，笑着说："天那么热，路又那么远，没想到你们会提前到达学院来支持我们的工作，在此表示热烈的欢迎和深深的敬意！"李主席和孙丽秘书长亲自为领导们办理了入住手续，并帮忙拎着行李，一直将领导送到房间。

东营、淄博、潍坊地区的学员们也陆续赶到，在我们的引导下，学员们依次签到、领取学习书包、办理入住手续。直到晚上六点多钟，接待工作才算完毕。

我拎着行李箱，来到了B座三楼，刷卡进入了房间。由于我入住晚，同屋的学友已经下楼去就餐了，我放下行李，顾不上收拾，就赶往餐厅就餐。

餐厅内，人声鼎沸，自助餐桌前，人来人往，学员们初次见面，抑制不住激动的心情，边吃边聊，不亦乐乎！

我端着盘子，走向了餐厅西北角的那个位置，因为那里比较清静，旁边的几个座位都空着。对面坐着的是一位年轻的学员，戴着眼镜，短短的头发束在脑后，穿着一身素雅的裙子。她边吃边低头看手机，见有人过来，礼貌性地抬头朝我笑了笑，接着，又低下头看手机去了。她吃完饭后就起身离开了，只留下我一个人坐在那里。

我悄悄地走出餐厅，来到大厅内，等候我的同村老乡马常霞老师。马老师是一位英语教师，她端庄、秀丽，知性、优雅。我们俩是在2018年李升连老师讲座上听课时认识的，平时很少见面，只是微信交流。这次学习，终于有机会与马老师近距离交流了，因马老师大我几个月，我亲切地称呼她姐姐。看到马姐走出餐厅，我迎了上去，邀她一起去外面散步。

学院南面是一条宽阔的柏油马路，这条是通往巨淀湖景区的路，路两旁柳树成行，中间隔离带中绿草茵茵，景观树错落有致，两旁线杆上的路灯是飞鸟的造型，新颖别致，远远望去，像一群鸟儿飞在上空。

我和马常霞、孟春、刘兆云、王振学四位老师一起漫步在林荫小路上，微风吹过，柳枝随风飞舞，热情地与路人打着招呼，有时还调皮地轻抚着人们的脸庞。我们边走边聊，聊工作、聊生活、聊文学。爱美的女人们变换着各种姿势拍照合影，虽然人到中年，但心态依然年轻，照相时俏皮的模样，宛如少女般清纯可爱。王振学老师耐心地给我们当摄影师。

散步回来后，已是晚上九点多钟了。我轻轻敲了三下门，随后听到里面有走动的声音，我知道同伴已经回来了。门开了，我看到了那位戴眼镜的女学员，此时，她已洗漱完毕，换上了睡衣。“嗨！这么巧啊！”我们俩异口同声地说出了这句话，相视而笑。

姑娘名叫赵小菊，是一位“80后”女孩，大学毕业后，考入本市政府部门。通过交谈，我了解到小菊性格开朗、思想独立。小菊告诉我，在未加入寿光市作家协会之前，她早已是青年作家协会的会员了，她擅长写散文、诗歌、儿童文学之类的题材，喜欢读历史、考古方面的书籍。

我和小菊年龄相差较大，差不多属于两代人了，但是，在交流的过程中，我们像久别重逢的朋友般随意、自在，从工作到生活再到文学，不知不觉我们已聊到深夜。

7月17日上午八点半，作家班正式开课。开课仪式由省文学院院长张世勤主持，山东省作协党组成员、副主席李军出席并讲话，潍坊市文联党组书记、主席肖建华和寿光市政府副市长陈湘颖致辞，潍坊市文联副主席、作协副主席陈雪梅，潍坊市作协副主席韩志亮，寿光市文联主席孙荣美，寿光党校副校长褚俊东参加了开学仪式。

本届作家班共邀请四位专家为学员授课，第一课由中国作家协会全委会委员、山东省作家协会原副主席赵德发主席授课，以《今天如何写乡村？》为题，从时代样貌、历史眼光、人性解释、表现手法几个方面做了详细地阐述。

第二课由山东大学文学院副院长、教授、博士生导师马兵授课，以《短篇小说阅读的N种方法》为题。对于现代的世俗化个人来说，要在世界中理解一种更深刻、更渊博的意义，方法之一就是阅读伟大的文学小说。马兵教授列举了几部具有代表性的作品：老舍的《骆驼祥子》《断魂枪》，鲁迅的《狂人日记》《祝福》，林徽因的《九十九度中》等作品，并进行了讲解。

7月17日晚，我和王振学、黄清春、王成香一行四人去拜访《大众日报》高级记者逄春阶老师。走到门口，看到老师房间的门是敞着的，寿光市作协党支部书记高凤城和刘兆云同学正在听逄老师讲创作中的细节问题，我们几个人走进去，加入到听课的行列中。

逄老师讲到去黄河采访时的感受，他在日记中写到："当你走近黄河时，听到哗、哗、哗的流水声，心情瞬间宽阔起来；掬一捧黄河泥沙放到鼻尖轻嗅，那种天然的气息刹那间沁入心田；当你轻轻地抚摸它柔弱的身躯，仿佛又回到了童年时光，玩泥巴的场景又浮现在眼前。"跟着老师的叙述，我们仿佛来到了黄河岸边，听到了水流声，看到了它壮阔的身影。

说到细节时，逄老师讲起了自己当年手抄贾平凹作品时的情景："那部小说有四万多字，手工抄稿时，一字一句跳入眼中，记忆深刻。当抄到夫妻二人吵架的场景时，最初的语句是：妻子抬手打了丈夫一巴掌。贾平凹又觉得这句话不够生动形象，后又改成：看到墙上两个影子在晃动。这样一改，画面感一下子就出来了。”

老师又讲了生活中的一个细节，是他去趵突泉接水时的情景：接水的人很多，需要排队，当自己快要排到时，他前面的那个人用泉水涮桶，两只桶替换着一遍又一遍地涮来涮去，后面排队的人就开始不耐烦了，小声地嘟囔着，发泄着自己的不满。身后的一位老太太小声地对他说：“你看这个人真磨叽，比娘儿们还娘儿们。”哎，就这么一句话，生动地表现出了那个男人的形象。老师的精彩分享，让我们受益匪浅！

7 月 18 日上午，由逄春阶老师授课，逄老师以《乡村与报告文学》为题，提到了写报告文学时需要掌握的几个要点：一、吃透上头、接天气。二、吃透下头、接地气。三、找没找到难忘的细节？四、认清矛盾、接近平衡。五、好戏在后头，精彩在暗处。老师对这些要点做了细致入微地讲解。

第四课由山东师范大学新闻与传媒学院院长、教授、博士生导师张丽军教授讲课，张教授以《论当下现实主义文学——以贾平凹、梁鸿、张炜的新世纪书写为例》开展了讲座。

张教授讲解的“当下现实主义”，教会我们如何书写新时期中国已发生和正在发生着的前所未有的历史巨变，我们要关注当下、关注现实、关注“中国问题”，书写“中国经验”的“当下现实主义”文学作品。作为文学工作者，要学会书写地方重大题材，挖掘事实真相。你们的作品是时间胶囊，若干年后会成为历史的见证，下笔要郑重。

7 月 18 日晚，学院门前的广场上灯光闪烁，喷泉里映出夏夜的倩影，忽明忽暗的灯光像星星般眨着眼睛；泉水不停地向外翻腾着水波，以此来缓解盛夏的闷热；知了不知疲倦地唱着歌儿；青蛙也不甘落后，放开歌喉与之对唱。

省文学院的张院长应寿光作协李桂华主席的邀请，来到广场上给学员们讲解创作的经验与方法。空气闷热、蚊虫叮咬，只听见人们断断续续拍蚊子的声音，张院长似乎不受蚊虫的干扰，依然站在那里，坚持为学员们讲解。

三天的学习中，我们不仅收获了知识，还收获了友谊。各地区远道而来的客人，像一见如故的朋友，在一起谈笑风生、畅所欲言，互加微信、拍照留念，美好瞬间定格在了那一刻！

课程结束后，山东省文学院的张院长为学员们颁发了结业证书，部分学员还请张院长在结业证书上签名，留作纪念，永久珍藏。

快乐的日子总是短暂的，学习结束了，我和小菊成了忘年交，办理完退房手续后，我们相互紧紧地拥抱在一起，依依惜别。

喝茶

在我家乡，人们习惯于把喝水说成喝茶，这个茶既不是冲泡的茶水，也不是凉水，而是经过高温烧开的沸水，俗称白开水。解释起来似乎有点儿绕，但这确实是我的家乡方言。

提起“喝茶”一事，我便想起了第一次去山东婆婆家遇到的尴尬场面。同时，也让我长了不少见识。

1994 年夏，我随爱人从河南来到山东婆婆家。我的到来，让婆婆惊喜不已。一阵寒暄过后，婆婆问我：“小吕，你干渴啊不？我给你倒点儿水哈吧？”“我喝点儿茶吧。”我随口说道。于是，婆婆便麻利地刷了一个干净的杯子，然后，从茶叶包里捏了一撮茶叶放进杯里，倒上热水，接着递给了我，并热情地说：“你看，大老远来了，快哈点儿水吧。”

听到这里，我直接蒙了，这都是些什么方言？“喝水”说成“哈水”也就罢了，我要的是白开水，婆婆端的却是茶，明明端上来的是茶，为什么又说是“哈水”呢？这时，从外面进来的爱人看我有些愣神，忙上前解释道：“俺娘以为你说的‘喝茶’，就是那种带茶叶的水，她不知道你想喝白开水，所以就给你泡了茶。‘哈水’就是‘喝水’的意思，是我们这里的方言。”噢，明白了。然后，爱人又回头和婆婆说：“小吕说的喝茶，其实是想喝白开水，她们那里喝白开水就叫喝茶。”噢，原来是这样啊！婆婆恍然大悟。

2000 年冬，由于种种原因爱人想回家乡发展。于是，我们举家搬迁到了寿光老家。

自从来到山东后，我才真正地了解了茶文化。中国是茶的故乡，据说始于神农时代，距今有四千多年的历史。直到如今，汉族依然盛行以茶代礼的风俗。

提起茶叶，我便想到了家乡的信阳毛尖。信阳毛尖又名“豫毛峰”，来自于大别山腹地，那里山清水秀、云雾缭绕，得天独厚的自然条件造就了信阳毛尖香气浓郁的优良茶品。

信阳毛尖是绿茶的一种，外形细长，表面附着一层白毫，叶片为鲜嫩的翠绿色。冲泡后，茶汤为清澈透亮的状态，香味浓郁，回甘持久。

我们家乡虽然离信阳毛尖产地很近，仅有八十千米的距离，但喝茶的人并不多。因为茶叶对于老百姓来说是一种奢侈品，一般的人家可能都喝不起，只有城里条件好的人家才可以享用天然茶品。还有一种现象就是，我们那里的人好像没有喝茶的习惯。

小时候，我家住在农村，别说喝茶了，连茶叶也没见过，根本不知道茶水是什么滋味。我只知道，每当家里来客人时，父亲就冲一碗红糖水用来招待客人。再就是农村结婚时，为了招待新媳妇的娘家人，主家（就是新娘的公公婆婆）事先吩咐做菜的师傅，给送客们打几碗荷包蛋，当作茶水饮用。那时，准备红糖荷包蛋就是客人受到的最好的待遇了。

自从我知道山东人爱喝茶的习惯后，每当我回娘家探亲时，都会带一些信阳毛尖作为礼物赠送亲朋好友。从此，我也喜欢喝茶了。

山东人喝茶的场合很多，不管走到哪里都以茶相待，比如酒桌上喝茶、谈生意喝茶、开会喝茶、聊天喝茶，以茶会友、以茶论道，品茶、鉴茶比比皆是。山东人热情好客，每当有人在路上遇到一个熟人时，先打招呼，然后，还不忘附上一句“有空来家哈水哈（这里哈水就是来家玩的意思）”。

一个星期六的下午，阳光温暖，窗外没有一丝风。好友云看天气暖和，便邀我去她家哈水。我欣然答应。我和云原来是舞友，因共同的爱好走到了一起。后来，渐渐地，我俩成了无话不谈的好朋友。云在一家大型企业担任会计，工作较为清闲。闲暇之余，云喜欢研究美食和编织。她经常给孩子们做各种各样的甜点和面食。因此，我也有了口福。云时常打发她女儿给我送些精美的糕点，让我很是感动。心灵手巧的云，会钩各式各样的鞋子、帽子、袜子、毛衣等衣物。她不仅给自己的家人钩，还把钩出的成品当作礼物送给朋友或同事，并乐此不疲。

平日里，我们俩时常小聚，无拘无束地坐在一起聊家庭、聊生活、聊工作、聊兴趣爱好，天马行空，畅所欲言。说话间，只见云从展示柜上拿下一桶茶叶放在茶盘边。当我看到那个淡蓝色的茶叶盒时，心里有种欢喜感。虽然我不懂茶，但也喝过几种常见的茶，比如信阳毛尖、茉莉花、大红袍、铁观音、日照绿、正山小种、福鼎白茶等。

在众多茶品中，我比较喜欢喝绿茶。首先绿茶有一种视觉感，因为它的颜色大多是翠绿或墨绿，当你看到绿色仿佛就闻到了清新的气息，闭上眼睛宛如置身大自然，那种惬意让人心旷神怡。其次，我很享受冲泡绿茶的过程。当你看到翠绿的茶叶在杯中浮浮沉沉，表面上看似云淡风轻，其实，它是经过重重考验的。古朴茶树历经时间的长河，经年生长在大山深处，“吸天地之灵气，集日月之精华”方才酝酿出带有甘露的清香。

正当我出神凝望时，茶炉上的水开了。这时，我看到云熟练地取出茶具，用热水烫洗一遍。然后，取一勺茶叶倒入玻璃杯中，注入开水。接着，拿起杯子轻轻摇晃几下，倒入漏斗，淋入杯中。回头，再次注入热水。在浸泡的过程中，我一直注视着杯中茶叶的变化。只见秀直多毫、均匀饱满的茶叶慢慢舒展着嫩芽，静静地往下沉，根根耸立分明，色泽嫩绿微黄，里面还浮起了两朵花，一朵为紫色，一朵为绿色。只有两三分钟的工夫，杯子里就溢出了浓浓的香气。见状，云便拿起玻璃杯，把茶水倒入公杯。然后，再分别倒入小杯，各自端起对饮。我轻啜一口，细细品味，这种茶味很淡，但香气很浓。几杯过后，有种神清气爽的感觉。

对于这种富有香气的茶品，我有些好奇。于是，我便向云问起了茶的来历。云告诉我这桶茶是她厂里的一位常驻四川办事处的朋友送给她的。她朋友说这种茶不但口味独特，而且还有个诗意的名字——“踏雪兰妃”。踏雪兰妃属于黄茶，是近两年才上市的新品种。师傅们在烘焙茶叶时，里面掺杂了部分天然的兰花。待茶叶慢慢舒展开来后，杯子里自然会飘出兰花的香气。”噢，怪不得香气那么好闻呢。

云看我很喜欢踏雪兰妃，就顺手找个纸袋给我倒出了一些，让我带回家慢慢品尝。云的一片诚意，让我感觉心里暖暖的。

“人生得一知己足矣”，深以为然。在人生的旅途中，愿我和云的友谊如同散发着香气的“兰妃”一样醇而不淡，历久弥新。

扑蚂蚱

夏天到了，屋后的杨树林枝繁叶茂，像一把巨大的绿伞遮挡着强烈的阳光。孩子们时常在树下荡秋千、捉迷藏。温顺的“阿黄”蹲在旁边看着孩子们嬉戏玩耍，不乱叫，也不伤人，孩子们都愿意逗它玩。

星期天下午，天气凉爽，七岁的女儿要我带她去田野里扑蚂蚱，我欣然答应。从家往南三百米拐弯向东走，有一条通往田野的小路，路两旁是大片的玉米地，玉米长势旺盛，有一人多高。一阵风吹过，叶子发出沙沙的响声，像一首动听的音乐回旋在耳边。嫩玉米棒上长出了细如胡须的毛缨子，顶端开出了许多小黄花，散发出淡淡的清香。

穿过玉米地，来到一片开阔的空地。由于地势低洼，雨水过后，这里便成了一片湿地，湿地里长满了芦苇，芦苇丛里隐藏着许多蚂蚱。蚂蚱大致分为三种，有浑身通透的绿蚂蚱，有褐色的“老扁担”，还有褐绿相间的“大怪子”。

刚走到地头，我就看到了一只大蚂蚱。于是，我赶紧向女儿示意，让她站在那里别动。我悄悄走上前去，想给蚂蚱来个突然袭击，谁知我还没走到跟前呢，机灵的蚂蚱噌的一下就飞跑了，让我扑了个空。

女儿见状，着急地说：“哎呀，妈妈，你怎么没逮住它呀？你看它都跑了。”看到女儿认真的样子，我笑着说：“没事，别着急啊，芦苇丛里有的是蚂蚱，等一会儿，我们肯定能扑上很多蚂蚱，晚上回家给你炸蚂蚱吃哈。”

说话间，一只褐色的“老扁担”飞进了我的视线，它的身子细长，有一对修长的大腿。这种“老扁担”不会飞，只会在草丛里蹦来蹦去。于是，我飞快地跑上前去，以“迅雷不及掩耳之势”迅速把它拿下。然后，我捏着蚂蚱正想向女儿炫耀，回头一看，却发现她正在聚精会神地盯着一只蚂蚱，准备去扑它。见此情景，我只好作罢，顺手把“老扁担”装进了矿泉水瓶里，继续寻找下一个目标。

“妈妈，快来呀！‘大怪子’咬着我的手了。”女儿大声叫道。“在哪儿呀？我看看。”顺着女儿的声音，我急忙跑了过去。只见女儿趴在草丛里，用手死死地捂住大怪子，生怕它跑掉。于是，我轻轻地挪开女儿的手，捏住‘怪子’的两条腿，把它头朝下，麻利装进瓶子里。

我连忙回头看女儿的手，果然有一片红红的痕迹。我紧张地问她疼不疼，女儿皱了皱眉头说：“有点儿疼，但不是很疼。”其实，我知道是真疼，因为‘怪子’体型偏大，后腿有锯齿，为了自卫它会用‘锯齿腿’蹬人，而且劲儿特别大，严重的话会把皮肤蹬出血来。今天女儿扑了个“大怪子”，因为兴奋而忘记了疼痛。

看到女儿故作坚强的样子，我就顺势夸她说：“宝贝儿，你真棒！扑着个那么大的‘怪子’，晚上回家那个“大怪子”归你吃了，谁让它蹬你的手呢。”女儿笑着点了点头。

为了转移女儿的注意力，我给她讲起了关于蝗灾的故事：“有一年闹蝗灾，蝗虫成群结队，遮天蔽日，所到之处草木被吃光，庄稼颗粒无收。老百姓吃不上饭了，就开始扑蝗虫吃。那时，人们扑蝗虫不仅是为了充饥，更重要的是为了保护庄稼。后来，科技发达了，人们又开始用飞机喷洒农药消灭蝗虫，预防蝗灾。”听完，女儿惊讶地说：“噢，原来蝗虫还是个害虫呀！”

这时，天空飞来一群鸟儿，它们时而落在电线上，时而落在芦苇丛，时而落在棉花地，偶尔还发出一阵清脆的叫声，仿佛在呼唤自己的伙伴。

东边的小河旁，一群绵羊在那里吃草，小羊羔跟在妈妈的后边咩咩直叫，像是在和妈妈撒娇。放羊的老爷爷坐在草地上悠闲地抽着旱烟。牧羊犬静静地趴在一旁等候命令，爷爷一声喝下，牧羊犬撒腿就跑，指哪儿跑哪儿，离群的羊随时被牧羊犬赶回羊群。

走出芦苇丛，沿小路向北走，路两旁开满了五颜六色的野花，白的、黄的、粉的、紫的，满坡遍野。女儿边跑边采野花，如蝴蝶般在花丛中飞舞。她把采来的花朵别在我的发间，开心地对我说："妈妈，你好漂亮哦！像个美丽的花仙子。"女儿的话，让我心驰荡漾。

我们俩眼看就要走到北边的大路上了，不料，一条小河横在了面前。这条河宽约三米，深约半米左右。面前的小河让我们犯了难，女儿着急地问我："妈妈，我们怎么过河呀？"我想了想说："不着急，妈妈会有办法的。"

正在这时，我看到西边不远处有几个孩子在河里逮鱼。突然，我灵机一动，回头对女儿说："走了，宝贝儿，妈妈有办法了，让捉鱼的大哥哥背着你过河。"女儿又好奇地问我："妈妈，那你怎么过河呀？"我自己可以蹚过去呀，我笑着说道。

我牵着女儿的手，沿着河边慢慢地朝捉鱼的孩子们走去。在我的恳求下，那个年龄稍微大点儿的孩子，自告奋勇地把女儿背到河对岸。然后，又回头把我搀扶过去。到了河对岸，我立即向那个做好事的孩子表达了我的谢意。

河岸上，一个红色的塑料桶内有十几条活蹦乱跳的小鱼。女儿见状，高兴地趴在桶边看鱼，用手试探着去捉，调皮的小鱼从女儿手中溜走，跑了再抓，抓了再跑，反反复复地抓小鱼玩，开心得不得了！

夕阳西下，老爷爷赶着羊群往家走，牧羊犬跟在旁边看护。孩子们提着鱼桶你追我赶，一路上欢声笑语。女儿拿着蚂蚱蹦蹦跳跳唱着歌儿回了家。

跨越千山，为你而来

世间万物皆因缘起，缘是一种无形的连接。因为有缘，你我可以在万千人群中偶然相遇；因为有缘，恋人可以不顾一切双向奔赴。人类因缘而起，草木亦是如此。

——题记

一

2021 年 8 月 26 日那天，我在《潍坊故事》公众号里看到一条关于第二届“踏雪兰妃”杯征文启事，顿时眼前一亮。“踏雪兰妃”，好一个清新优雅的名字。说实话，当时我真的不知道它是一种茶名。瞬间，我的脑海里浮现出一幅画面：一位清纯靓丽的女子着一袭红装，迎风踏雪而来，那婀娜多姿的倩影，犹如冰天雪地里盛开的腊梅那般鲜艳夺目。那天人合一的唯美意境如梦如幻，令人如痴如醉！于是，我赶紧打开链接阅读里面的内容。

“踏雪兰妃”产自四川雅安蒙顶山千米之上的高山茶园，那里空气清新、雨水充沛，优越的地理位置为茶园营造了一个原生态的自然环境。古朴茶树历经时间的长河，经年生长在大山深处，“吸天地之灵气，日月之精华”才得以酝酿出纯正的茶品。

“踏雪兰妃”的采摘时间大多在清明前夕，故称之为明前茶或清明茶。明前茶是上一年秋季形成的越冬芽，在清明前后发育而成。越冬芽叶片肥厚柔软，香味浓醇，爽口回甘，耐于冲泡。清明茶具有养肝明目、化痰除烦、清脑提神的作用。

当我得知“踏雪兰妃”的“身份”后，突然有种想亲身前往仙境观赏一番的念头。恍惚间，我的整个身心仿佛飞到了蒙顶山上的茶园之间。当我置身于山清水秀、云雾缭绕的大山中，满眼苍翠，令人心旷神怡！我轻轻地闭上眼睛，尽情地呼吸着来自茶园的清新气息。此刻，我忍不住对着山谷大声喊道：“喂，你好！这里有人吗？我来大山看你了！”而后，一波波时远时近的余音在山谷里回荡，久久挥之不去。

当采茶姑娘踏着晨露上山采茶时，我会学着她们的样子，背起茶篓跟随其后，在茶林中穿梭往来采摘稚嫩的茶芽，亲身体验一下采茶的过程及辛苦劳作后获得丰厚薪酬的那种喜悦与成就感。

二

一提起茶事，我便想起了初来山东时的见闻。

在我们所居住的村镇里，正规的茶行有三家，超市兼营茶叶的有四五家，还有一个外村的老汉每次赶集来卖茶叶，除此之外，还有一位中年妇女骑着摩托车专门下乡沿街叫卖兜售茶叶。从卖茶叶的商户数量来看，就知道农村茶叶市场的需求量有多大了。

村子里大多数人爱喝茶。小青年们坐在一起喝茶，聊的是抖音、快手上的短视频，天南海北，畅所欲言；参与农耕的人们坐在一起喝茶，聊的是地里的庄稼长势如何，今年的收成怎么样；工人们坐在一起喝茶，聊的是厂子的效益如何，工资是计件还是包年（年薪）；商人们坐在一起喝茶，聊的是今年的买卖如何，未来投资什么样的项目赚钱；老人们坐在一起喝茶，聊的是谁家的孩子有出息，谁家的儿女孝顺。只要是坐在一起喝茶，人们总有聊不完的话题。

过去，人们见面的问候语是“你吃了吗？”“喝了吗？”然后，再掏出一根烟递给对方，以示礼节。现在，人们在路上遇见熟人，简单地寒暄几句后，便会热情地邀请对方：“有空上我那里哈（喝）水去。”然后，各自高兴离去。

在山东，喝茶并不是男人们的专利，女人们也一样用茶水招待客人。比如三五好友聚会时，女主人会兴致勃勃地拿出精致的茶壶、茶杯，根据客人的爱好，泡一壶上好的红茶、绿茶、黄茶、白茶或是茉莉花茶，并配上几样可口的甜点，以此来渲染气氛。茶友们推杯换盏，欢声笑语，不亦乐乎！

在现实生活中，许多女性也有单独喝茶的习惯。这种独特的嗜好，如同男人们抽烟喝酒一样随意自然，毫无另类可言。特别是那些思想独立、经济独立、精神独立，有理想、有追求，爱好文学的女性，饮茶习惯尤为明显。

爱好文学的女性，心中都有浪漫的情结。她们妆容精致、气质优雅，一言一行、一举一动都赋有诗意的韵味。她们沉稳、低调、内敛、精神世界丰富，不随波逐流，有自己的目标和追求。“腹有诗书气自华”的女性，在理想与现实之间游刃有余。她们以书为伴，以茶为友，迈着轻盈的步伐，从容地奔向浪漫的诗与远方。

三

2022 年 4 月 22 日那天，我在《潍坊故事》微信公众平台看到第二届“踏雪兰妃”杯征文大赛获奖名单揭晓的好消息，于是，我迫不及待地打开链接查看获奖信息。结果，在三等奖一栏中看到了自己的名字。那一刻，我满心欢喜！

当山东八福茶叶有限公司“惠香茗茶”店的梅总通知我领奖的时候，刚好赶上我不便外出。正当我一筹莫展时，寿光作家协会的朱素荣老师给我打来了电话，朱老师热情地问我：“小吕，我来潍坊领奖了，我看你的奖品证书都还没领，我想问问你，是否需要我给你代领？”“好呀，好呀，哎哟！姐姐，您可是帮我解决了难题了，我正愁着怎么去潍坊领奖呢！姐姐，麻烦您帮我领回来吧。让您费心了！谢谢您啊！姐姐。”我连忙说道。

本次征文比赛三等奖的奖品是一盒价值 398 元的“踏雪兰妃”

精品礼盒，外加一个价值百元的“惠香茗茶”茶饼，奖品相当丰厚！

当我打开“踏雪兰妃”礼盒时，两排小巧玲珑金黄色的茶罐跃入了眼帘。哇，好精美的茶罐呀！先不说茶的品质如何，就凭这精致的包装，就知道茶品一定错不了！于是，我赶紧拿出一小罐，掀开密封的包装纸，瞬间，一股清新的香气扑鼻而来，均匀饱满的茗茶迅速勾起了我的茶瘾。见此情景，女儿快速地摁下烧水壶的按钮，开启了饮水机自动上水、烧水的模式，接着，她又拿起透明的玻璃壶去厨房清洗，期待着“踏雪兰妃”给我们带来别样的惊喜。

只几分钟的工夫，水便烧开了。只见女儿熟练地用镊子取出适量的茶叶倒入壶中，注入开水后，端起壶轻轻摇晃几下，接着，便把洗茶水倒入茶盘中，然后，再次注入开水。稍等片刻后，再逐一淋入杯中。我静静地坐在一旁观看，在浸泡的过程中，我一直注视着茶叶的变化。茶与水的相遇，仿佛是赴一场千年之约，彼此爱慕双向奔赴，喜悦之情溢于言表。

片刻之后，杯子里便溢出一缕淡淡的香气。我端起杯子轻啜一口，细细品味，感知茶水清香，滑舌而过，顿觉神清气爽！

在滚滚红尘中，无论遇见谁都是一种缘分，哪怕是有灵性的草木之物，也是一种机缘。深居大山的天然尤物“踏雪兰妃”跨越千山万水，为你奔赴而来。若有缘，便一见倾心。从此，相知相惜，伴清风明月享人间盛世。

2022 年 8 月

“利奇马”来了

据潍坊市气象台预报，今年第九号台风“利奇马”于2019年8月9日登陆浙江省象山区域洋面，台风中心附近最大风力16级，属超强台风，预计10日台风外围云系开始影响我市。

消息一出，寿光市委、市政府以“传真电报”的方式，把做好第九号台风“利奇马”防范工作的紧急通知下达到各镇委、街道、社区、政府（办事处）、开发区、工委、管委会等部门，强调加强组织领导，切实落实防汛防台风责任，着力做好各项防御工作，最大限度地减轻灾害损失。

“利奇马”台风可能产生城乡积涝、中小河流洪水、风暴等次生灾害。为切实做好防御应对工作，各单位要把应对台风工作作为第一任务，动员一切力量，利用有利资源，严阵以待，确保人民生命财产安全。

接到通知后，各单位规定，这个双休日照常上班，各部门做好一级战备，随时应对抗洪救灾工作。

寿光市双王城经济园区积极响应号召，党组领导来到所辖区域内牛头镇村委，紧急召开防汛防台风应急工作会议，实行包村、包户政策，要求各村支部书记、村委会成员二十四小时在线值班，实行签订协议、责任到人的原则，逐户进行危情排查；对危房户人员进行劝离，把孤寡老人转移到安全地带，确保万无一失。

不经意间，我发现农机公司经销点门外停满了大大小小的车辆，三三两两的人们蹲在树底下聊天。我有些不解，于是好奇地走上前去，倾听他们谈论的话题，只听见有人说：“去年‘温比亚’台风过后，大棚里灌满了水，我用泵子抽了一个星期，才把棚里的水抽干，棚里的菜全完了，那一季直接是绝收。这不，今年‘利奇马’台风又要来了，政府部门提前下了通知，让大家做好防汛、防台风准备。今年我打算再买上两台新水泵，如果棚里再进水的话，我就用几台泵子一起抽，说啥也不能再把棚淹了。”听到这里我才明白，原来这档子人是来买水泵的。由于台风即将来临，十里八乡的人们都前来购买水泵，经销点原来的泵子都卖空了。现在，想买水泵的人都提前来经销点门头上等着，货一来，第一时间买到水泵。

按正常的逻辑，水泵是用来防旱的，因为北坡的盐碱地里大部分没有水井，天旱时，人们就用小型水泵接上水带，抽取附近河沟里的水对农田进行灌溉。

自从去年受灾后，老百姓受到了启发，学会了逆向思维，把防旱用的泵子用到了防涝上，提前购置水泵，预防水灾的发生。

8 月 10 日六时至 8 月 11 日六时，潍坊市出现了大暴雨，全市平均降水量一百七十八毫米，超过了去年“温比亚”台风的降水量。

寿光市东城区弥河两岸，河水夹杂着泥沙从上游冲下来，滔滔河水像发怒的狮子在风雨中咆哮着，河里的水位越来越高，不断地向外漫，漫过了桥面，一片汪洋。

紧急时刻，市委、市政府及时下达命令，沿河两岸的威尼斯小镇、卡诺岛小区、张建桥村等地区的人员，以最快的速度尽快撤离，确保人身安全。

在市委、市政府的领导下，各单位派出青壮年纷纷奔赴抗洪一线，桥头上人来人往，场面热火朝天，有装沙子的、有撑袋子的、有肩抗的、有竖挡水板子的……雨越下越大，他们浑身湿透了也全然不顾，继续在风雨中穿梭。

8 月 11 日，省委书记刘家义冒雨赶到寿光灾区，来到寿光市防汛防台风指挥部，认真听取相关负责同志汇报，与水利专家、当地干部一起研究防御方案。刘书记来到洛城街道南官庄村，登上丹河堤坝察看河水涨势，向村民们询问蔬菜大棚进水情况，切实关注老百姓的生活问题。

“我是革命的一块砖，哪里需要哪里搬。”这句耳熟能详的话语时常在耳边响起。危急时刻，人民子弟兵才是老百姓真正的“保护神”。风雨中，武警官兵们冒着生命危险奔走在各个低洼地带，帮助村民抢修河坝，消除隐患。他们一行人手拉手行走在齐腰深的河水里救助人民，为救老人，一位战士弯腰给老人当桥，让老人踩在他的背上迈过沟渠。战士们渴了，喝口矿泉水；累了，就合衣趴在桌子上打个盹儿。

8 月 11 日晚九时，潍坊市气象台预报解除了暴雨红色预警信号。

灾难无情，人有情。在洪灾面前，我们是那样的渺小与无力。去年的台风教训，让我们积累了应对洪水的经验，自然界的灾害有可能会重复，而我们不会在同一个地方跌倒两次。

在洪水暴涨时，全市人民上下一体、齐心协力，人人参与其中，保卫家园，那种勇于拼搏的劲头，令人振奋！充分体现出了寿光精神！

“利奇马”来了，这一次，寿光人民没有慌乱，从容应对；没有怨天尤人，只有周密部署，与自然灾害斗智斗勇。

追梦的粉刷匠

午后，我在房间里看书，忽然，一阵婉转动听的歌声从窗外传来。也许是自己喜欢音乐的缘故吧，每当听到熟悉的歌曲就会情不自禁地哼唱几句。

音乐声是从楼区外边传来的。只见，新建成的楼房外墙上，一对青年夫妇在高空悬挂的吊篮中从事着保温、粉刷外墙的工作。简易的工作架是从二十多米高的楼顶上吊下来的，三面用围栏作为防护措施。这一刻，我深深地感受到他们工作的危险性！

女人一般不参与这种高空工作，看到眼前的一幕，除了好奇，我还有些惊讶，惊讶于他们积极乐观的生活态度，在如此危险的工作环境中还保持着对音乐的热爱，而且夫妻俩有共同的兴趣爱好，真是难得！看到他们在如此繁重的劳作中还沉醉于艺术，心中感慨万千。

只见两个粉刷匠不停地挥动着手臂，熟练地把一块块白色的泡沫板整齐地钉在墙面上，仿佛给楼房穿了一层外衣。然后，用水泥灰一点一点地涂在泡沫板上进行防护，防止泡沫板在风吹日晒后老化。从细节上来看，他们不但技艺精湛，而且对工作一丝不苟，专注、严谨，可以称之为行业“匠人”！

在他们身上，我读懂了“匠人”的含义，明白了匠人是一个多么令人尊敬的称谓。因为在我原来的认知中，凡是木匠、铁匠、鞋匠、泥瓦匠等各种工匠，从事的都是不怎么入流的职业。现在，我理解了工匠的工作，虽然看起来单调枯燥，似乎没什么技术含量，但如果他们没有十足的耐心和高度的责任感是做不了工匠活的，工匠活无止境，专业工匠做出的活儿更加精益求精。

每个行业都有一种灵魂，叫“匠人精神”，那是一种令人肃然起敬的品德。在自动化、机械化飞速发展的今天，行业中更需要精雕细琢的匠人。“匠人”这个称号，不仅是一种荣誉，更是一种对行业的极致追求。

随你去远方

盛夏的夜晚，空气燥热，气温达到三十五六度，热得人喘不过气来，再加上蚊虫叮咬，让人难以忍耐、无处躲藏。于是，我拿着蒲扇来到院子里乘凉。

不经意间，我听到楼上有孩子的哭声。因为邻居家没有很小的孩子，所以听到孩子的声音感觉有些稀奇。于是，我抬头向楼上望去，看到西单元三楼有个房间亮着灯，接着听到一个女人哄孩子的声音，我猜想那一定是孩子的母亲。透过没有玻璃的窗口（因为正在施工中，窗户上还没有按玻璃），我看到房间内挂了一顶蚊帐。过了一会儿，楼上又传来了稚嫩的歌声，女童大声地唱着："世上只有妈妈好，有妈的孩子像块宝，投进妈妈的怀抱，幸福享不了……"

次日，在路上，我碰见了工地上的项目总监李总，于是，好奇地问起了楼上的情况。李总介绍说，这家人来自菏泽，家有一儿一女，女儿上小学二年级，儿子今年三岁。在他们家乡，男人们常年外出打工，女人在家种地、带孩子。为了在工地上多挣些钱，平日里男人很少回家，只有收麦、收秋时，才放下手中的活儿回家帮忙。

女儿放暑假了，男人和妻子商量着带着孩子来工地上住一段日子。因为楼房主体已完工，工人们在里面垒墙做隔断，房间里也扯上了电。如果来的话，最起码有地方住，也可以用电饭锅做饭，虽然条件简陋，但一家人终于可以团聚了。

白天，男人忙着干活儿妻子哄着孩子洗衣、做饭。清闲时，女人就带着孩子来到村外的乡间小路上，让孩子们看看外面的世界，欣赏一下与家乡不一样的风景。她们走进田间地头，近距离地观察当地的农作物与家乡的农作物有什么不同，让孩子们开动脑筋学会思考，达到寓教于乐的效果。

虽然没有现代化家电，但可以听到女儿朗朗的读书声；虽然是粗茶淡饭，但一家人却吃得津津有味！看到活泼可爱的一双儿女，父母累也不觉得苦，这一刻的天伦之乐，值了！

北坡里的女人

在北坡的盐碱地里，因土质不好，农民种植了大片的棉花。由于缺乏劳力，棉农只好请雇工来拾棉花。因此，北坡成就了这样一群女人，她们专门以拾棉花为副业。

深秋的清晨，星星眨着眼和月亮悄悄地对话，风儿轻轻地抚摸着花草树木，犹如母亲温柔的双手轻拍着酣睡的婴儿。黎明前的夜是那样的宁静和谐。半梦半醒间，远处传来了鸡叫的声音，紧接着，是一阵嘎嘎嘎的鹅叫声，不绝于耳。不一会儿，公路上响起了电动三轮车的嗡嗡声。此刻，拾棉花的人已经出发了。

猛然间，我打了个激灵，想起了头天晚上与朋友约好一起去北坡拾棉花的事。于是，我赶紧起床拾掇；五点钟准时从家里出发。我和朋友在约定的地点碰了面，两人骑着电动车，走进了茫茫夜色中。

“引黄济青”南岸的公路两边，停满了大大小小的车辆，熙熙攘攘的人群聚集在这里，讨论着拾棉花的事宜。此刻，我才明白原来这里是个劳务市场啊！市场上，人头攒动，来来往往的人们寻找着合适的雇主或雇工。

站在路边的一个雇主，看见我们俩朝这边走来，远远地就迎了上去，问道：“你们来几个人啊？”“两个人。”朋友随口答道。雇主说:“两个人有点少，你们再找两三个人，一块儿给我拾去吧！”“行啊！多少钱啊？我们先打听打听价格，合适了，就去给你拾。你的棉花好拾吗？别到时候净是烂桃子，拾不出斤数来。我们起五更爬黄昏的，一天再挣不了几个钱！”“一斤一块一。”雇主说。朋友紧接着说：“一块一，人家都是一块二，你还出一块一？这样的话，你不好雇人，你和人家一样钱，我们就去给你拾。如果你不愿意，我们再另找别人。”我静静地站在一旁，看着朋友熟练地与雇主讨价还价。

那位雇主沉默不语，有些犹豫。眼看着我们就要去另寻别的人家，他急忙说：“行啊！跟我走吧，一块二就一块二吧，我也不差那点儿事了，你们几个给我拾得好好的，就赶磨出来了。”于是，双方达成了协议。

雇主蹬起摩托三轮车，在前面带路，我们一行五人跟随其后，沿着河岸向西走。在坑洼不平的石子路上，我们戴着头灯一高一低地摸黑前行。天空中，星星依然闪烁，月亮努力地露出微光，为勤劳的人们照亮漆黑的路。清凉的风有一丝丝寒意，吹在脸上有些疼。背后，劳务市场上讨价还价的声音，越来越弱了。

二十分钟后，我们来到了棉花地。雇主从摩托三轮车上拿出了一捆化肥袋子，让我们每人拿上两条掖在腰间用来装棉花。雇主说：“每人两趟棉花，来回拾方便。下一个人从第三趟开始拾。然后，以此类推。”

放眼望去，黑黢黢的棉花地里，一片模糊，啥也看不清，我们只好戴着头灯下地。每人把事先准备好的棉花兜子系在腰间，顺着棉花趟子往前走。由于雇主的棉花是底花，成熟的棉花桃子都在最底层，为了减少弯腰的频率，我们只好蹲下来拾，这样，更轻松一些。

天渐渐地亮了，兜子里的棉花也多了起来，我们终于可以坐在棉花兜子上，缓解一下发麻的双腿，一步一步地慢慢往前挪。由于我们一直蹲着拾棉花，露水把衣服打湿了还浑然不觉。

抬头看了看太阳，快要接近中午了，可袋子里的棉花依然不满，真是让人着急！于是，我暗下决心，加快速度快点儿拾，省得让雇主嫌弃。“吃饭了，吃饭了！”雇主站在地头上大声地吆喝着。“怎么就到吃饭的点了？我还没拾满一袋子呢。”我暗自嘀咕。看我没走的意思，朋友喊我：“走吧，走吧，快去吃饭吧，吃完饭，再来拾。”于是，我放下兜子，扛起半天的劳动成果，到地头上吃饭去了。

雇主拿来了热乎的馒头，买了一方便袋咸菜丝，从地里拔了几棵新鲜的大葱，还灌了满满一塑料鼓子热水，这就是大家的午餐。我们俩洗了洗手，就地而坐。拿起馒头和咸菜吃了起来。此刻，你想象不出馒头就咸菜的那个滋味，真叫一个香啊！其实，我知道那是饿了的缘故。

紧赶慢赶，我们俩还没吃完饭呢，早来吃饭的那三个人，已经拿着袋子下地了。看着她们仨那么积极，我们俩也不甘落后，紧跟她们，也走进了棉花地。

太阳慢慢地从头顶向西倾斜，直至落下余晖时，我们几个人才磨磨蹭蹭地抗着满袋子棉花，吭吭哧哧地向地头走去。此时，雇主早已备好了秤，准备称棉花。我们用绳子把棉花袋子捆起来，用一根棍子抬着，让雇主过秤。然后，根据棉花的斤数，计算出当天的收入。

天渐渐暗了下来，不知不觉，月亮已升上了夜空，星星眨着眼睛像是和月亮对话。我们终于结束了一天的劳动，骑上电车，乘着月色往家的方向走去。

七度寻你

也许你不经意的一次善举，对于需要的人来说，是一种莫大的帮助。

——题记

2019年6月12日，我在山东红色文化研讨群里看到，兰台春秋老师上传的《寿光文化报》上面刊有他的文章《如何编好新时期的镇村志》。在同一版面的右侧，猛然间，我看到一篇有些眼熟的文章，于是我赶紧放大页面，随后，那些似曾相识的语句迅速跳入了我的视线，这不是我的文章吗？对，就是它！

5月11日，经李福志老师推荐，我把那篇名为《从故乡到菜乡》的稿子投给了《寿光文化报》。因为第一次向《寿光文化报》投稿，心里没把握，不知稿子是否能顺利被采用，也不知哪一天能出刊。我怀着期待的心情，静静等待。

偶然间，在群里的图片中发现了我的文章。当时，我高兴得如中奖了似的，很激动！我立刻在群里提到了兰台春秋老师并开心地告诉他："老师，从您发的图片中看到了我的文章。"老师及时地回复了我，并发了两个大拇指的表情。

确认之后，我就开始寻找那天的报纸。首先想到的是经常帮我寻找《寿光日报》的那位朋友，只要我说出文章在哪天发表的，他就立刻能找到我所需要的报纸，并亲自送过来。我立即打电话向朋友询问他们那里是否有《寿光文化报》。经查找，他们单位没有订《寿光文化报》。

放下电话后，我又想到了当地邮局送报纸的工作人员，并向他说明情况。那位工作人员告诉我："《寿光文化报》好像是一个星期来一次，并且数量很少，每次只有两三份。如果来的话，我给你留一份。"半个月过去了，我依然没见到《寿光文化报》的影子。

通过微信，我又向其他三位老师打听《寿光文化报》的消息，他们都说手中没有那份报纸。热心的李老师告诉我《寿光文化报》是赠阅报纸，一般党政机关单位才有，你可以去乡镇党委找找。

听李老师这么一说，我又想起了在村委会工作的朋友，于是，又赶紧向他打听《寿光文化报》的消息。结果，回答如出一辙，没有。

文化报啊，文化报，我念叨着，你咋那么稀缺呀？

恍惚间，我听到一个声音在呼喊："主人，你怎么还不来找我呀？"我知道那是心灵的呼唤，明白万事万物都有灵性，我之所以如此挂念那份报纸，是因为里面包含着我的情感，如果找不回来，有种灵魂无处安放的感觉。

无奈之下，我只好向兰台春秋老师寻求帮助，因为老师手中有现成的报纸啊。

于是，我通过微信群向老师发出了添加好友的请求。几分钟后，验证通过。我抱着试试看的态度，向老师阐述了我的困惑，问老师能否送我一份《寿光文化报》。没想到老师竟然答应了，并且问我："什么时间来拿？"这时，我又犯了难，因为我在乡下住，不方便去拿。于是，我又只好恳求老师能否给我寄过来。很意外，老师又一次爽快地答应了我的请求。

首次与兰台春秋老师交流，从简洁的对话中，我能感觉到老师是个热心人。虽然我们素不相识，从未谋面，但老师依然愿意帮助我解决难题。那一刻，我感觉心里暖暖的。

半个小时后，兰台春秋老师告诉我，《寿光文化报》的张主编今天专门安排人员给你寄报纸，并且给你寄去十份。哇，这么多啊！我一边感叹，一边对老师道谢。

怎么那么巧？难道兰台春秋老师与张主编是同一个单位的？莫

非老师是单位的领导？我不得而知。

两天后，精美的《寿光文化报》如约而至，快递到了我的手中，张主编很慷慨地给我寄了十二份。

赠人玫瑰，手留余香，愿香气萦绕您的指间，芳香悠远。

于时光深处，细数流年

时光如同沙漏，不经意间从指尖悄悄溜走。日历一天天被岁月撕扯着，转眼间，厚重的光阴所剩无几。回望流年，感觉自己如同懵懂的少年，怀揣梦想，在文海的道路上不断求索。

2018 年岁末，为记录寿光市作家协会举办的精彩年会，我写了篇散文《盛宴》在《东方文海传媒》平台上推送。从此，无限的灵感如清泉般汩汩涌出。从与《东方文海传媒》的《遇见》到春节的《年俗·压岁钱》，到元宵节的《林海邀春》，跳跃的文字伴随我度过了欢乐的春节。随后，我又陆续在《东方文海传媒》平台上推出了《黄金法则》《生命之轻》《七度寻你》《高粱红了》等十几篇短文。

年年清明，今又清明。思念像疯长的野草，在心田里肆意蔓延。父亲已走数年，蓦然回首，恍如昨日一梦。每当想起父亲，儿时的画面就会在脑海中浮现，为缅怀父亲，也为自己留下点儿念想。于是，写下了《我家的秘方》留作回忆。

每当小满季节，故乡的庭院里就会飞出稚嫩的童谣声，婉转的歌声随风飘向麦田与豌豆花翩翩起舞，恰似一场初夏的盛会。

父亲把豌豆磨成粉，用来做凉粉。软软的、滑滑的凉粉满口清爽，一碗美味的凉粉下肚，幸福感油然而生。《豌豆弯弯》一文在《潍坊晚报》刊出。

“生活不只是眼前的苟且，还有诗和远方。”自从喜欢上诗歌后，我先后在《寿光日报》上发表了《北坡里的黄须菜》《拾棉花的女人》以及《天堂的花园》。

《天堂的花园》是写给母亲的：

天堂的花园

年年清明，今又清明
老家坟前的影像渐次呈现
我仿佛看到了母亲
她站在那里凝望
朝着家的方向
细数着儿孙们看望的日子
坟前的小草吐出了嫩芽
新的思念又开始了疯长
为了铺展无尽的念想
母亲开辟了一片花园
紫色的花菖蒲
黄色的蒲公英
淡蓝色的勿忘我
知名 不知名的花儿
就开满了坟前坟后
花开的季节
母亲化作五彩斑斓的蝴蝶
在花丛中穿梭
打理着绚丽的思念
儿孙们来探望时
母亲兴奋地围着他们飞来飞去
暗暗打量着朝思暮想的亲人
生怕露出了破绽
思念草随风飘动
像极了母亲温柔的双手
抚摸着孩子们的脸庞
也悄悄拭去自己脸上的泪珠
我轻轻地闭上眼

耳旁是花开的声音
携一缕花香
在风中刻下您的笑容

之后，我又陆续在平台上推出了《梦回故乡》《月是故乡明》《父亲的药园》以及《乡间夏夜》等二十几首诗歌。

五月，鲜花盛开的季节，五彩缤纷的康乃馨在节日里欢腾。在这个温馨的母亲节，我亲自为婆婆挑选合身的衣服，骑车十几里路为婆婆送去。母亲节那天恰好是婆婆的七十大寿，感慨之余，我起笔写下了《巧遇母亲节》送给暮年的婆婆。此文在《寿光日报》上刊出。

贾爷出身贫穷，以要饭为生，后来落户到我们村。解放前，他跟随部队打仗，一直打到西藏。解放后，他自愿回村种菜，来回报乡亲们的收留之恩。在童年的记忆里，贾爷性格孤僻，不苟言笑。小时候我有缘与贾爷同住一个院落，共度一段时光。《贾爷》一文在《潍坊晚报》刊出。

不知从何时起，小青年进城买房成了潮流，不论是种地的、种菜的、还是在厂子里打工干活的，都争先恐后地进城买房。随着经济的发展，农民的腰包鼓了起来，给儿女们进城买房成为了趋势。《买房》一文在《寿光日报》刊出。

一座城，让人留恋的是这里的人和事，当然，还有她标志性的产物，譬如寿光的菜博会。余生，我会和你站在同一地平线上，看日出日落，迎风霜雪雨，愿与你一起成长，走向更加美好的明天。

作为一个外乡人，从《故乡到菜乡》一路走来，我用心感受着两地的差异，见证着这座城从寂静走向繁华的过程。此文在《寿光文化报》刊出。

秋风瑟瑟，落叶飘零，当满树的金黄如蝴蝶般飞舞时，也预示着冬季的来临。四季轮回，不悲不喜，时光在岁月中静静地流淌，犹如少年从青丝到白发，直至优雅老去。

2020年的第一场雪

不知不觉，我们已跟随时光的步伐迈入了2020年的门槛，这个曾以为很遥远的年代，一晃便来到了眼前，与我们一路同行，走向时光深处。

小寒节气的前夜，天空中淅淅沥沥地下起了小雨。北风呼呼地刮了起来，飞过山川、河流，来到了田野、村庄、城市、街道，无孔不入，枯瘦的树枝被风吹得东倒西歪。因它的到来，人们也穿起了厚厚的棉袄，出门时裹得严严实实的。

次日，“啪嗒啪嗒”的雨声渐渐地消失了。中午时分，屋外明亮了起来。隔窗望去，不知何时，雪花已悄悄地飘落下来，给大地、树木、房屋披上了银装。挂满雪花的枝条犹如千万条白发在风中飞舞，愁绪万千。含苞欲放的腊梅不畏严寒，依然在风雪中傲立、绽放，艳而不俗，暗香盈怀。

雪来了，世界一下子就有了冬天的样子。骑车一路向北，雪唰唰唰地直往脸上扑，眯得睁不开眼睛。无奈，我只好一手握把，一手如搭凉棚般挡住雪花的侵袭，留一丝视线观察路况。虽然是白天，但因下雪的缘故，路上没有几个行人。

打开微信，朋友圈里全是晒雪的动态，有发图的、有发视频的、有吟诗的、有图文并茂的。此时，我不由得感叹新时代科技带来的便利，让人们可以多方位、多角度地进行现场拍摄，把冬日的雪景淋漓尽致地展现在朋友们面前。

院子里，几个穿红棉袄的孩子，在妈妈的陪同下，拿着小铲子收集积雪，有的孩子兴奋地直接用手在地上划拉着积雪。你一铲、我一捧地把雪往一块儿聚拢。雪地里留下了一串串或深或浅的脚印，孩子们你追我赶地抢着堆雪人，早已忘记了雪带来的寒冷。在大家的共同努力下，一个头戴红帽、脖围红领巾，以胡萝卜当鼻子、红山楂当嘴巴的雪人，活灵活现地出现在了孩子们的面前。“成功了！我们成功了！”孩子们大声叫起来，手拉手围着雪人开心地唱啊跳啊，脸上露出了灿烂的笑容。

麦田里，厚厚的积雪犹如棉被般，一层又一层压得麦苗喘不过气来。小麦苗调皮地露出头来，想看看外面的世界变成了什么样子，更想知道别的小伙伴是否也和自己一样盖上了白白的棉被。猛然间，它看到了兔子在田野里奔跑，羡慕极了！大雪天的兔子为什么不怕冷呢？麦苗百思不得其解。

华灯初上，橘黄色的灯光在皑皑白雪的映衬下，显得格外温暖！路上的行人嘎吱嘎吱地踩着积雪，借着柔和的灯光往家的方向走去。

夜深了，雪还一直下，先前的雨水混合着雪花，让马路变得有些湿滑。车子缓慢地行驶在纷纷扬扬的飘雪中，生怕惊扰了夜的香梦。

这场雪终究没有失约，不负时光如约而至。它的到来，不仅丰盈了冬的蕴意，更重要的是为来年的丰收铺展了无尽的念想。

去婆婆家过年

我家在河南，爱人家在山东。两地相隔千里，我们有缘相遇、相识、相知，最终喜结连理。我们的爱情，真真应了那句“有缘千里来相会”。婚后，爱人依然留在我所工作的城市生活。从此，每年回婆婆家过年，成了我俩心照不宣的约定。

提起第一次去婆婆家过年，还得从 1996 年说起。

那年的腊月二十八，我从单位请假后，便和爱人一起坐火车去婆婆家过年。下午五时许，在熙熙攘攘的人群中，我们俩随人流挤上了火车。火车上人满满的，连个下脚的空都没有，我们好不容易才找个空隙站稳了脚。火车晃晃悠悠行驶了二十二个小时后，才到达潍坊火车站。

下了火车后，我们又辗转倒了两次汽车，直到第二天的傍晚，才来到偏远的农村老家。婆婆家是个独立的院落，坐北朝南，共有五间红瓦房，东边是一排仓屋子，西边是两间厨房，道门口和南墙连在一起，用黑瓷砖贴的门垛子和两扇黑漆木门相互映衬，显得典雅别致。

我们的到来，着实让婆婆感到欢喜。刚一进屋，婆婆就热情地端茶倒水，拉着我的手问长问短，喜悦之情溢于言表。一阵寒暄过后，公公婆婆就进厨房忙活起来。一个小时后，公婆便做好了一桌丰富的菜肴。吃饭时，婆婆不停地给我夹菜，边吃边问我菜是否合口味。看着热心的婆婆，我感觉心里暖暖的。自从母亲去世后，我便失去了享受母爱的机会。此刻，婆婆的嘘寒问暖似乎让我重新找到了母爱。

大年三十那天，早饭过后，婆婆早早地就打好了糨糊，准备贴春联。等糨糊晾凉后，爱人和公公就开始贴春联了。他们先在堂屋的茶几上把春联裁开，然后，公公刷着糨糊，爱人紧跟着贴上。春联贴完后，只见公公又拿出一沓花花绿绿的过门钱，先一张一张地撕下来，然后，再逐一贴到门楣上方。看到这些精美的过门钱，我有些好奇，于是便向公公问起了它的寓意。公公介绍说："贴过门钱是我们这里的风俗，你看上面写着'吉庆有余''五谷丰登''招财进宝''人财两旺'等字样，它代表着人们对美好生活的一种向往，希望日子越过越好，年年有余，吃穿不愁。为此，民间还流行着一句民谣：过门钱，落门钱，落到地上都是钱。这也是对过门钱的一种美好寄托。"

说起"过门钱"，我又想起了家乡的风俗。我们家乡过年时，家家户户除了贴春联外，还贴门神。自古以来，人们认为过年贴门神有驱邪、保卫家宅的作用。每到过年，老人们都会祈求门神保佑家人健康、平安，顺顺利利度过这一年。

午饭过后，婆婆就开始忙活着剁馅包饺子。婆婆先和好一大盆子面，放在一边醒着。然后，又从天井的棚子里拿出一棵大白菜，剥去外面的老菜帮子，清洗一下，开始剁白菜，剁碎之后，再把白菜里的水攥出来去除卤味。最后，再把肉切成肉丁，放上盐、酱油拌匀腌渍起来。这样，包饺子的准备工作就完成了。

下午两点左右，婆婆就喊我们包饺子。婆婆负责揉面、切剂子，我负责擀皮，爱人、公公和小叔子负责包饺子。我们才包了一半，就听到远处传来一阵"噼噼啪啪"的鞭炮声。这时，婆婆着急地说："你看，人家已经有上坟的了，咱也快点儿包，包完了也快去上坟。"一个小时后，我们包了满满三大盖垫饺子。

还没等我们拾掇利索，婆婆就麻利地烧火下饺子去了。这时，公公也忙活着准备上坟用的烟、酒、鞭、香、烧纸、大票子等物品。等婆婆把下好的饺子放到篼篼里后，公公拎起篼篼，叫上爱人和小叔子一起上坟去了。

山东人过年上坟都是男人们去，一般不让女人和孩子去。而我们家乡则不同，每到过年上坟时，都是哥哥们带我一起去坟前请先人们回家过年，从来没有因为我是女孩子而不让上坟。当然了，也许父亲还有其他的用意吧。

下午四点钟，我们就开始准备年夜饭了。全家总动员，择菜的、炒菜的、炖鸡的、炸鱼的，大家出出进进，各自忙碌。在年夜饭的菜品中，其中“筢菇”和“虎头鸡”引起了我的注意，因为在这之前，我从没吃过这两样菜，于是，我便向婆婆问起了这两道菜的来历。

婆婆边干活儿边和我说，筢菇，又叫绿豆筢菇，寿光方言叫“扒谷”。它的主要原料是绿豆、菠菜或青萝卜，纯属绿色无公害食品。扒谷一般是在冬季做，因为其他季节天气热，不易存放。霜降过后，人们开始用露天菠菜做扒谷了。首先，把绿豆用水泡起来，等绿豆泡到将要露芽的时候，再和菠菜一起放到石磨里慢慢地磨，绿豆和菠菜凝成的浆汁顺着石缝流淌下来，浓浓的汁液散发出一种豆味的清香，然后，再把绿色的浆汁放到笼屉里蒸熟，拿出来晾凉后，用手攥成团，这样，扒谷就做好了。

炒扒谷时，先倒上油，放上葱、姜、干红辣椒炝锅，然后，放上肉丝、盐、酱油进行翻炒，待肉入味后，倒上适量的水，放入少许的粉条一块儿炖。等粉条熟了以后，再放入捏碎的扒谷、香菜段，翻动几下，出锅即可。刚出锅的扒谷，口味清香、绵软易嚼，适合老人和孩子们吃。

虎头鸡，土话叫松鸡，是寿光地区的一道名菜。听老人说，虎头鸡起源于明代，最早在山东广饶一带兴起，于清代在寿光王高镇流传并改良。后来，人们习惯称之为“王高虎头鸡”。据说，虎头鸡距今已有四百多年的历史。

晚上六点左右，一家人忙活了满满一大桌子菜，有扒谷、虎头鸡、红烧鱼、牛肉、腊肠、炒芹菜、猪头冻、油焖大虾等十几道菜。等菜上齐后，大家坐在一起尝美食、品美酒，共享天伦之乐。

晚上八点钟，央视春节联欢晚会开始现场直播。于是，我们又坐在一起喝茶、拉呱、看春晚。春晚节目丰富多彩，有歌舞、相声、小品、戏剧、杂技等节目。喜庆的节目精彩不断，赢来阵阵掌声，逗得观众们哈哈大笑，人们沉浸在欢乐的气氛中。直到春晚结束，我们才散场。

大约凌晨三四点钟，屋外就传来“噼噼啪啪”的鞭炮声。又过了一会儿，我迷迷糊糊听到外面人声嘈杂。这时，爱人告诉我：“人们已经开始出门拜年了。”于是，我们赶紧起床、吃饭，准备去拜年。

屋外一片漆黑，门前的大红灯笼显得喜庆而温馨。我和爱人、小叔子及邻居家的哥哥一起去拜年。我跟在他们后面，怕不知道都怎么称呼，于是他们叫啥，我就叫啥。进门就问：“爷爷、嬷嬷过年好！”老人们见状，忙迎上前高兴地说：“过年好！过年好！恁一家人个都好。”这时，喜笑颜开的嬷嬷忙拿起瓜子、糖果往我们手里塞，然后，热情地招呼我们坐下，哈点儿茶水。拜完爷爷、嬷嬷辈的，再拜大爷大娘、叔叔婶婶辈的。我们几个迎着寒风走街串巷，拜完一家又一家。年初一那天，在路上甭管遇见谁，开口先问过年好！一句“过年好”，包含了所有的问候和祝福。

天渐渐地明亮起来，村子里到处散落着燃放的鞭炮烟花纸屑，五颜六色的过门钱迎风飘扬，彰显喜庆的气氛。大街上人来人往，一声声“过年好”萦绕在耳边。太阳升起来了，人们迎着朝阳迈着轻快的步伐向自家的蔬菜大棚走去。

千年古城的前尘往事

提起我与青州的渊源，还得从 1994 年说起。那年夏天，我随爱人从家乡坐火车去山东婆婆家，就是在青州火车站下的车。

青州，在古代是九州之首，大体位置是指泰山以东至渤海的这片区域。关于青州的区域划分，在《尚书·禹贡》中有记载：“海岱惟青州。”其中的海为渤海，岱为泰山。据《周礼》记载：“正东曰青州。盖以土居为少阳，其色为青，故曰青州。”

自西汉初年，青州先后存在过六座古城池，故称千年古城。青州地处交通要冲，地理位置优越，为历代军事重镇。在华夏五千年的历史长河中，青州人文资源积淀深厚，地域文化特色鲜明，因此，迭为名城重镇。其境内有北辛文化、大汶口文化等多处遗址。

1986 年，经国务院批准，设立青州市。2013 年 11 月，青州市被国务院评为“国家历史文化名城”。2017 年 2 月，青州古城旅游区入选为国家 5A 级景区。

或许是因为文化的传承与积淀，我对古城、古镇、古街怀有浓厚的兴趣，为此，我也曾走过不少古城，最令我心驰向往的就是山东青州古城。从心动的那一刻起，我暗自盘算着择日一定去青州古城游览一番，一是欣赏古城的人文景观，二是感受千年古城的文化灵魂。

2022 年正月初七那天，在紧张的忙碌（走亲访友）过后，我提议去青州古城景区游玩，我的提议很快得到了爱人和女儿的支持，家庭会议全票通过，终于如我所愿，圆梦青州之行。

窗外，春风轻拂，阳光明媚。早饭过后，我们拾掇停当后便开车驶出了小区。小区大门外的景观树上挂满了一串串火红的灯笼，烘托出过年的喜庆气氛。一声声“过年好”成为彼此间问候的话语，人们脸上洋溢着幸福的笑容。

经过一个多小时的行程，在导航的指引下，我们顺利到达目的地——青州古城旅游风景区。远远地，就看到一座高高的城楼矗立在云端之下，城墙上随风飘扬的旗帜与蓝天白云相映成画，令人浮想联翩。恍惚间，我仿佛看到了电影里上演的古代战争场景，锣鼓喧天、战旗飘飘，勇士们的厮杀呐喊声回荡在耳边……正当我走神间，爱人已把车子平稳地停到地下车位上。这里的地下车位是收费的，景区周围虽然有很多免费的车位，但早到的游客均已停满。在工作人员的指引下，我们顺着楼梯辗转来到地面上。

首先映入眼帘的是一个宽敞的大院落，院落的四周是一排排典雅别致的仿古建筑，主体是青砖青瓦，门窗、隔断、立柱、走廊、护栏及雕刻印花均是暗红色实木。从整体来看，暗红与黛青色搭配一起，彰显沉稳大气之感，整个院落自然而然流露出古色古香的韵味。人们行走其间，犹如穿越到古代的幽深庭院中，此时，如若再走出几位衣袂飘飘的女子，或许，你真的会以为自己在梦里。

穿过新建的商业街，我们来到青州古城的南大门——阜财门，“阜财”是财富充盈之意。在阜财门城楼内侧有个“人”字形小木门，从小木门进入，拾级而上可以到城楼前参观游览。城楼为砖木结构，面阔五间，进深一间，两层重檐周围带廊歇山式建筑，廊檐下悬挂着火红的灯笼，皆有喜庆之意。城楼上悬挂着四块牌匾，分别是：“云开天府”“地控海邦”“东方古州”“三齐重镇”。在斑驳的古城门匾上方，依稀能看到“国泰民安”四个大字，阜财门可以称得上青州古城的地标性建筑。

顺着城墙向东走，在古城的东南角处是魁星楼。魁星楼为宋代所建，明代重修，两层建筑高大雄伟、古朴典雅。魁星是中国民间信仰中主宰文章兴衰的神。古代读书人在魁星楼叩拜魁星，祈求自己在科举考试时可以金榜题名。魁星楼也是青州地标性建筑之一。

进入城内，沿南门大街一直向北走。大街上人来人往，叫卖声、嘈杂声此起彼伏、不绝于耳。道路两旁悬挂着喜庆的灯笼和具有古风特色的宣传条幅。游客熙熙攘攘漫步在光滑的青石板路上，走古人走过的路，吹古人吹过的风，聆听青石板诉说着曾经的辉煌与没落，颂扬历史名人及他们的传奇故事。

街道两旁商铺林立，橱窗内琳琅满目的商品吸引着人们的视线，令人目不暇接。在密密麻麻的广告牌中，有许多与古街寓意相辅的商铺，比如古州印象、青州丝绸店、隆盛糕点、旧时光、红丝砚、柏草堂等上百家商铺。如此多的商铺，让你逛到腿酸，买到手软，并乐此不疲。

走在古街上，最引人注目的是一座座精雕细刻的牌坊，它们分别是海岱都会坊、尚书里坊、一门科第坊、大学士坊、柱国坊、大宗伯坊、太保坊。牌坊的结构基本上是四柱三门的样式，牌坊上记载着诞生在这里的名人，每个牌坊都有一个名人的故事。

在这里简单介绍一下“一门科第坊”吧。现在的一门科第坊是在明代万历年间原址复原的，原牌坊当年为表彰冯氏家族所立。冯氏家族为书香世家，人才辈出，曾有六人中进士，三人中举人，在当地声名显赫，被称为“北海世家”。

在拥挤的人群中，我们边走边看，当行至“偶园”门外时，我停下脚步驻足观看，偶园是什么意思呢？我心中有这个困惑。怀着好奇的心情，我走上前去想看个究竟。刚走到铁栅栏外，晃眼看见几个穿着红色汉服的轿夫，抬着花轿急匆匆地向院子深处走去，还没来得及看清，轿夫一行人就在拐角处消失不见了。

经了解，偶园是清朝康熙年间文华殿大学士冯溥的私家花园，当地人称“冯家花园”。冯溥在京城时有万柳园，偶园之得名，取“无独有偶”之意，故名“偶园”。

进偶园参观游览是需要购买门票的，但当天并未对外开放。于是，我们只好站在右侧大门口向里张望，只见一座青砖灰瓦的古式门楼，兰砖铺就的甬路两旁摆放着几块形状各异的石头，石头旁边有几株苍劲有力的松柏。据当地人介绍，偶园内有四棵明朝的桂花树，三株明代存活下来的迎春花。那些古老的迎春花，在每年冬春交替的季节依然花开满枝，迎接春天的到来。

说起古树，最值得一提的要数位于偶园街中段的那棵古槐了。这棵古槐植于宋代，树高十米，冠幅十米，树龄有八百余年。近千年的古树，有生以来，我还是第一次见到这么古老的树，真是开了眼界了。

在古槐树斜对面有两家青州特色名吃“老槐树煎包”店。此时，正值午饭时间，两家“老槐树煎包”门前排起了长长的队伍。见此情景，我们选择离老槐树距离近的那家店排队等候。大约十分钟后，我们终于买到了外焦里嫩、底色金黄的牛肉煎包。品尝后，感觉口味还不错！老字号招牌，的确不负虚名。

青州人以汉族为主，少数民族有回族、满族等二十九个民族。我们在游览的途中路过两座教堂，一座天主教堂，另一座是基督教堂，两座教堂均位于偶园街中段，相隔百余米。天主教堂始建于清光绪元年，是青州第一座天主教堂。基督教堂始建于宣统二年，距今已有百余年的历史了。这座基督教堂目前为止是山东省内保存完好的一处哥特式教堂建筑。

在古街的右侧，有一条通往巷子深处的岔路，于是，我们便顺着这条青石板路向巷子里走去。街道两旁到处是高低错落、飞檐翘角的古朴建筑，这些建筑都是青砖青瓦、木制的红窗红门格局。当你穿行在古城的大街小巷，看到脚下斑驳的青石板路，周围古色古香的宅院店铺，有种“陋巷深处有典故，古朴长街皆风景”的感觉。

我们即将走到巷子的尽头时，偶然发现了一座院落，院门上写着“青州府贡院”五个大字。贡院是古代会试的考场。院子的右侧有两尊雕像，其中一个是扎着长辫子的书生手拿扇子，骑着毛驴，另一个是挑着两个沉甸甸书箱的仆人，步履匆匆，这一幕是古代学子赶考的情景。

千年的时光已悄然逝去，那些历经风雨沧桑的古街古巷，已成为珍贵的历史文物。这里的青石板、古槐树、古建筑处处唤起古城的悠远记忆，而后，它又以独特的方式向后人诠释着历朝历代的前尘往事。

2022 年 2 月

◎ 第七辑

人间万象

▼

一方水土养一方人，乡土是养人之地，同时，好的乡土更是放飞的圣地，是游子重拾与恢复力量的圣地。生存力、发展力源于乡土。让感情紧密关联故乡与他乡共建的世界，便是人间至情。

买房

不知从何时起，农民进城买房成了潮流，不论是种地的、玩棚的，还是在厂子里干活儿的，都争先恐后地进城买房。

小柱今年二十二，自从职业学校毕业后，就在城里的汽修厂学习修车技术。由于家在农村，小柱在汽修厂没地方住，只好临时在附近租了间房子。

那天回家，小柱娘试探着问他是否愿意在家附近找份工作，这样一来吃住都方便。可小柱坚决不同意，因为他的同学大部分都在城里买了房，他愿意在城里生活，不想回农村，并且还有在城里买房的想法。

一听说要买房，小柱娘着实吓了一跳，忙说："柱啊，你看咱们家一不做生意，二不开厂子，哪有钱在城里买房啊？现在的房价那么高！一套房子下来咋着不得个七八十万？你说咱地里出、地里进的，什么时候才能攒够买房的钱啊？"

小柱听后，生气地说："我不管，反正我就要在城里住下，如果不买房，我恐怕连对象也找不着。"

从那以后，买房成了小柱娘的一块心病，当看到别人在城里买了房，她心里那个着急啊，就如热锅上的蚂蚁一般躁动不安。

她掩饰不住内心的焦虑，回家就对丈夫叨叨：看人家谁谁谁在城里买了房，谁谁谁买的高档小区，谁谁谁买的房子多大平方，谁谁谁买的是精装修……你看咱们家孩子今年都二十多了，房子还没个影来？咱们咋就那么木啊！咋就不知道趁房价低时早打谱去城里看个房呢？这房价越来越高了，咱什么时候能买起房啊？

买房的事，像大山一般压在小柱娘的心上，她突然想起了那句："不要让孩子输在起跑线上。"于是，暗下决心，人家有的，咱家孩子也要有，如果不买房，那儿子找媳妇就困难。现在的小青年，谈恋爱先讲条件，没房没车那就免谈。

前段时间，听说城东有个女孩，找对象时问男方在城里有没有房，男孩胸有成竹地回答："有。"女孩还是不放心，提出两人一块儿去城里看看房子，男孩爽快地答应了。心想，不就是去看房嘛，好像谁没有似的，去就去，谁怕谁啊！在去城里的路上，两个人还有说有笑的。结果，看完房后女孩来了个一百八十度的大转弯。你猜怎么着？女孩没看中他家的房子！天呐！你说这是什么奇怪的理由啊？现在的年轻人也太现实了吧！

在农村，一般家庭每年的收入，除了供孩子上学、家庭开支、人情往复之外，到头来剩不下多少钱。为了给小柱买房，小柱爹娘硬着头皮向七大姑、八大姨借钱，东拼西凑地好不容易才付上了首付，无奈，剩下的钱只能办上了贷款。

自从当上了房奴后，小柱的父母像上了发条的陀螺似的拼命打工，每个月风雨不误地去银行还贷款，那房贷像无形的鞭子抽打着两口子，小柱娘比以前更加卖力了，她一天不干活儿，就感觉心里就发慌。

飘散的彩云

20 世纪 90 年代初，在鲁北农村有个新鲜的现象，村里的男青年到了谈婚论嫁的年龄，但都因家庭贫困或其他原因娶不上媳妇，剩下的光棍汉越来越多。

1993 年春节，我回婆婆家过年。婆婆告诉我："邻居家来了个云南媳妇，能干又贤惠，待人很热情。有空的时候，你去她家里玩玩吧？""行啊"我爽快地答应道。

次日，婆婆带我去邻居家。看我们来了，她赶紧站起来打招呼。她个头不高，黑黑的皮肤，一双明亮的大眼睛显得忧郁而深沉，乌黑的长发高高挽起盘在头顶上，戴着精致的银耳环，身上依然穿着她们家乡的少数民族服装。

刚见面时，她显得有些腼腆，话不多。经过简单的交流后，我知道她的名字叫彩云，哈尼族人，来自云南偏远山区。

我们俩慢慢地熟悉起来，越聊越多，当她得知我也是从外地来的，瞬间在心理上对我有些亲近感，有种"他乡遇故知"的感觉。

彩云告诉我：她家住在大山深处，与越南搭界。最近的寨子离边境只有一条河的距离，两地的居民可以在规定的范围内进行货物交换。由于交通不便，经济也比较落后，每年大雪封山的时候，基本上过着有啥吃啥的日子。

哈尼族人多才多艺，爱唱爱跳。每逢节日的时候，男女老少穿上节日的盛装，聚在一起唱歌、跳舞，热热闹闹地庆祝属于自己的节日。处在热恋中的男青年，常用对山歌的方式向心仪的姑娘表达爱意。

“你们那里真好！过节的时候还那么热闹。看来你也是多才多艺喽？”她看了我一眼，笑了笑，害羞地低下了头。

我有些好奇她的到来，忍不住问她：“你家离这里那么远，你是怎么来到山东的？”

当我问起这个话题时，彩云沉默了片刻，长长地叹了口气。然后，和我说起了她的过往。某日，在乡镇集市上，她遇见了外出打工回家探亲的同乡。一阵寒暄过后，见过世面的同乡夸夸其谈，当面提出可以带她去看看外面的世界。最后就来到了山东这里。

闲聊间，只见一个头发蓬乱、穿戴邋遢的中年人从外面走来。他推门进屋，热情地给我们打了个招呼。彩云说这是她“对象”。我上下打量了一番，他个子不高，黝黑的脸上长满了大大小小的麻子，脖子上有明显的癣痕。从外表上看很老成，实际上他才二十五六岁，比彩云大八岁。平日里他就是不打扮，也不要好。

男方家境贫寒，破旧的老屋四处漏风，堂屋里盘了个锅台，一张破旧的四方桌上放着做饭用的炊具和油盐酱醋。烧火的烟囱通往西屋，屋里垒个大土炕，作为睡觉的地方。桌子上放着一台十四英寸的黑白电视机，窗户下面，放着一张实木联邦椅。东屋里，铺着一张旧木床，住着男方年迈的父亲。

在他十几岁时，母亲因病去世，父子俩相依为命，独自生活。眼看儿子到了谈婚论嫁的年龄，村里人却没人上门提亲，父亲看在眼里，急在心上。后来，父亲经过多方打听，在媒人的撮合下，最终娶了个云南媳妇。一年后，儿媳妇生下了孩子。

如今，彩云一家已从破旧的老屋搬进村里的新社区。夫妻二人种了两个蔬菜大棚，年年收益颇丰。他们的独生女儿也参加了工作，并且很孝顺，常回家看望父母老人。

她八十多岁的公公耳不聋，眼不花，身体硬朗，依然跟着儿子儿媳一起生活。平日里，老汉在家烧烧水、打扫打扫卫生，干些力所能及的活儿，为孩子们减轻点儿负担。

彩云很孝敬公公，从不嫌弃老人，在社区里是出了名的好儿媳妇。前年，他们家被市妇联评为“美丽庭院示范户”，去年，又被评为“五好文明家庭”，成为新时代和谐家庭的典范。

他乡婚俗

庚子年农历九月十一，是三叔家女儿结婚的日子。按照当地人的说法，今天的日子很高（意为好日子）！

依照新娘的生辰八字，早上六点钟是过门的良辰吉时。凌晨三点，我们就开始准备水果、点心及早餐，早餐是头天晚上提前包好的水饺。亲朋好友们楼上楼下忙碌地穿梭往来，有搬桌椅的、有下水饺的、有摆水果拼盘的……屋内，化妆师正忙着给新娘盘头、化妆，伴娘们也在各自更换统一服装。

早上四点钟，浩浩荡荡的迎亲队伍来了。顿时，鞭炮齐鸣，锣鼓喧天，秧歌队欢天喜地地扭了起来。随后，新郎一行人聚集在门口开始叫门（叫门是这里的风俗）。他们十几个人站在门外“咚、咚、咚”地使劲敲门，大声叫嚷：“快开门啊！我们来接新娘啦！”此刻，与新娘同辈的哥哥、姐姐、弟弟、妹妹们聚在门里，高声说：“想要进门，红包拿来！”于是，一个又一个红包从门缝塞进来，他们故意难为新郎闹红包。十几分钟过去了，丈母娘看闹得差不多了。于是，走到门口，问新郎：“叫门了吗？我怎么没听到啊？声音大着点儿！”新郎听到丈母娘来救场了，赶紧又重复了一遍叫门的口号，门终于开了。

新郎领着两个前来迎接新娘的小朋友（弟弟妹妹）走进屋内，三人来到餐桌前坐了下来，旁边由新娘的两个哥哥作陪。在司仪的指导下，新郎和伴郎团闪亮登场，开始了他们的表演。

第一个节目：司仪让新郎拿起一个苹果，一口气把它啃完，中间不能停，苹果皮也不能断。啃完之后，再咬下一大口苹果，最好能咬到里面的籽儿（籽儿的寓意是仔儿）。

第二个节目：两个伴郎各自用一根筷子串起六个水饺，让新郎从头吃到尾，每个水饺都得咬一口，还不许掉到地上。吃完后，再喝一杯用芥末油与可乐调的饮料，劲爆可口，辣味十足！

第三个节目：两个小朋友一人拿一个香蕉，同时塞到新郎嘴里。这时，司仪问新郎："香蕉甜不甜啊？"新郎嘴里塞得满满当当的，呜呜啦啦地回答："甜！甜！很甜啊！"一家人哈哈哈哈地笑了起来。

第四个节目：新郎的朋友强烈要求让新郎吃个火龙果，寓意红红火火！于是，他们趁新郎不注意时，一下子把火龙果塞到他嘴里，硕大的火龙果涂得他满脸都是，像个大花猫似的。此刻，叫喊声、欢笑声、吵闹声乱作一团，此起彼伏。

屋内，新娘的爸爸妈妈亲自给女儿喂离家饭。吃完这顿饭，女儿就要出嫁了。父母满眼的疼惜与不舍，既高兴又心酸。眼前的一幕，让在场的亲朋好友们感动得热泪盈眶。

一番闹腾后，新郎终于走进了新娘的房间。只见新娘头戴金冠，身穿中式婚礼服，喜盈盈地盘坐在床上，等候新郎前来迎娶。在众人的欢呼声中，新郎手捧鲜花，单膝跪地，对着新娘说："媳妇，我来娶你回家啦！你愿意嫁给我吗？"新娘笑着回答："我愿意！"然后，新郎新娘交换戒指作为定情信物。

站在旁边的伴娘，早已把新娘的鞋子藏了起来。床上、床下、衣柜、墙角，甚至是藏在某个人身上，只要能想到的地方，都有可能。新郎在寻找鞋子的过程中，是要用红包买信息的，如果红包不够丰厚，那新郎就得犯难多找会儿。四个伴娘互相配合着对付新郎，伴郎一看事不妙，开始着手帮助新郎满屋寻找鞋子。新郎的红包一个接一个，一直给到伴娘满意，她们才把鞋子从秘密转为公开，在众人的手中传来传去。新郎好不容易才拿到鞋子，然后亲自给新娘穿上鞋子，再背起新娘下楼。

楼下，早已摆好了桌椅板凳，认亲仪式开始了。新娘的父母坐在中间，长辈们依次就座，晚辈们站在后排。新娘逐一向新郎介绍家人，首先从父母开始，以前新郎把女方父母叫叔叔阿姨，从今天开始，正式改口叫爸爸妈妈。新郎亲切地叫了一声：“爸爸！妈妈！”岳父岳母喜滋滋地答应着，随手递上了一沓厚厚的礼金作为改口费。这里的改口费是比较昂贵的，少则几千，多则几万。

依照农村的风俗，闺女出嫁时，在送亲人员方面也有很多讲究，主要是挑选与新娘属相符合的人员。

第一趟送亲的是新娘的两个哥哥和两个嫂嫂，随同人员还有伴娘、化妆师等。

半个小时后，我们来到了新郎家。远远望去，胡同口早已搭起了喜庆的拱门，上面写着新郎新娘的名字。迎亲拱门上缀满了一串串粉红色的气球，喜气盈门。长长的红地毯，从胡同口一路铺进了家门。音乐响起，舞蹈队热热闹闹地舞了起来，在“噼噼啪啪”的鞭炮声中，新郎把新娘如愿地娶回了家。

结婚典礼仪式正式开始了。

首先，由证婚人上台致辞，向各位来宾、各位朋友们问好。证婚人从法律的角度，宣读了两人的婚姻是合法有效的，并为新郎新娘送上新婚祝福。

接下来，由新郎向新娘逐一介绍家人，新娘在改口的同时，亲自剥一块喜糖送给长辈们作为见面礼。当然了，长辈们也会送上相应的改口费红包。

在大喜的日子里，作为父母，有许多话想对儿子、儿媳说：“你们今天结婚了，也长大成人了。在以后的生活中，希望你们互敬互爱、和谐相处；携手并进，共创美好生活！成为和和睦睦的一家人。”

在司仪的宣读下，新郎新娘开始进行一拜天地、二拜高堂、夫妻对拜的尊拜仪式。

仪式结束后，新郎新娘入洞房，开始叠被子（叠被子也是当地的一个风俗）。新郎新娘各自站在床两边，两人同时把被子从中间折叠起来，然后，再重复折叠一下，放在床头边。就这样，一床又一床，直到把二十多床被子叠完为止。

农村举行婚宴时，一般在院内临时支上大锅，请专业的厨师做菜，按照乡村的标准，荤素搭配、凉拌热炒、七碟八碗、烟酒糖茶全部上齐，以此来款待前来送亲的客人。

早餐结束后，新娘跟随哥哥嫂嫂们回娘家。这次回娘家的任务，是邀请长辈们去婆婆家做客。这个规矩，在当地风俗中叫作当天忙。

第二趟送亲时，男送客十人（有伯父、叔叔、哥哥、弟弟等），女送客六人（有伯母、婶婶、嫂嫂等）。

一阵寒暄过后，娘家人开始给婆婆家人分起作（起作指饼干、糖果、烧饼之类的礼品）。分到起作的一般是新郎的长辈，比如奶奶、大娘、婆婆、姑姑、姨妈等。长辈们收到起作后，每人拿出个大红包表示对新娘的祝福。

填枕头，也是当地的一个风俗，是指用麦秸秆把枕套填满，用针线缝起来。他们把枕头喻为未来的子孙后代，期望家族人丁兴旺。只见新郎新娘、喜婆婆喜公公四人，每人抱一个枕头，在院子中间转着圈来回地走。司仪让新娘说："我生孩儿。"新郎说："我养孩儿。"婆婆公公接着说："我们哄孩儿。"这样做的意义是盼望着新郎新娘早生贵子。

俗话说："十里不同音，百里不同俗。"作为外乡人，我深深地感受到他乡婚俗与家乡婚俗的不同之处。

二十多年来，在送闺女与接媳妇的迎来送往中，我慢慢了解了当地的婚俗，从最初的懵懂，到逐渐地熟悉，不知不觉，我已融入了当地的风土人情。

小小雏菊花

一阵隆隆的雷声把我从午睡中惊醒，我赶紧起身去店外把露天的水泥用塑料薄膜盖住，防止淋湿后凝固。还没等我拾掇完，豆大的雨点就噼里啪啦地落了下来。还真应了那句话：六月的天，小孩的脸，说变就变。前几分钟还艳阳高照的，一会儿工夫，就下起了滂沱大雨。

下雨天，没有顾客上门，我终于可以静下心来写点儿东西。提起笔来，思绪万千，却又不知如何下笔。猛然间，一对身影在我脑海中闪现……

那是一个上午，我正在店里整理货物。这时，从外面走来了一男一女，男的中等身材，黑黑的皮肤，大眼睛；女的胖胖的身材，圆圆的脸，目光呆滞，穿着有些邋遢。看到他们进来，我忙迎了上去，微笑着问道："你们想买点儿什么呀？"男子说："想买袋水泥，多少钱啊？""十二元一袋。"我随口答道。听完，男子递给我两张十元人民币，我给他找了八元钱。此时，站在一旁的女人，一把从男人手中夺过钱去攥在手里，喜滋滋地说："我拿这些钱，买好稿儿吃去。"看到这一幕，我忍不住笑了，男人看着他的妻子满眼柔情，笑眯眯的没有一丝嫌弃。

我们三人一起走到店外，我帮男人把水泥放在两轮电动车的前面空当处。抬上水泥后，女人快速坐在车子后座上，等候出发。看到这里，我情不自禁地说了句："你的妻子真幸福！你看，买一袋水泥也跟着。"男子听后，笑着说："哎哟！没办法，她像个孩子似的，走一步跟一步。"说这话时，我看到男人脸上没有一丝烦恼，话语间流淌出来的是满满的爱。在他眼中，妻子不是智力障碍者，而是一个顽皮的孩子。

在乡村大集上，穿过熙熙攘攘的人群，我又看到了那对夫妇。女人在前，男人在后，他们两人一起赶集买菜。在经过糖葫芦摊位时，女人停下了脚步，大概想吃糖葫芦了。还没等她开口，男人便询问："你想要哪一个？"女人便拔下一个红红的山楂糖葫芦，拿起来就吃。男人付完钱后，牵起女人的手融入了人群中。

一个偶然的机会，在废品收购站，我又遇见了这对夫妇。他们带了满满一大三轮车的废品。女人看见我，便热情地上前搭话："你来了？"我笑着说："是啊！你们也来了。哎哟！你咋那么能干啊！拾了那么多东西！"女人见我夸她，羞涩地笑了起来。男人接过来说："这些废品都是她捡的，什么塑料瓶啊，废纸片啊，广告纸啊，她都一个一个拾回家攒起来，可知道顾家了。每当攒够一三轮车，我都带过来卖些钱贴补家用。"男人边说话，边从车上拿下废品放在磅上过称。结完账后，老板把钱给了男人，男人数了数，接着又把钱递给了女人。女人拿着钱，脸上洋溢着自豪的笑容。

男人边倒车边说："别看她大脑有些迟钝，但是，她人很善良！没有坏心眼，从不打人、骂人，也不伤人。"

后来，我从邻居口中得知，男子弟兄两个，父母都下世了，哥哥是个残疾人，兄弟俩住在一处老宅。从小他除了养活自己，还要担起照顾哥哥的重任。

由于家里穷，他年轻时没有娶上媳妇。直到四十多岁，一位好心人把从小患有癫痫病且大脑智障的女子介绍给了他，男人如获至宝，对她疼爱有加。

两人结婚后，女子娘家人时常在经济上接济他们，从而让他们的日子过得不那么拮据。男人也能吃苦耐劳，平日里，去厂里打工，赚钱养活一家人。

一年后，两人喜得千金，两家人皆大欢喜！如今，他们的女儿已经上小学二年级了，而且聪明伶俐，在班级里成绩也是名列前茅。

活泼可爱的女儿给家人带来了诸多欢乐。

这时，我在想，世上的夫妻千千万，不懂珍惜的比比皆是。正常的女人也未必比她过得幸福！她虽然智力上有些缺陷，但丈夫不离不弃，全身心地用爱来弥补、疼惜她，值得让人羡慕！

雨渐渐停了，太阳从厚厚的云层里钻了出来，天空中挂起了一道绚丽的彩虹。门前的雏菊花经过雨水的冲刷后，显得格外娇艳！小小雏菊花，像极了那位行走在红尘中的女子，纯洁天真，自带光芒，在属于自己的季节里，散发出清新宜人的芬芳。

“养儿防老”背后的心酸

近年来农村出现了一种新趋势，“90后”的年轻人不愿意在村里盖屋，却热衷于进城买房，于是，老百姓便掀起了进城买房的高潮。

在新形势下，为了让儿子在城里结婚成家，父母省吃俭用也要进城给孩子买房。如今，男女双方一开始处对象，女方先问男方在城里有房吗？如果没房，那可能就没有谈下去的欲望了。

随着进城买房的人越来越多，人们的生活也随之发生了变化。自从儿子结婚后，原本在农村种地的父母，为了方便照看下一代，只好撇家舍业地进城给儿子儿媳带娃儿。

王阿姨今年五十八岁，有一女一子。女儿大，儿子比女儿小四岁。为了供养姐弟俩上学，夫妻二人除耕种自家的责任田外，还承包了三十多亩棉花地。“谷雨前后，种瓜点豆。”依照农谚，棉花在四月中旬就得播种，十多天后，棉苗开始发芽并慢慢地拱出地面。这时，王阿姨夫妻二人就起早贪黑地钩覆盖膜，尽快让棉苗吸收阳光。等棉花发叉后，又开始打药、摸叉子。每天从早忙到晚，一刻也不得清闲。

经过炎炎烈日的照射，棉花长得枝繁叶茂，枝头上结满了厚厚的棉桃。等到农历七月中旬以后，棉桃就开始慢慢成熟变白。每当这时，王阿姨老两口天不亮就带上水和干粮去坡里拾棉花。天天如此，从未间断，除非是阴天下雨不能上坡时，才被迫停下来歇歇。就这样辛苦劳作一年，除去供两个孩子上大学的费用，再除去日常的开支，其他的也就所剩无几了。

日复一日，年复一年。好容易盼到儿女们大学毕业了，新的问题又摆在了眼前，儿子将要面临着买房。于是，老两口又东凑西拼地凑够首付办上贷款，先给儿子买了房。接下来，就是每月还房贷的日子了。

新房交付后，又开始忙装修的事。这边新房刚装修完，那边儿子又要买车。于是，老两口又花了十多万给儿子买了一辆新车。其实，给儿子买车也是有目的的，一是为了上班方便，二是为了给儿子说媳妇。

眼看儿子到了谈婚论嫁的年龄，身边仍然没有女朋友。王阿姨看在眼里，急在心上，暗地里开始托人给儿子介绍对象。半年后，儿子看的对象倒是不少，结果都不合意。王阿姨暗自纳闷，你说这孩子怪不怪？人家给他介绍那么多对象，怎么就是不成呢？于是，王阿姨又找人给儿子看生辰八字，算卦的人说："凡事要讲缘分，着急也没用，您家儿子适合晚婚，就耐心等待吧，儿媳妇早晚会有的。"听罢这段话，王阿姨悬着的心才稍稍地放松下来。

两年后，儿子挑来挑去结果却选中了自己的初中同学，而且，两个人都很愿意。这时，王阿姨才长出了一口气，儿子终于有对象了。由于双方知根知底，两人谈了半年多就开始商量着结婚的事。根据当地的风俗，女方要六万六千元彩礼。为了让儿子顺利结婚成家，王阿姨二话没说，爽快地答应了女方的要求。

婚期定下来后，两个年轻人开始忙着拍婚纱照、买婚戒、婚服；男方家里开始订酒店、写请柬通知亲戚朋友、炸麻花、买喜糖等结婚用品。一场婚礼办下来，连彩礼带酒席等费用，加起来又花了十来万。但王阿姨夫妇毫无怨言，值得欣慰的是儿子终于成家了。

自从孙女出生后，王阿姨又进城给儿媳妇伺候月子，这样一来，家里的棉花地就忙不过来了。于是，第二年春天老两口只好放弃了承包的土地，只留下自家的几亩责任田。家里的人情往复及日常开销，光指望地里的那点儿收入根本不够开支的，于是，王阿姨丈夫只好去厂子里打工赚钱，用来维持生计。

王阿姨天天盼着孙女快快长大，等孩子上幼儿园了，自己就能腾出时间回家干农活儿了。没想到孙女还没上幼儿园呢，儿媳妇又怀上了二胎。此时，王阿姨是喜忧参半，喜的是家里又添了人丁，忧的是一个人照看不了俩孩子，怎么办？

“十月怀胎，一朝分娩。”儿媳妇到了预产期，顺利产下了一名男婴。这下，王阿姨可开心了！逢人便说：“你看看我们盼啥来啥，真是好啊！这是我上辈子修来的福分，孙子孙女都齐全了。”

孙子出生后，王阿姨一个人忙得饭都吃不上，只好让丈夫前来帮忙。于是，丈夫也不能去厂里上班了。从此，老两口失去了主要的经济来源。儿子儿媳两人虽然工资也不低，但小两口又换了一套大房子，每月除了还房贷还得养活一家人，日子过得也很紧巴。

常言说：“能给人做儿女，不给人当爹娘。”现在，王阿姨老两口只能省吃俭用过日子了，在儿子面前从不言苦。不如意的时候，常常安慰自己：“人活着不都是为儿女着想吗？趁自己还能干得动，再尽力帮帮孩子们吧。”

都说养儿为防老，其实，这只是一个美好的愿望，如今，不都是父母替儿女负重前行吗？孩子从出生到上学，从买房到结婚，哪里不需要父母的帮扶？其实，老人不图儿女有多孝顺，只希望在自己老了的时候，孩子们能常回家看看，和儿孙们一起享受一下天伦之乐，其他，别无所求。

2021 年 11 月

后记　感恩遇见

人生路上，所遇皆是缘。因为一份缘，让我们成为亲人、爱人、朋友，成为生命里至关重要而且无法忘记的人。童年时代，感恩父母和家人给予我无微不至的关心与照顾；感恩老师教我识字引领我探索未知世界；感谢小伙伴们陪我度过无忧无虑的童年时光。因为有了你们的陪伴，我的生活才变得充实而快乐！

走向工作岗位后，我每天和同事们在一起工作、学习，探讨工作方案、练习业务技能、考取各类资格证书。十几年来，我们如同兄弟姐妹般相互地加油鼓劲，出色地完成了单位下达的各项任务指标，得到领导的肯定与赏识。

自从遇见爱人后，我尝到了爱情的甜蜜，步入了婚姻的殿堂，有了可爱的女儿，感受了初为人母的喜悦。从此，我的人生更加地丰盈了。移居他乡后，在表哥及亲戚的帮助下，我们迅速找到了创业的方向，虽说万事开头难，但我们依然勇敢地迈出了第一步。二十多年来，我和爱人起早贪黑，不怕吃苦受累，坚定地挑起了生活的重担。一路走来，虽然日子过得艰难，但我们依然感到知足而幸福！

女儿上高中后，我的业余时间便多了起来。一次偶然的机会，我找到了自己的兴趣爱好。写稿，投稿，上校报，当选家长代表发言，这一系列的活动让我尝试了很多人生的第一次。在此，衷心地感谢女儿学校的领导和曾经帮助过我的老师们，谢谢您们给予我的大力支持与自我展现的机会。

2018 年，我加入了寿光市作家协会。两年后，又加入了潍坊市作家协会。说实话，这辈子做梦我也没有想到自己会走上文学之路。

自从加入作协后，我常以文友们为榜样，多读，多练，多投稿，多尝试，即使文笔稚嫩，也要有勇于展现自我的决心。

十余年来，我的业余时间大多是在读书、写稿、改稿、投稿、分享微信平台推送的链接中度过的。或许，别人觉得在网络平台推文没有多大意义，但我觉得这也是一种学习机会。正因为有了网络平台，我才得以认识许多全国各地的文友。虽然我们从未谋面，但我相信网络世界依然有美好的友谊和朋友间的真诚相待。

“宝剑锋从磨砺出，梅花香自苦寒来”。经过十多年的学习与实践，不觉间，我已写了近百篇散文，除了在报刊杂志发表，还在各届征文比赛中曾多次获奖。这一切对于我来说，是个很好的成长经历。“当你准备好了，老师自然就出现在你面前了。”也许，这就是“吸引力法则”的魅力所在。近年来，作协的几位老师曾多次鼓励我出本散文集，可我没有勇气拿出自己的文章示众，总感觉自己的小文章上不了大台面。后来，在柴翠香姐姐的鼓励与支持下，我终于下定决心把多年来散落的文章集结成册，为自己留个念想。一念心起，便开始付诸行动。

首先，我把所有的稿件整理分为故乡篇和他乡篇，然后，再整理出目录，把文章细分为七个小辑并分别为其命名……经过一个多月的字斟句酌、反复修改整理，在天堂兄、孟祥静老师的悉心指导与大力支持下，我心心念念了许久的散文集终于与读者见面了。这既是我的梦想，也是我毕生的愿望。

我常常把文章比作一粒粒珍珠，把书籍比作岁月的丝线。我曾暗下决心在有生之年，定要用这根丝线把散落的珍珠一颗一颗地穿起来，化作祝福送给我挚爱的亲朋好友。愿这本带有墨香的书籍给大家带去温暖和快乐，并以此成为我们友谊的见证。

谨以此文表达我内心的感激之情，感谢所有帮助过我的老师和文友们！感谢家人的理解包容、鼓励和支持！感谢朋友们一如既往的关注与支持！感谢读者朋友们耐心地聆听我的喜怒哀乐！感恩遇见，感谢有您，感谢一路陪伴！